A

Eine rebellische Staatsanwältin, die in Palermo gegen die Mafia kämpft: Serena Vitale weiß, dass sie alles riskiert, als sie einen hochrangigen Politiker wegen Verbindungen zur Mafia vor Gericht bringt. Und dass sie nur darauf hoffen kann, unterschätzt zu werden. Sie hat erlebt, wie ihr großes Vorbild, ein Anti-Mafia-Richter, ermordet wurde. Sie erinnert sich an ihre Kindheit als Gastarbeiterkind im Ruhrpott, wo ihr Vater sich eine Existenz aufbaute, um dem sizilianischen Filz zu entgehen. Entschlossen nimmt sie den Kampf auf – koste es, was es wolle.

Als sie einen widerspenstigen Zeugen abhören lässt, wird ihr klar, dass das Netz des Verbrechens viel weiter reicht als zunächst vermutet – und dass ein mutiger Polizist, den Serena für ihren Verbündeten hält, zur Bedrohung wird …

Petra Reski, geboren 1958 im Ruhrgebiet, lebt in Venedig. Seit 1989 schreibt sie über Italien – für *Die Zeit, Geo, Merian, Focus* und *Brigitte* – und immer wieder über das Phänomen Mafia. Für ihre Reportagen und Bücher wurde sie mehrfach ausgezeichnet, in Deutschland unter anderem als »Reporterin des Jahres«. Bei Hoffmann und Campe erschien zuletzt ihr Sachbuch *Von Kamen nach Corleone. Die Mafia in Deutschland.*

Petra Reski

Palermo Connection

Serena Vitale ermittelt

Atlantik

Atlantik Bücher erscheinen im
Hoffmann und Campe Verlag, Hamburg.

1. Auflage 2015

www.hoca.de www.atlantik-verlag.de
Umschlaggestaltung: FAVORITBUERO, München
Umschlagillustration: Peeter Viisima / Getty Images und
Pakhnyushcha / Shutterstock.com
Satz: Pinkuin Satz und Datentechnik, Berlin
Gesetzt aus der Palatino
Druck und Bindung: C. H. Beck, Nördlingen
Printed in Germany
ISBN 978-3-455-65011-2

HOFFMANN
UND CAMPE

Ein Unternehmen der
GANSKE VERLAGSGRUPPE

Für Salvatore B.

Prolog

Sie hatte sie kommen sehen, im Rückspiegel ihres alten Renault, kein Motorradfahrer außer ihnen trug Integralhelme, sie hatte noch gehofft, sich zu irren, aber da drangen schon die ersten Kugeln in das Blech, ein Geräusch wie Knallfrösche, sie hatten sie überholt, der Typ vom Soziussitz legte wieder auf sie an, sie versuchte zu entkommen, der Wagen geriet ins Schlingern und raste über das Gras am Straßenrand auf einen Acker, sie sprang aus dem Auto, rannte den Abhang hinunter, über ein Feld voller Mohnblüten, sie schossen ihr in die Schulter, aber sie lief weiter, sie zielten auf ihre Beine, sie fiel auf die Knie, auf das Gesicht, sie roch Erde, doch sie stand wieder auf. Sie konnte wieder laufen. Sie konnte springen. Sie sprang, als hätte sie Sprungfedern unter den Füßen, sie sprang höher und höher, über Felder, Straßen und Berge, sie lief in der Luft weiter und blickte nach unten, wo alles ganz klein wurde, bis plötzlich Geschrei ertönte.

Die Fensterläden waren noch geschlossen, die Schreie der Möwen hatten sie geweckt. Frühmorgens, wenn der Müll abgeholt wurde, machten sie einen Höllenspektakel, sie schrien wie wilde Tiere, ein Krach wie im tiefsten Afrika, als wären Löwen, Elefanten und Nilpferde gleichzeitig erwacht. Sie setzte sich im Bett auf und griff nach dem Glas Wasser auf ihrem Nachttisch.

Wenn sie schlief, warteten die Toten auf sie. Der Kollege, der noch versucht hatte, seinen Killern zu entkommen – über ein Feld voller Mohnblüten – und den seine Verfolger am Ende mit einem Schuss in den Hinterkopf niedergestreckt hatten, der Polizist, der an der Theke seines Stammcafés erschossen wurde, von hinten, der Unternehmer, der kein Schutzgeld bezahlen wollte, die Mutter, die von der Bombe zerrissen wurde, die eigentlich für einen Staatsanwalt gedacht war, die Leibwächter, die zusammen mit ihrem Richter in die Luft gesprengt wurden. Teile von ihnen waren noch Tage später gefunden worden. Gehirnmasse in einem Baum. Knochensplitter auf einem Balkon. Das, was von ihnen übrig blieb, wurde in Müllsäcken in den Sarg gelegt.

Der Richter hatte gewusst, dass er der Nächste sein würde. Serena erinnerte sich noch an den Nachmittag, als er vor ihnen zu weinen begann – er, der nicht einmal auf der Beerdigung seines besten Freundes geweint hatte, den die Mafia siebenundfünfzig Tage vor ihm in die Luft gesprengt hatte. Serena saß mit einem Kollegen in seinem Büro, sie sprachen über Ermittlungen, als der Richter plötzlich mitten im Gespräch aufstand, um den Schreibtisch herumging, sich auf das Sofa setzte, die Hände vor das Gesicht schlug und sagte: Ein Freund hat mich verraten, ein Freund hat mich verraten. Er weinte, im Raum hörte man nichts anderes als sein Schluchzen und ihren Atem. Weder Serena noch ihr Kollege hatten den Mut nachzufragen. Sie redeten sich ein, dass es etwas Persönliches sei. Sie wollten ihm nicht zu nahe treten. Sie hatten Angst. Heute wusste sie, dass es ein Carabiniere-General war, der ihn verraten hatte.

Eine Zeit lang hatte sie nur mit Schlafmitteln schlafen können, zehn nach Orangenblütenessenz schmeckende Tropfen hatten anfangs gereicht, später wurden es mehr, bis es schließlich gar nicht mehr ging, sie brauchte Monate, um von ihnen wieder loszukommen. Eine Zeit lang war es ihr besser gegangen, sie hatte sich eingeredet, es geschafft zu haben, mit einer gewissen Distanz, ja Kälte auf die Geschehnisse zu blicken – wenn man Attentate als Geschehnisse bezeichnen konnte. Aber jetzt, seitdem sie den Prozess führte, war die Wut wieder da, als wäre seitdem nur ein Tag vergangen. Ja, sie führte ein ganz normales Leben. Das Leben einer Kriegsversehrten.

1

Vor dem Justizpalast saß ein Polizist, von dem es hieß, dass er wegen mentaler Probleme aus dem Dienst entlassen worden sei. Er trug einen Bart, der ihm bis auf die Brust reichte und schrie jeden an, der das Gericht betrat, die Sekretärinnen und Büroboten, die Polizisten, Carabinieri, Anwälte und Richter. Er hockte auf dem Boden und brüllte: *Habt ihr Angst zu reden?*, und *Wo ist die Demokratie?* Und alle, die an ihm vorbeigingen, taten so, als hörten sie ihn nicht.

Die Staatsanwältin ignorierte den Irren, wie sie auch Wieneke übersah, der hier schon seit einer Stunde auf sie wartete und sich eine Antimafia-Staatsanwältin irgendwie anders vorgestellt hatte. Auf jeden Fall nicht mit so hohen Absätzen, auf denen sie erstaunlich schnell die Treppen zum Justizpalast hochlief.

Frau Vitale, entschuldigen Sie, rief Wieneke, ich bin der deutsche Journalist, erinnern Sie sich? Wir haben …

… telefoniert, wollte er noch sagen, aber da hatte sie schon die Metalldetektorschleuse passiert. Ohne aufzublicken. Wolfgang W. Wieneke (irgendwann hatte er beschlossen, aus der Not eine Tugend zu machen und seinen zweiten Vornamen Widukind hinter einem W. zu verbergen) und seinem Fotografen blieb nichts anderes übrig, als hinter ihr herzulaufen. Sie rannte mit einem Aktenstapel unter dem Arm über den Flur, warf sich im Laufen die Robe über ihr Kleid, bis sie kurz vor dem Gerichtssaal wieder umkehrte und zurück zum Büro lief. Und mit einem weißen Lätzchen in der Hand zurückkehrte, das sie sich ebenfalls im Laufen umhängte: ihr Jabot, an dem sie noch zerrte, als sie den Gerichtssaal betrat.

Wieneke und sein Fotograf mussten sich um zwei Plätze auf den Pressebänken zanken, weil die bereits sitzenden Journalisten mit ihren Laptops versuchten, die Reviere zu markieren. Die Zuschauerbänke waren überfüllt, der Saal berstend voll, und wer keinen Platz fand, drängte sich in den Gängen neben Polizisten, Carabinieri und Gerichtsdienern.

Man nennt sie übrigens die Eisheilige, sagte der Fotograf, ein Spitzname, den Wieneke außerordentlich treffend fand. Vor allem wegen der Klimaanlage des Justizpalastes. Draußen schmolz die Sonne den Asphalt, und hier drinnen herrschte sibirischer Winter. Wenn das keine Energieverschwendung war.

Die Journalisten beugten sich über ihre Zeitungen und Smartphones und einer, der für die RAI arbeitete, rief der Staatsanwältin ein vertrauliches *Ciao Serena* zu, was ihr ein zögerliches Lächeln entlockte. Offenbar kannten sich hier alle, Staatsanwälte, Gerichtsreporter, Antimafia-Blogger und die Mafiaspezialisten der großen Tageszeitungen und Fernsehsender, die, wie der Fotograf betonte, nur zu bedeutenden Prozessen anreisten.

Nun betrat der angeklagte Minister den Saal. Enrico Gambino. Umgeben von einem Hofstaat aus Anwälten, Beratern und Leibwächtern, hielt Gambino so lange inne, bis sich in dem lärmenden Gerichtssaal ein Kreis von Stille um ihn bildete. Er trug ein dunkelblaues Jackett und ein hellblaues Hemd. Die Haare waren weiß und so dünn, dass man seine Kopfhaut darunter rosa schimmern sah. Nachlässig grüßte er einige Journalisten und winkte im Vorbeigehen, ohne sich umzudrehen: ein gestürzter König, getragen von der Gewissheit, dass er am Ende triumphieren würde. Bevor er sich setzte, nickte er der Staatsanwältin hoheitsvoll und herausfordernd zu. Wie ein Regent, der sich den Regeln eines albernen Protokolls auf fremdem Boden fügt.

Heiter plauderte er mit seinen Anwälten und begrüßte eine

Frau mit Wangenkuss. Wenn er sich unbeobachtet fühlte, versank er in sich und schob den Unterkiefer leicht nach vorn. Im Neonlicht des Gerichtssaals wirkte sein Gesicht ungesund bläulich.

Wieneke holte sein neues Moleskine aus der Tasche, machte lustlos ein paar Notizen über die Form des Gerichtssaals, die bedenkliche Kälte, die Farbe des Marmorbodens, die Uniformen der Carabinieri, notierte, dass die Anklage lautete: *Mitwirkung in einer mafiosen Vereinigung und Mittäterschaft bei Attentaten* – und machte hinter den letzten Anklagepunkt ein kleines Fragezeichen: Der Fotograf hatte betont, dass diese Anklage nicht haltbar sei.

Es ist ein Ding, dass der Prozess überhaupt zustande gekommen ist, sagte er.

Wieneke nickte, obwohl er keineswegs verstand, warum es eine Überraschung sein sollte, wenn es zu einem Prozess gegen einen Minister kam, der wohl genug Dreck am Stecken haben musste, damit man ihn überhaupt anklagen konnte.

Entschuldige mal, sagte Wieneke schließlich, abgesehen davon, dass dieser Gambino verdächtigt wird, mindestens einen Richter aus dem Weg geräumt zu haben, wurde er als Europaabgeordneter schon dafür verurteilt, Milliarden Fördergelder in die Taschen der Bosse geleitet zu haben, für Windkraftanlagen, Staudämme und landwirtschaftliche Kooperativen, die alle nur auf dem Papier existierten.

In erster Instanz, sagte der Fotograf.

Ja, und?, fragte Wieneke.

Bis das Urteil nicht in dritter Instanz bestätigt wurde, ist es nicht rechtskräftig.

Außerdem soll er für die Mafia eine Partei gegründet haben, da wird er ja wohl nicht ganz unschuldig sein, sagte Wieneke.

Der Fotograf betrachtete ihn amüsiert. Wie einen kleinen, netten Hund. Erklär ich dir später, sagte er.

Minister Gambino blickte so entspannt in den Gerichtssaal, als sei die Anklage gegen ihn lediglich eine kleine Wolke, die sich vor die Sonne verirrt hatte und bald verdunstet sein würde. Er zupfte an der Bügelfalte seiner Hose, strich über seine Krawatte, wickelte umständlich ein Hustenbonbon aus dem Papier, steckte es in den Mund und ließ, während er das Hustenbonbon von einer Backentasche in die andere schob, die interessierten Journalisten wissen, dass sämtliche gegen ihn erhobenen Vorwürfe frei erfunden seien, weshalb er darauf vertraue, dass die Gerechtigkeit ihren Lauf nehmen würde. So übersetzte es jedenfalls der Fotograf, der Giovanni hieß und Wieneke flüsternd verhieß, dass solche Prozesse am Ende immer gleich ausgingen: Der Minister werde freigesprochen. Weil es an Beweisen mangele. Weil Formfehler festgestellt würden. Weil ein neues Gesetz erlassen würde und das Delikt dann kein Delikt mehr wäre. Weil das Delikt verjährt wäre. Weil.

In Anbetracht dieser für die Staatsanwältin nicht unbedingt ermutigenden Aussichten wirkte sie erstaunlich gelassen. Sie ließ sich keine Anspannung anmerken und blätterte so gelangweilt in den Zeitungen, als säße sie nicht im Gerichtssaal, sondern beim Friseur. Die Schlagzeilen waren an diesem Morgen fast ausnahmslos der bevorstehenden Aussage von Marcello Marino gewidmet, einem abtrünnigen Mafioso, der als Zeuge der Anklage vorgeladen war, um zu beweisen, wie Minister Gambino die gemeinsamen Geschäfte mit den Mafiabossen besprochen habe.

Also, mich wundert, dass dieser Gambino immer noch Minister ist, sagte Wieneke. In Deutschland wäre der nicht mehr haltbar.

Weil es bei euch keine Unschuldsvermutung gibt?

Wenn auch nur ein Zweifel an einem Minister besteht, muss er zurücktreten. Wenn er nicht schon längst im Knast säße. Mindestens in Untersuchungshaft.

Der Fotograf lächelte. Und fragte provozierend: Ah, ihr macht in Deutschland also kurzen Prozess? Vielleicht so, wie ihr das mit der Baader-Meinhof-Bande hingekriegt habt?

Was soll das denn jetzt?, wollte Wieneke noch fragen, aber

da witzelte Giovanni schon mit einem Kameramann herum, dem er mit einer Geste des Halsdurchschneidens erklärte, dass die Deutschen mit ihren Terroristen im Knast kurzen Prozess gemacht hätten. Wieneke beschloss, nicht weiter mit ihm zu diskutieren. Vielleicht war er am Ende ein verkappter Maoist, ein als Fotograf verkleideter Black Block, ein geheimer Autonomer, getarnt mit einem weißen taillierten Hemd und einer Stoffhose, wie Wieneke sie zum letzten Mal auf der Hochzeit seiner Schwester getragen hatte. Wieneke nannte ihn heimlich Don Giovanni, weil in seinem Haar drei Kilo Gel klebten, mindestens. Die Bildredakteurin von *FAKT* stand auf solche Latin-Lover-Typen. Sie hatte ihre Entscheidung damit gerechtfertigt, dass dieser Giovanni auch die Kontakte machen würde, mit seinen Mafiafotos habe er bereits etliche Fotoausstellungen bestritten und sogar Bildbände veröffentlicht – *richtig heißes Zeug,* hatte sie gesagt. Bildredakteurinnen waren leicht zu begeistern. Aber er konnte nicht wählerisch sein, der Fotograf sprach fließend Deutsch.

Die Staatsanwältin ignorierte die Journalisten, den Minister und die Wolke aus Anwälten, Kofferträgern und anderen Dienern. Sie blickte in die Ferne, zur Holzvertäfelung hinter dem Gerichtspodest, wo in goldenen Lettern DAS GESETZ IST FÜR ALLE GLEICH stand und rückte die vor ihr liegenden Aktenstapel zurecht. Lauter verschnürte Ordner, offenbar hatten die hier noch keine Computer, anders war diese Papierverschwendung nicht zu erklären. Zumindest aus ökologischer Sicht war die italienische Justiz eine Katastrophe.

Wieneke hörte die Fernsehjournalisten hinter dem Rücken der Staatsanwältin tuscheln. Sie tat, als bemerke sie es nicht, selbst dann nicht, als einige Journalisten Minister Gambino mit Wangenkuss begrüßten. Für die Journalisten war der Prozess offenbar so etwas wie ein Boxkampf. Trockeneisnebel und Fanfaren, die Vitale trippelnd und seilspringend, der Minister beim Muskelspiel. Mal sehen, ob sie es schafft, ihm einen Haken zu versetzen.

Hinter dem Gerichtspodest ging eine Tür auf, Schöffen, Richter und Protokollanten betraten den Saal, alle Journalisten sprangen auf, der Richter bat um Ruhe und forderte dazu auf, die Handys auszuschalten. Niemand befolgte die Aufforderung. Wie in der Schule.

Alle warteten darauf, dass Gambinos Hauptbelastungszeuge in den Saal geführt würde: Marcello Marino, Mafioso aus Brancaccio, Palermos Sumpf – wie Giovanni betonte. Einst halber Analphabet und vielfacher Mörder, reuig infolge einer mystischen Krise, heute Kollaborateur der Justiz, was klang, als würde er mit einer feindlichen Besatzungsmacht zusammenarbeiten.

Endlich ging die Tür auf, und Marino wurde durch den Saal in Richtung Richterpodest geschoben. Es sah aus, als würden Fußballer einen Torschützen feiern, die Leibwächter drängten sich so dicht um ihn, dass außer einem Stückchen dunkelblauen Sweatshirts inmitten des Menschenknäuels nichts von dem Mafioso zu sehen war. Marino wurde hinter einen weißen Paravent geführt, und die Polizisten bauten sich davor breitbeinig zu einem Schutzwall auf. Sie kauten Kaugummi, verschränkten die Arme hinter dem Rücken und blickten mit zusammengekniffenen Augen in den Gerichtssaal.

Der Fotograf rückte näher an Wieneke. Aber anders war die Simultanübersetzung nicht möglich. Normalerweise versuchte Wieneke, körperliche Nähe zu Männern zu vermeiden, weshalb es ihn etwas beklommen machte, Giovannis warmen Atem an seinem Ohr zu spüren.

Zuallererst wünsche ich allen einen guten Tag. Mein Name ist Marcello Marino, geboren in Palermo am 10. Juli 1958. Ich habe zu einer terroristisch-mafiösen Vereinigung gehört, die Cosa Nostra genannt wird, sagte der Mafioso, und es klang, als spreche er von einer Mitgliedschaft in einem Golfclub.

Was meinen Sie mit einer terroristisch-mafiösen Vereinigung?, fragte Serena Vitale, woraufhin sich im Saal Unruhe ausbreitete.

Weil es Tote gab, die nicht uns gehörten. Wir waren auf einem Gebiet tätig, das nicht unseres war, sagte Marino.

Im Gerichtssaal hielten jetzt alle inne, die Mafiaspezialisten hörten auf zu flüstern, die Blogger klappten ihre Laptops zu, die Gerichtsdiener, die Verteidiger, selbst Minister Gambino blickte einen Wimpernschlag lang auf. Einen Moment lang sah er aus wie ein alter, lahm gewordener Hofhund mit Unterbiss.

Wann sind Sie ein Mann der Ehre geworden?, fragte die Staatsanwältin. Sie sprach den abtrünnigen Mafioso respektvoll mit dem Titel an, den er durch seinen Verrat verwirkt hatte.

Ich hatte schon während der großen Mafiakriege an verschiedenen Einsätzen teilgenommen, als ich noch gar nicht getauft war. Erst als meine Clanchefs im Gefängnis waren, wurde ich ordnungsgemäß aufgenommen und zum Zehnerführer, dann zum Clanchef ernannt.

Für welche Verbrechen wurden Sie verurteilt?

Für Morde, Entführungen, Geiselnahme und verschiedene Attentate, sagte Marino und betonte, dass er alle seine Opfer auf Bestellung ermordet hatte wie ein Soldat: Männer, deren Vergehen darin bestanden hatte, die Ehefrau eines Bosses nicht unterwürfig genug gegrüßt zu haben; zwei Jungs, die bis zu dem Augenblick, als Marino sie strangulierte, gelacht hätten, weil sie das Ganze für eine Verwechslung hielten, ein Junge, der den Fehler begangen hatte, der Freundin eines Bosses die Tasche geklaut zu haben; ein anderer Junge, dessen einzige Schuld darin bestanden hatte, der Sohn eines abtrünnigen Mafiosos zu sein; ein koksendes Clanmitglied, das als wenig vertrauenswürdig galt und deshalb beseitigt werden musste. Erschossen, erwürgt oder in die Luft gesprengt.

Sprechen Sie bitte etwas langsamer, Signor Marino, sagte Serena. Ihre Stimme klang tief und kontrolliert. Manchmal fiel ihr eine Haarsträhne ins Gesicht, die sie schnell zurückstrich.

Was hat Sie dazu bewogen, Cosa Nostra abzuschwören?,

fragte sie und lehnte sich etwas zurück, weil sie offenbar wusste, dass die Antwort länger dauern würde.

Daraufhin beschrieb der Mafioso den Pfad seiner Erleuchtung mit einer Inbrunst, als handelte es sich um seine Hochzeitsreise. Ein Pfad, auf dem er sich befinde, seitdem er begonnen habe, im Gefängnis die heilige Schrift zu studieren. Er nannte die Namen jeden einzelnen Gefängnispriesters, dem er begegnet war, beschrieb, wie er als Kind an Gott geglaubt habe, danach aber nicht mehr und pries das Werk Edith Steins – während die Anwälte versunken auf ihren Smartphones herumspielten, der angeklagte Minister den Unterkiefer noch weiter nach vorn schob, der Vorsitzende Richter seine Brille putzte, und ein Journalist auf seinem iPad eine Mail schrieb, die, als er sie abschickte, wie ein startendes Flugzeug rauschte.

Ich habe mein bisheriges Leben dem Bösen geopfert, jetzt wollte ich es in den Dienst des Guten stellen, um den Toten eine Ehre zu erweisen, sagte der Mafioso.

In seinem weichen sizilianischen Singsang klang alles gleich, egal ob er von Salzsäure für die Leichen, von mit Metallteilen vermischtem Sprengstoff oder vom Johannes-Evangelium sprach, seinem Lieblingsevangelisten. Als er die Auferweckung des Lazarus von den Toten und die Erkenntnis des Einsseins mit Gott beschwor, deklamierte er: *Wer von diesem Wasser trinkt, wird wieder Durst bekommen; wer aber von dem Wasser trinkt, das ich ihm geben werde, wird niemals mehr Durst haben*, bis der Vorsitzende Richter endlich eingriff und bemerkte: Ich habe den Eindruck, dass wir jetzt genug zum spirituellen Weg gehört haben.

Die Staatsanwältin bat ihren Kronzeugen, über seine letzten Attentate auszusagen – die Bomben auf dem Kontinent, wie Marino das Festland bezeichnete. Attentate, die für Cosa Nostra ungewöhnlich gewesen seien, weniger, weil man sich da auf fremdem Terrain befunden habe, als wegen der Umstände, unter denen sie stattgefunden hätten.

Es war eine Anomalie, sagte Marino, dass der Boss an einem Attentat teilnahm, normalerweise führten wir die Attentate allein aus, nachdem die Entscheidung gefallen war. Hier aber war Pecorella nicht nur dabei, sondern ließ uns auch bis zu der letzten Minute im Unklaren darüber, ob wir das Attentat durchführen sollten oder nicht. Das war sehr eigenartig. Es war, als käme das Kommando von jemand anderem. Das meinte ich, als ich sagte, dass diese Toten uns nicht gehörten.

In diesem Augenblick erstarrte der ganze Gerichtssaal wie schockgefroren. Niemand tippte mehr SMS, der Richter hörte auf, seine Brille zu putzen, man hörte kein Räuspern, kein Füßescharren, kein Klicken von Computertasten mehr, kein Telefon vibrierte, selbst die Klimaanlage hörte auf zu rauschen. Giovanni hielt die Luft an wie ein Apnoe-Taucher.

Die Einzige, die sich im Saal noch bewegte, war die Staatsanwältin. Unbeteiligt und konzentriert wie eine Artistin auf dem Hochseil. Sie schob ein vor ihr liegendes Blatt Papier zur Seite, raffte den weiten Ärmel ihrer Robe etwas zusammen, zog ein anderes Blatt Papier aus einer Akte, und fragte scheinbar ausdruckslos: Wann haben Sie festgestellt, dass zwischen Cosa Nostra und der Politik eine Geschäftsbeziehung bestand?

Daraufhin fing man im Saal an zu murren, nicht nur auf der Anklagebank, sondern auch auf den Pressebänken, ein Protest, der immer lauter wurde, bis der Richter auf den Tisch klopfend um Ruhe bat, um Marcello Marino zu verstehen – der von einem Treffen berichtete, das zwischen Minister Gambino und dem Boss Gaetano Pecorella in einer Bar in Mailand stattgefunden habe. Marino erinnerte sich an jedes Detail – dass er das Auto in der zweiten Reihe geparkt habe, Pecorella einen dunkelblauen Kaschmirmantel getragen und die Bar durch einen Hintereingang betreten habe. Und nach dem Treffen so glücklich gewesen sei, als hätte er im Lotto gewonnen. Pecorella habe im Auto gejubelt: Wir haben alles erreicht, was wir erreichen wollten, dank der Vertrauenswürdigkeit der Leute, mit denen wir jetzt zu tun haben!

Außerdem habe er auch noch betont, dass diese Leute keine kastrierten Ziegenböcke seien wie die Sozialisten, ihre bisherigen Geschäftspartner, die erst die Stimmen von Cosa Nostra einkassiert und ihr dann den Krieg erklärt hatten. Als die Staatsanwältin nachfragte, was er damit meine, wurde sie vom Richter ermahnt.

Es handelt sich hier ganz eindeutig um eine Meinungsäußerung subjektiver Art, wir können nur nach Fakten fragen, nicht nach subjektiven Betrachtungen, beschied er, woraufhin Serena Vitale mit dem Lächeln einer Klosterschwester hauchte: Selbstverständlich, Herr Vorsitzender.

Ein echtes Schauspieltalent, diese Vitale. Gerade noch Mutter Teresa, dann wieder Pokerface. Mit unbewegter Miene hörte sie zu, wie ihr Kronzeuge dem Gericht nun schilderte, dass Minister Gambino als einer derjenigen beschrieben worden sei, von dem die Zukunft der Cosa Nostra abhänge.

Pecorella sagte, dass wir uns jetzt keine Sorgen mehr um die Zukunft machen müssten, alles sei bereits programmiert. Diese Personen, sagte Pecorella, seien unsere Versicherung für die Zukunft, wir müssten nur etwas Geduld haben und die guten Beziehungen zu ihnen pflegen.

Schließlich bat Serena Vitale den Abtrünnigen darum, zu schildern, wie der mit ihm inhaftierte Pecorella reagiert hatte, als er erfuhr, dass Marcello Marino beschlossen hatte, auszupacken.

Hat Gaetano Pecorella versucht, Sie von Ihrer Entscheidung abzuhalten? Hat man Sie verflucht?

Nein, sagte Marino. Wir mochten uns ja. Er und sein Bruder waren Familie für mich. Sie haben mich verstanden. Und mir angekündigt, einen solchen Schritt ebenfalls in ihren Herzen zu bewegen.

Weil auch sie Reue empfanden?

Marino lachte kurz auf. Sie sagten: Wenn nichts von da kommt, von wo was kommen muss, sieht die Sache auch für uns anders aus.

Mehr wollte die Staatsanwältin nicht hören. Sie schien es zu genießen, den wolkigen Satz einen Augenblick im Gerichtssaal stehenzulassen, bis auch bei Wieneke angekommen war, dass mit *von wo was kommen muss* Gambino und seine Freunde gemeint sein mussten.

Keine weiteren Fragen, Euer Ehren, sagte Serena Vitale.

Nun waren die Verteidiger an der Reihe.

Natürlich fragen wir uns, wie Sie das Leiden des entführten Jungen mit Ihrer Religiosität vereinbaren konnten, die Sie uns heute so erschöpfend geschildert haben, sagte der Anwalt, worauf es Serena Vitale nicht mehr auf ihrem Stuhl hielt. Aber noch bevor sie etwas einwenden konnte, hatte der Richter die Frage des Anwalts bereits abgelehnt.

Daraufhin versuchte der Anwalt es anders. Der Vater des Jungen war zum Abtrünnigen geworden, zum Ruchlosen, zum Dreck – Cosa Nostra wollte ihn durch die Entführung seines Sohnes zum Schweigen bringen, sagte der Anwalt. Ist das richtig?

Ja, das ist richtig, sagte Marino.

Und Sie hatten die Aufgabe, den Jungen zu entführen. Wie können wir uns das vorstellen?

Ich habe mich als Polizist verkleidet, den Jungen von der Schule abgeholt und ihm gesagt, dass ich ihn zu seinem Vater bringen würde.

Und wie können wir uns diese Gefangenschaft genau vorstellen? Würden Sie uns bitte die Einzelheiten beschreiben?

Die Staatsanwältin protestierte. Die Fragen hätten nichts mit dem Prozess zu tun. Der Richter reagierte nicht.

Eine echte Ratte, flüsterte Wieneke.

Wer?, fragte der Fotograf. Der Mafioso oder der Verteidiger?

Wo wurde der Junge gefangen gehalten?, fragte der Anwalt.

Erst auf einem Gutshof in Gangi und dann in Castellammare del Golfo. Ich war aber nicht dabei.

Sie waren nicht dabei, aber Sie haben dennoch darüber ausgesagt.

Weil ich mit den anderen in Kontakt war. Ich wusste Bescheid.

Gilt das auch für Ihre Aussagen über Minister Gambino? Sie machen Aussagen über Situationen, die Sie selbst gar nicht erlebt haben?

Nein, das stimmt nicht, sagte Marino, während Serena Vitale wieder vergeblich versuchte, Einspruch zu erheben.

Es stimmt nicht, dass Sie über Geschehnisse aussagen, die Sie selbst nicht erlebt haben?

Ich wurde ständig auf dem Laufenden gehalten. Unter anderem ging es darum, wie wir den Jungen ernähren sollten. In Castellammare del Golfo war er in das Badezimmer eines Ferienhauses eingesperrt, in die Tür wurde eine Katzenklappe eingesetzt, durch die sie das Essen für den Jungen schoben. Kalte Pizza und belegte Brote. Wir haben ihm später warmes Essen gegeben.

Es war also ein Glücksfall für den Jungen, dass Sie sein letzter Kerkermeister waren?, fragte der Anwalt. Haben Sie jemals mit ihm gesprochen?

Nein, das war uns nicht erlaubt. Wir kommunizierten nur über Zettel mit ihm. Um nicht identifiziert zu werden, trugen wir Sturmhauben. Von Zeit zu Zeit wurde der Junge gepackt, gefesselt und mit einer Kapuze über dem Kopf im Kofferraum zu einem neuen Versteck gefahren, zuletzt zu einem Flecken bei Santa Ninfa.

Wie können wir uns das heute vorstellen: Wenn Sie Ihren Sohn sehen, denken Sie dann an den Jungen, der zwei Jahre lang gefangen gehalten wurde, bis er schließlich von Ihnen erdrosselt wurde?

Der Richter wies die Frage ab. Zu persönlich.

Hätten Sie nicht dafür sorgen können, dass der Junge freikommt?, fragte der Anwalt nun.

Die Chance, dass er die Gefangenschaft überlebt hätte, stand eins zu einer Million, sagte Marino.

Erreicht haben Sie mit der Entführung nichts, sagte der Anwalt. Der Vater des Jungen zog seine Aussagen nicht zurück – freilassen konnten Sie den Jungen aber auch nicht, weil Sie so in den Augen des Mafiavolks ihr Gesicht verloren hätten. Also haben Sie sich an die Arbeit gemacht. Ich zitiere jetzt aus dem Vernehmungsprotokoll: *Wir aßen erst zu Abend – Rindersteak vom Grill – dann öffneten wir das Verlies mit der Fernbedienung und trugen ein großes Ölfass und zwei Plastikkanister hinunter. Wir betraten das Gefängnis des Jungen und hießen ihn, sich mit dem Gesicht zur Wand zu stellen. Wir legten eine Schlinge um seinen Hals, zwei hielten ihn an den Schultern fest, und ich habe die Schlinge zugezogen. Der Junge wehrte sich nicht. Er war weich wie Butter. Hätte dein Vater uns nicht verraten, wärst du mein Augapfel gewesen, sagte ich noch, dann legte ich den noch warmen Körper des Jungen in das Ölfass und kippte die Salzsäure aus den Plastikkanistern über ihn aus. Danach gingen wir alle drei wieder nach oben zum Schlafen. Als ich das Verlies am nächsten Morgen wieder betrat, war es voll mit den Dünsten der Salzsäure. Nachdem ich gelüftet hatte, sah ich, dass ein Bein des Jungen noch nicht aufgelöst war. Da rührte ich mit einem Holzpflock um. Von dem Jungen blieb nicht mehr als die Metallschlinge, die ich ihm um den Hals gelegt hatte.*

Entspricht das Ihrer Aussage?

Ja, sagte Marino.

Keine weiteren Fragen, Euer Ehren, sagte der Anwalt.

Kurz darauf wurde die Verhandlung beendet. Wieneke klaubte mit steif gefrorenen Fingern seine Sachen zusammen, packte sein Notizbuch in die Fahrradkuriertasche und versuchte sich einen Weg zu Serena Vitale zu bahnen, um sie an das vereinbarte Interview zu erinnern, was aber daran scheiterte, dass sich nun vor ihm die Journalisten um Gambino ballten, der in alle ihm entgegengereckten Smartphones, Mikrophone und Diktiergeräte bellte, dass Serena Vitale eine Fanatikerin sei, eine Irre, eine Hysterikerin. Es sei ein Skandal, dass dieser Prozess von einer Staatsanwältin geführt werde, die dafür bekannt sei, eine Jakobinerin zu sein, eine Rotbrigadistin, eine

Terroristin, die die Gerichtsbarkeit als Geisel genommen habe, eine rote Zecke, die Vorworte für linke Bücher schreibe und einen mafiösen Killer zum Kronzeugen benannt habe. Eine, die auch mit Radikalpopulisten, Globalisierungsgegnern und anderen Gewalttätern sympathisiere, worin er einen weiteren Beweis dafür sah, dass an italienischen Gerichten ein Gesinnungsterror herrsche, der ein Fall für den europäischen Menschenrechtsgerichtshof sei. Richter und Staatsanwälte seien die Krebsgeschwüre der italienischen Demokratie, das Recht sei schon lange kein Recht mehr, sondern eine Niederlage der Vernunft.

Wieneke konnte nur noch sehen, wie Serena Vitale ihre Akten zusammenpackte, Journalisten abwimmelte und sich in Nichts auflöste. Er beschloss, ihr eine SMS zu schicken. Gut, sie war sehr beansprucht, aber wer war das nicht, und schließlich hatte er sich schon vor vier Wochen mit ihr zum Interview verabredet, er hatte ihr Mails geschickt, auf die sie nicht geantwortet hatte, und sie schon von Hamburg aus mit SMS bombardiert, um sicher zu sein, sie zu treffen. Sie hatte zugesagt, ihr Wort galt, sie konnte doch jetzt nicht einfach so tun, als hätte sie seinen Namen nie gehört, diese Schlange.

2

Endlich keine Birken. Das war sein erster Gedanke gewesen, als er in Palermo aus dem Flugzeug gestiegen war. Wieneke war Allergiker. Seit Jahrzehnten wurde sein Leben von der Pollenflugvorhersage bestimmt. Als Investigativ-Reporter für *FAKT* hatte Wolfgang W. Wieneke korrupte Geheimdienstler, verfilzte VW-Manager und bestechliche Fußballer zur Strecke gebracht. Er hatte Waffenlieferungen in den Irak aufgedeckt und fast einen Minister gestürzt, aber gegen Birkenpollen war er wehrlos. Als er in der Pollenflugvorhersage gelesen hatte, dass sich die Hauptpollenzeit in diesem Jahr durch die letzten verregneten Wochen verlängern würde, und ihm sein Chefredakteur wegen einer Lappalie blöd gekommen war, hatte er beschlossen, nach Sizilien zu fahren. Scheiß auf die Birken.

Palermo war zwar pollenfrei, dafür aber tropisch heiß, und das im April. Man kann nicht alles haben.

Wieneke stellte sich in den dürftigen Schatten einer Palme und wartete, dass sein Auto wieder auftauchen würde. Ein Mann mit Schirmmütze und gerötetem Gesicht schlenderte unbeteiligt über das Pflaster. Er verteilte etwas, das es gar nicht gab. Für zwei Euro verkaufte er die Illusion eines Parkplatzes. Wieneke hatte ihm den Autoschlüssel lassen müssen, der Fotograf hatte ihm versichert, dass das kein Grund zur Sorge sei, in Palermo vertrauten alle den illegalen Parkwächtern, weil man sonst abgeschleppt würde. Der Parkwächter hingegen würde mit dem Abschleppwagen verhandeln, *un momentino*, wer wird denn gleich so fiskalisch sein, würde er sagen, den

Wagen schnell aus dem Halteverbot entfernen, und eine Runde fahren, bis der Abschleppwagen wieder weggefahren wäre.

Schon auf dem kurzen Weg vom Justizpalast zum Auto hatte Wieneke sein Hemd nass geschwitzt. Im Justizpalast war er der Einzige gewesen, der ein kurzärmeliges, kariertes Hemd trug. Alle anderen Männer trugen trotz der Hitze Sakkos und Krawatten. Und blütenweiße langärmelige Hemden. Tailliert natürlich.

Die Klimaanlage des Autos funktionierte auch nicht richtig. Wie hatte doch der Pilot kurz nach der Landung gesagt, als die Flugzeugtreppe ewig auf sich warten ließ: Wir sind in Italien! Wieneke knöpfte sich das Hemd auf. Und gedachte des ersten Chefredakteurs seines Lebens, Jürgen Schulze-Oberloh vom Westfälischen Anzeiger, genannt Schloh. Als Wieneke sein Volontariat antrat, hatte Schloh gesagt: Wenn alle im Smoking kommen, dann kommst du im Trainingsanzug. Und wenn alle im Trainingsanzug kommen, dann kommst du im Smoking. Wenn alle rot sind, dann bist du schwarz. Und wenn alle schwarz sind, dann bist du rot. Ein Journalist hat sich nicht gemein zu machen.

Schloh war es auch gewesen, der Wieneke damals gefragt hatte: Willst du es ruhig und besinnlich, oder willst du an die Front? Front bedeutete: Lokalredaktion Dortmund und Dienst bis Mitternacht. Wenn er nicht gleich im Polizeiwagen schlief. Auf Schlohs Schreibtisch in Dortmund hatte noch eine Flasche mit schottischem Single Malt Whisky gestanden, auf dem Schreibtisch des jetzigen Chefredakteurs von *FAKT* stand eine Teekanne. Daneben lag das Buch, das er mit dem Außenminister geschrieben hatte. Wieneke wollte Minister stürzen, und sein Chef machte Bücher mit ihnen.

An einem jener grauen Hamburger Morgen war Wieneke mal wieder in das Büro des Chefredakteurs gepilgert, um ihm ein Thema vorzuschlagen. Es dauert noch etwas, hatte Tillmanns Sekretärin gesagt, eine mollige Kölnerin, die, wie Wieneke fand, etwas zu aufreizend mit dem Hintern wackelte, wie überhaupt alle Frauen mit irgendetwas wackelten, sobald Tillmann in ihrer Nähe war. Als sich die Tür endlich öffnete und Tillmann heraustrat, bat er Wieneke, in seinem Büro Platz zu nehmen – so wie man Kinder vorschickt, wenn man sie loswerden will. Tillmann ging zur Sekretärin, schäkerte mit ihr und fuhr sich lachend durch seine kurz geschnittenen Haare, die an den Schläfen weiß schimmerten. Weißes Hemd, dunkelblaues Jackett und Jeans. Das modische Statement eines fest angestellten Mittvierzigers. Obenrum wertkonservativ, untenrum *Und sie wissen nicht, was sie tun*.

Wieneke setzte sich in den Ledersessel vor Tillmanns Schreibtisch und drehte sich so, dass er das Licht im Rücken hatte. (Wichtig bei Gehaltsverhandlungen: Immer mit dem Rücken zum Licht sitzen!) Und doch: Kaum hatte er sich gesetzt, fühlte er sich wie ein Mitarbeiter eines Callcenters, der an diesem Tag zum vierzigsten Mal hört, dass er sich die Option für die Flatrate sonst wohin stecken könne. Er blätterte in seinen Unterlagen, in dem Ermittlungsbericht, den Auszügen aus dem Handelsregister und den Artikeln der Lokalzeitungen, die er in Klarsichthüllen geordnet hatte. Als Tillmann endlich die Tür hinter sich schloss, begann Wieneke mit seinen Erklärungen, noch bevor Tillmann am Schreibtisch saß.

Ein befreundeter Polizist hatte ihm den Tipp gegeben. Es ging um einen sizilianischen Bauunternehmer, der seit vierzig Jahren in Dortmund lebte und eine beeindruckende Karriere vom Eisverkäufer zum Großinvestor gemacht hatte. Als Betreiber der VAT Consulting baute der Sizilianer Altenheime auf ehemaligen Truppenübungsplätzen, Kasernengeländen oder Industriebrachen, deren Entsorgung ebenfalls von dem Sizilianer übernommen wurde.

Ist eine sehr spezielle Art von Entsorgung eben, stellte Wieneke abschließend fest, nachdem er auf der Sesselkante sitzend das investigative Potenzial der Geschichte für *FAKT* erklärt hatte.

Schon verstanden, sagte Tillmann und wärmte seine Hände

an dem Glas mit Kamillentee. Am oberen Rand seines Schreibtischs lagen frisch angespitzte Bleistifte der Größe nach aufgereiht. Links eine Unterschriftenmappe, rechts ein iPad, und direkt unter den Bleistiften lag ein Papierstapel mit Notizen, dessen oberstes Blatt in diesem Moment von Tillmann zurechtgerückt wurde.

Das bedeutet, dass die Entsorgung keine ist. Die Altenheime werden auf Böden gebaut, die voller Schwermetalle, Nitrate, Cyanide, Nitroaromaten und Aminoaromaten stecken, erklärte Wieneke.

Ich habe das begriffen, lieber Widukind. Auch wenn ich kein Chemiker bin, nehme ich an, dass es giftig ist.

Tillmann lächelte. Und entblößte dabei seine Zähne, Mäusezähnchen, die erstaunlich schief standen und von graubrauner Farbe waren, wie man sie eigentlich nur bei Alkoholikern oder Heroinsüchtigen findet. Wieneke fragte sich, was ihn mehr anwiderte: Das falsche Lächeln oder dieses genüsslich dahingehauchte *Widukind.* Niemand außer Tillmann wagte es, Wieneke bei seinem verhassten zweiten Vornamen anzusprechen.

Wo früher Sprengstoffe, Munition und Giftgas gelagert war, findet heute Seniorengymnastik statt!

Wieneke schob die Artikel der Lokalpresse über den Schreibtisch zu Tillmann, wobei er die geometrische Ausrichtung der Bleistifte in Unordnung brachte. Die Dortmunder Lokalpresse war sich nicht zu schade, den Mist mit *Endlich erster Spatenstich auf ehemaligem Standortübungsplatz Red Barracks. VAT Consulting investiert 12,5 Millionen Euro für »Seniorendomizile«* zu betiteln.

Muss man sich mal vorstellen, sagte Wieneke. Kleine Kollegenschelte. Kommt immer gut.

Tja, sagte Tillmann, drehte sich auf seinem Stuhl von Wieneke weg und blickte so interessiert auf die Regenwolken, als bemerke er dieses grandiose Naturschauspiel zum ersten Mal. Wieneke sah sich gedrängt, noch etwas draufzulegen. Einen Köder, den Tillmann schlucken würde. Und schon hörte er sich sagen: Bemerkenswert ist seine Karriere auch, weil der Sizilianer in Sachsen wegen Bestechung eines Treuhand-Managers verurteilt wurde.

Tatsächlich?

Tillmann drehte sich wieder zu Wieneke hin.

Sachsensumpf ist immer eine gute Bank.

Und wie lange ist das her?, fragte Tillmann.

Was?, fragte Wieneke.

Die Bestechung in Sachsen.

Wieneke blätterte in seinen Unterlagen.

Ist 'ne Weile her.

Wärme stieg in Wienekes Gesicht. Die Unterlagen in den Klarsichthüllen gerieten ins Rutschen. Eine Hülle glitt auf den Boden, und als er sich bückte, um sie aufzuheben, fielen auch die anderen herunter. Wieneke fühlte Tillmanns Blick auf seinem Rücken, als er wie ein Käfer über den Teppichboden kroch, die Seiten zusammenklaubte und sich darum bemühte, sie wieder in die richtige Reihenfolge zu bringen. Mit rotem Gesicht stand er auf. Er setzte sich zurück in den Ledersessel, wieder mit dem Rücken zum Licht, und las schweigend in den Kopien. Als ihm nichts anderes mehr einfiel, sagte er so überrascht, als würde er es zum ersten Mal bemerken: Ach, echt schon zehn Jahre.

Nach zehn Jahren durften Urteile nicht mehr erwähnt werden. Damit die Resozialisierung nicht gefährdet würde. Und der Mafiasack besser seinen Geschäften nachgehen konnte. Mist. Eigentlich hätte er hier einfach aufstehen können. Er selbst hatte Tillmann den Stich zuspielt. Scheiß-Sachsensumpf. Stattdessen blieb er wie ein Schaf sitzen. Und gab dem Kamillenteetrinker die Gelegenheit, das anzuwenden, was er wahrscheinlich während des letzten Wochenendseminars im Harz zum Thema Mitarbeitergespräche geübt hatte: offene Gesprächskultur, Vertrauen, Fairness. Die Nummer. Obwohl er nicht zuhörte, konnte er nicht verhindern, dass Fetzen von *lieber Widukind* an ihm kleben blieben, dieses Hamburger Siezen, dieses *Ich schätze Sie sehr*, dieses *Guter Journalismus besteht aus Sachverstand, Einschätzung und Kontext*, die übliche Tillmann-Nummer, gleich würde er auch noch mit den fünf W's kommen.

Es ist zwar ehrenvoll, einen gesellschaftlichen Missstand zu beklagen, dies bedeutet aber keineswegs, subjektiv zu berichten. Berichterstattung darf nie subjektiv sein.

Wieneke fragte sich, was daran subjektiv sein sollte, wenn er aus Ermittlungsberichten zitieren würde, die belegten, dass ein Mafioso auf verseuchtem Grund Altenheime baute.

Ihre Geschichte ist nicht sexy genug. Seniorendomizile, Schwermetalle und ein italienischer Unternehmer, von dem Sie keineswegs wissen, ob er ein Mafiosi ist.

Mafioso, sagte Wieneke.

Wie bitte?, fragte Tillmann.

Mafiosi ist Plural, es heißt Mafioso.

Herrgott, Sie machen es sich wirklich schwer, Widukind. Es geht darum, dass nicht jeder Italiener ein Mafioso ist. Wenn Sie eine Geschichte über die Mafia schreiben wollen, dann bringen Sie mir ein Interview mit einem echten sizilianischen Mafioso, alles andere ist doch Quatsch.

Als Wieneke aufstand, fiel sein Blick auf die Kanne mit dem Kamillentee. Aber anstatt die Kanne zu nehmen und den Inhalt auf Tillmanns Schreibtisch zu gießen, kroch er schon wieder auf dem Boden herum, weil eine weitere Klarsichthülle heruntergerutscht war.

Tillmann drehte sich genervt zum Fenster und vertiefte sich in die Betrachtung der Regenwolken. Sein Drehstuhl quietschte. Auf einem kleinen, gläsernen Teller lagen drei vertrocknete Kamillenteebeutel.

Als Wieneke in den Wagen stieg, stieß er versehentlich eine Frau an, die ihn anfunkelte, als hätte er versucht, ihr die Handtasche zu klauen. *Scusi*, murmelte Wieneke, und schon lächelte die Italienerin. Geht doch nichts über Sprachen. Beschwingt gab er Mondello als Zielort in das Navi ein und dachte an Francesca.

Der Verkehr war so zäh wie am Morgen, aber das störte ihn jetzt nicht, denn im Radio wurde dieses neapolitanische Lied gespielt, dieser Schmachtfetzen, den Francesca ihm einmal vorgesungen hatte, und dem er seitdem verfallen war. Seit Francesca wusste er: Italienerinnen konnten knallhart sein. Einerseits. Andererseits steckte sie hier in jeder Oleanderblüte, in jedem Meeresglitzern, in jedem Hauch des warmen Frühlingswindes. Wieneke hatte nie eine wirkliche Chance bei ihr gehabt, das war ihm schnell klar geworden. Nicht wegen seines Aussehens, nein, was sein Aussehen betraf, war er mehr der Gérard-Depardieu-Typ. Jedenfalls hatte Francesca das einmal festgestellt, und Wieneke hoffte, dass sie den jungen Gérard Depardieu meinte. Aber besser Charakter und etwas verknautscht, als diese sizilianischen Mafia-Schönlinge.

Ein Wagen schnitt ihn beim Überholen, ohne dabei den Blinker zu setzen. Entlang der Straße loderte das Gelb der Mimosen, und da, wo die Fahrbahndecke aufgebrochen war, leuchtete rosarotes Unkraut. Das Navi führte durch eine Gegend voller würfelförmiger, arabisch anmutender Häuser, durch eine Allee mit Ficusbäumen, die zu einem Tunnel zusammengewachsen waren und schließlich zu der Uferstraße, an der Kinderkarussells standen. Auf dem Meer tanzten Schaumkronen, und auf dem schmalen Strand lagen noch Algen, die von den Winterstürmen angetrieben worden waren. Der Strand wurde von Strandwächtern gereinigt, blau-weiß gestreifte Badekabinen waren bereits aufgestellt. Am Ende des Kais ragte eine marmorne Madonna aus dem Meer.

Das von der Sekretärin gebuchte Hotel hatte sich als Siebzigerjahre-Relikt entpuppt, mit leichtem Ostblock-Charme, schlecht riechenden Kunstledersesseln und abblätterndem Putz, aber die Lage war unschlagbar: Vor dem Fenster lag die Bucht von Mondello, dahinter warf ein Berg seinen Schatten auf den Strand, das Meer war fototapetentürkis.

Sein Telefon vibrierte. Eine SMS von der Staatsanwältin. Sie müsse morgen dringend verreisen, ob es möglich sei, das Interview auf nächste Woche zu verschieben? Unfassbar. Er hatte noch nie erlebt, dass Italienerinnen eine Verabredung zum vereinbarten Zeitpunkt einhielten. Musste ein Naturgesetz sein. Er versuchte sie anzurufen, erreichte aber nur die Mailbox.

Wieneke zog ein paar Bahnen im Hotelpool (vierzig, um genau zu sein. Macht einen Kilometer. Große Befriedigung. Herausragende sportliche Leistung) und beschloss, seine Vanillezigaretten und die Unterlagen einzupacken und in einem Café an der Strandpromenade zu lesen. Endlich spürte er Sonne auf der Haut, ohne dabei zwanghaft an Birkenpollen denken und nach dem Nasenspray tasten zu müssen.

Auf dem Weg zur Piazza wich er kleinen Jungs auf frisierten Vespas aus, die zentimeterdicht an ihm vorbeifuhren, weshalb er froh war, seine Fahrradkuriertasche schräg über die Brust gehängt zu tragen. Die Fischrestaurants an der Uferstraße waren noch geschlossen, er fragte sich, ob er hier auch etwas anderes als Fisch essen konnte. Der Geruch von Fisch erinnerte ihn immer an den Tod. Er betrat einen Tabakladen an der Piazza und stellte erleichtert fest, dass er hier Nachschub an Vanillezigaretten finden würde. Beim Verlassen des Ladens fiel ihm ein kleiner Hausaltar auf, der in die Wand eingemauert war. Ein ewiges Licht flackerte vor dem Foto eines Mannes, daneben lag ein Palmzweig und ein Bild von Padre Pio. Auf die Mauer gegenüber hatte jemand *Accendimi la vita* gesprayt: Zünd mir das Leben an.

3

Serena Vitale saß unter einem Frisierumhang und einer Plastikfolie, die Haare strähnchenweise in Alufolie verpackt und roch den beißenden Geruch des Wasserstoffperoxids, das gerade auf ihrem Kopf wirkte. Sie blätterte in den Zeitungen, die auf ihrem Schoß lagen. Alle berichteten an diesem Morgen darüber, wie Gambino in einer Verhandlungspause *Meiner Meinung nach gehört Serena Vitale in Behandlung* in das Mikrophon eines Radiosenders gebrüllt hatte. Rote Zecke, Rotbrigadistin, Jakobinerin: Gambino verlor die Fassung. Er war nervös. Das war ein gutes Zeichen. Denn dann würde er Fehler machen.

Franco begutachtete den Zustand ihrer Strähnchen, faltete die Folie wieder zusammen und nickte befriedigt.

Stellina, ich sage dir: Es läuft sehr, sehr gut. In ein paar Minuten spüle ich die ersten aus. Du wirst sehen, dein Leben wird danach ein anderes sein.

Ich verlasse mich ganz auf dich, sagte Serena. Eine gewagte Äußerung. Über der Eingangstür zu Francos Salon hing ein riesiger Pappmachékopf, der früher eine Geisterbahn geschmückt hatte, mit Haaren dick wie Bootstaue und starr blickenden kobaltblauen Augen.

Meiner Meinung nach warst du in deinem Herzen immer schon eine Blondine, *stellina mia*. Blond ist keine Haarfarbe, sondern eine Lebenseinstellung, ich passe dein Haar nur deinem Naturell an.

Als Franco die ersten Strähnchen an ihrem Hinterkopf ausspülte, rühmte er die einzigartige Farbe: kein Weißblond, kein Platinblond, sondern ein – völlig natürliches – Beachblond und versicherte, dass demnächst ein einziger Blick aus ihren Blondinenaugen reichen würde, um den Minister niederzustrecken.

Brünett macht blass, sagte Franco. Hast du deine Kollegin Angela gesehen? Mittlerweile sieht sie aus, als ob sie in einem Kellerverlies gehalten würde.

Als Serena wieder auf dem Frisierstuhl saß und darauf wartete, dass das Wasserstoffperoxid den letzten brünetten Rest aus ihr tilgen würde, blätterte sie weiter durch die Zeitungen. Die linke Presse titelte: GAMBINO ALS BOTSCHAFTER VON COSA NOSTRA. Oder: DER PROTAGONIST DER GROSSEN INTRIGE UND: SIZILIEN ALS GEISEL DES MINISTERS und fasste ihren Prozess in einer Spezialbeilage zusammen (4 Jahre Ermittlungen, 120 Gerichtsordner mit Ermittlungsakten, 12 abgehörte Telefonanschlüsse, 4 Kronzeugen, 35 Zeugen). Die rechte Presse widmete ihr Aufmacher mit Überschriften wie: DIE LÜGEN DER VITALE ODER DER EINSAME KAMPF EINER FRUSTRIERTEN FRAU und zitierte Gambino mit den Worten: Wenn ich krank werde, hat mich die Vitale auf dem Gewissen. Ein Gesundheitscheck habe vor kurzem ergeben, dass seine Prostata vergrößert sei: Man geht mir hier seit Jahrzehnten auf den Sack, sagte er.

Angesichts der Tatsache, dass es Richter gab, die in juristischen Fachblättern die Frage stellten, was schwerer zu ertragen sei, die Mafia oder die Mafiaprozesse, konnte die Prostata des Ministers nicht auch noch ihr Problem sein.

Franco imitierte den Klang einer Fanfare und sagte: Jetzt ist es so weit.

Während er ziemlich ruppig ihre Kopfhaut massierte, spürte Serena, wie ihr etwas Wasser den Rücken hinunterlief. Franco schrubbte mit einem staubsaugerähnlichen Ding über ihren Kopf, um das Wasser aus den Haaren zu saugen und rief in den Salon: Schaut euch das an! Ich habe nichts anderes getan, als die Blondine in Serena Vitale freizulegen!

Huldvoll nickend nahm er den Applaus seiner Friseurinnen entgegen, bemerkte, dass Serena ungeduldig wurde und fügte an: Eine kleine Packung noch, dann sind wir fertig, Schätzchen.

Serena hätte sich gewünscht, dass ihr Vater diesen Prozess erlebt hätte. Er war dafür verantwortlich, dass sie Staatsanwältin geworden war. Seht sie euch an, sie wird mal Richterin!, hatte er bei ihrer Taufe gerufen. Die Verwandten lächelten noch heute gequält, wenn davon die Rede war. Sie hätten Verständnis dafür gehabt, wenn er seiner Tochter prophezeit hätte, eine gefeierte Schauspielerin zu werden. Wenn es sein musste, auch Sängerin. Oder Dichterin, schlimmstenfalls. Aber Richterin? Eine, die sich zum Büttel eines Staates machte, der ihnen ferner war als Araber, Aragonesen und Bourbonen zusammen?

Ihre Mutter hatte zwar nicht gewagt, das Vermächtnis ihres verstorbenen Mannes infrage zu stellen, aber auch sie wunderte sich, warum Serena ausgerechnet Antimafia-Staatsanwältin werden wollte, wenn es eine Laufbahn als Scheidungsrichterin auch getan hätte. Sie glaubte nicht, dass Gesetze etwas gegen die Mafia ausrichten konnten. Schon gar nicht, wenn diese Gesetze durch ihre Tochter verkörpert wurden. *Fatti l'affari to chi campi cent'anni,* sagte sie auf Sizilianisch: Kümmer dich um deinen Kram, dann wirst du hundert Jahre alt.

Franco trug eine weitere Paste auf und wickelte Frischhaltefolie um ihren Kopf. Serena lehnte sich gegen das Waschbecken und spürte, wie ihr Nacken steif wurde. In dieser Position konnte sie nicht mal die Zeitungen lesen. Sie kontrollierte die SMS auf ihrem Telefon, der Journalist hatte noch nicht geantwortet. In Francos Geisterbahn hatte ihr Telefon keinen Empfang. Serena ahnte, dass es nicht einfach würde, den Journalisten davon zu überzeugen, das Interview zu verschieben, Deutsche waren nicht unbedingt für ihre Improvisationskunst berühmt. Eine Zusage war für sie so etwas wie ein Vertrag, den man nur schriftlich und per Einschreiben rückgängig machen konnte. Ihr Vater hatte genau diesen Wesenszug an den Deutschen geschätzt.

Franco führte sie wieder zurück an ihren Platz und nahm das Handtuch von ihrem Kopf. Serena traute ihren Augen nicht. Obwohl die Haare noch feucht waren, sah sie aus wie von innen beleuchtet. Als hätte sie einen Heiligenschein auf dem Kopf.

Wunderschön, sagte Franco. Befriedigt über sein Werk machte er einen Schritt zurück, damit seine Friseurinnen nochmals einen Blick auf die soeben von ihm erschaffene Blondine werfen und Komplimente machen konnten. Unter dem Gelächter des ganzen Salons prophezeite er: Jetzt brauchst du unbedingt Leibwächter, Serena.

Nachdem Franco ihre Haare geföhnt hatte, war er außer sich vor Begeisterung. *Bella, bellissima,* jauchzte er.

Serena sah in den Spiegel und erinnerte sich an Kinderbilder, die sie mit weißblonden Haaren im Rüschenkleid zeigten. Später war sie dunkelblond, was sie zu unentschlossen fand, weshalb sie sich schon mit sechzehn die Haare mit Henna gefärbt hatte – obwohl sie schon damals ohne weiteres den Schalter mit einer kleinen Packung Weizenblond hätte umlegen können.

Weißt du, ich musste brünett werden, aus reinem Widerspruchsgeist. Als Kind war ich von Naturblonden umzingelt. Dem musste ich etwas entgegensetzen, sagte Serena.

Oh, verstehe, sagte Franco und schaute sie mitfühlend an. Er nebelte ihre Haare mit Haarspray ein, zupfte an ihr herum, zwirbelte ein paar Haarspitzen, befreite sie von dem Frisierumhang und kassierte zweihundert Euro, nicht ohne spitz zu bemerken: Aber natürlich, *stellina mia,* bekommst du eine Quittung, das würde ja noch fehlen. Sonst können wir morgen in den Zeitungen lesen: Kommunistische Antimafia-Staatsanwältin bezahlt ihren Friseur schwarz! Die Legalität fängt an der Kasse an!

Serena beschloss, zu Fuß nach Hause zu gehen. Als sie den

Salon verließ, zeigte ihr Telefon an, dass der Journalist versucht hatte, sie anzurufen. Offenbar wurde sie ihn nicht los. Sie beschloss, ihn zurückzurufen. An einer Ecke der Via della Libertà kaufte sie Blumen bei dem Händler, bei dem sie seit Jahren Kundin war, und er erkannte sie nicht. Nur seine Frau warf Serena einen bösen Blick zu. In der Espressobar in der Via Principe di Belmonte musste sie nicht anstehen, und der Barmann, der schweigsamste und trübsinnigste von ganz Sizilien, rief ihr hinterher: Und noch einen schönen Abend! Auf der Straße lächelten sie die Männer an, egal ob sie acht oder achtzig waren. Sie lächelten so zutraulich, wie man einem kleinen Hund zulächelt: arglos, vertrauensselig, hoffnungsvoll. Die Frauen drückten bei ihrem Anblick die Handtaschen fester unter den Arm.

Es geht doch nichts über Blond.

4

Der Himmel über Mondello war eine kobaltblaue Kuppel, die ins Violette changierte. Wieneke packte seine Tasche und zählte das Kleingeld für die Rechnung. Er hatte die *Repubblica*, die *Stampa* und das *Giornale di Sicilia* gekauft, allerdings scheiterte er schon bei den Überschriften. Immerhin bemerkte er, dass in jeder Zeitung Artikel über Serena Vitale standen. So was nennt sich Instinkt, sagte er sich. Denn eigentlich hatte er Serena Vitale für irgendeine Antimafia-Staatsanwältin gehalten, die er nur angerufen hatte, weil sie, wie er von der Romkorrespondentin erfahren hatte, deutsch sprach.

Er hatte nicht geahnt, dass sie einen Prozess führte, der zumindest in Italien für große Aufregung sorgte. Sie war wohl so etwas wie ein Popstar, und auf Stars fuhr die Chefredaktion, vulgo Tillmännchen, immer ab. Sofort hatte er eine Geschichte vor Augen, etwas in der Art von: *Serena Vitale wird Tag und Nacht bewacht, sie kann keinen Schritt unbeobachtet tun, ist stets von schwer bewaffneten Männern umgeben. Vitale schwebt ständig in Lebensgefahr, denn sie ist Staatsanwältin im sizilianischen Palermo. In der Höhle des Löwen ermittelt die couragierte Italienerin gegen die Mafia.* Es war beruhigend, einen Plan B in der Tasche zu haben, ein Porträt über die Vitale, wenn es mit dem Interview mit einem Boss nichts würde. Vitales Prozess war dabei eher zweitrangig. Die Mafia-Verbindungen eines italienischen Ministers? Gott, ja, was auch sonst. Italienische Innenpolitik. Das Übliche. Und auch zu kompliziert. Jedenfalls für einen deutschen Leser. Und dann *Mittäterschaft* bei Attentaten – bei

Attentaten, die mehr als zwanzig Jahre her waren? Was sollte da denn noch herauskommen? Nichts. Jedenfalls nichts Interessantes. Nichts für *FAKT.* Um Tillmännchen zu zitieren: nicht sexy genug. Was man von der Vitale nicht behaupten konnte. Sie erinnerte ihn an Francesca.

Die Kellner grüßten ihn beiläufig, als Wieneke das Geld für den Espresso abgezählt auf den Tisch legte und ging. Am Nebentisch saßen ältere Damen, die zu Prosecco übergegangen waren, was der Stimmung zugute kam. Sie kicherten wie Teenager und hatten keinen Blick mehr für ihre Enkel, die den Bürgersteig zu einer Rampe umfunktioniert hatten, von der aus sie Anlauf nahmen und auf ihren Skateboards auf der leicht abschüssigen Piazza Jagd auf Fußgänger machten. Als ein älterer Herr zu Fall gebracht wurde, drehte sich eine der Damen um und rief ihrem Enkel zu: *Amore,* hast du dir wehgetan?

Kurz bevor er das Hotel erreichte, klingelte sein Telefon. Die Staatsanwältin. Sie wollte das Interview verschieben, allen Ernstes. Ihre Stimme klang nach Telefonsex. So unterwürfig wie es ihm möglich war, versuchte Wieneke zu erklären, dass er extra wegen ihr nach Palermo gereist sei, und ob es nicht möglich sei, das Interview noch heute zu führen, es würde nicht lange dauern.

Er hörte nichts, nur ein Rauschen. Dann ein Seufzen, und schließlich sagte sie: In Ordnung. Dann in zwei Stunden bei mir zu Hause. Piazza San Francesco d'Assisi.

Wieneke traute seinen Ohren nicht. In Deutschland konnte man sich schon glücklich schätzen, wenn man überhaupt einen Staatsanwalt fand, der einem Informationen zukommen ließ, und wer keine Beziehungen hatte, wurde mit den vorgestanzten Erklärungen des Pressesprechers abgespeist. Und hier wurde man gleich zu Hause empfangen. Es lebe Italien.

Er warf seine Tasche in den Wagen, tippte die Adresse in das Navi und fühlte sich verwegen. Nach der Strandpromenade verschluckte ihn wieder der schwarze Tunnel aus

Ficusbäumen, der Verkehr hatte zugenommen, später steckte er auf der Via della Libertà fest, um ihn herum ein Schwarm von Vespas, und als er das Fenster öffnete, drängte warme, von Abgasen gesättigte Luft herein, die bei jedem Asthmatiker einen Anfall ausgelöst hätte. Niemand hielt sich an Vorfahrtsregeln und immer wieder rasten Limousinen mit Blaulicht vorbei, als befände sich die Stadt in einem permanenten Ausnahmezustand. Er war so gefangen von der Stimme im Navi, dass er erst kurz vor dem Ziel bemerkte, wo er sich befand: in einer orientalischen Medina mit verfallenen Palazzi, armseligen, ebenerdigen Wohnungen, Müll an jeder Straßenecke und dunklen Gassen, die so eng waren, dass sein Auto fast darin stecken geblieben wäre (Gott sei Dank hatte er Vollkasko gebucht). Die Pflastersteine waren glatt und glänzend, und die Reifen quietschten schon bei der geringsten Geschwindigkeit. Endlich fand er einen Parkplatz, von dem er hoffte, dass sein Auto nicht abgeschleppt würde.

Die Staatsanwältin wohnte in der Nähe eines kleinen Platzes, unweit der Basilika San Francesco. Als er vor der Kirche stand, fühlte er sich an einen Film erinnert: Der Name der Rose. Wahrscheinlich war die Kirche gotisch, er würde sich aber nicht darauf festnageln lassen, die Definition von Baustilen gehörte nicht zu Wienekes Stärken. Wie auch, wenn man in Dortmund aufgewachsen war.

Auf dem Platz standen die Tische eines Restaurants, es war noch früh, die Kellner deckten gerade ein. Vielleicht konnte er hier nach dem Interview eine Pizza essen. Er gab die Adresse der Staatsanwältin in *google maps* ein.

Francesca hatte behauptet, dass er sich sogar in einer Telefonzelle verlaufen würde. Sie war eben gefühllos. Schade, dass sie nicht sehen konnte, wie er in das Herz der Finsternis vordrang. Er hatte den Weg gefunden, und er hatte eine italienische Staatsanwältin überredet, ihn für ein Interview zu empfangen: Dies war sein Tag.

Weil er noch Zeit hatte, beschloss er, sich in dem Viertel umzusehen. Manche Palazzi sahen aus wie Kriegsruinen, nur die Fassaden waren übrig geblieben, gestützt von rostigen Gerüsten, die Fenster waren zugemauert, und in den Mauerritzen wuchs Unkraut. An einer Ecke stand eine Reihe von Müllcontainern, deren Inhalte auf die Straße quollen, der Bürgersteig lag voller alter Matratzen, verfaulten Pressholzplatten und Pappkartons. Ein amerikanischer Astronaut saß im Müll fest, als Wieneke näher kam, sah er, dass es eine Stellpappe von diesem verrückten Österreicher war, der durch die Schallmauer gesprungen war. Endlich ein vertrautes Gesicht, fast schien ihm, als lächelte der Österreicher ihm zu, als sei er in diesem Labyrinth die einzige Verbindung zu seiner Welt.

Schon nach wenigen Schritten bereute Wieneke seine Tollkühnheit. Alles war fremd hier, die Gerüche – Abgase, Verwesung und feuchte Erde – und vor allem die Geräusche: glitzernde Fliegenvorhänge aus Plastikperlen raschelten, dahinter klapperten Töpfe, Frauen kreischten, Kanarienvögel zwitscherten und irgendwelche italienischen Kastraten sangen Eros Ramazzotti oder so.

Eine Zeitmaschine hatte ihn in einem fernen Mittelalter ausgespuckt, er würde in dieser Medina verloren gehen, eingesogen werden, von einer dieser dunklen, feucht glänzenden Hauswände. Er begann zu schwitzen und bemerkte, dass er in die falsche Richtung gelaufen war. Die Batterie des iPhone war so gut wie leer, wenn er nicht endlich die Hausnummer fand, war er verloren. Außer ihm und ein paar streunenden Katzen war niemand unterwegs. Er atmete auf, als er schließlich vor dem richtigen Haus stand. Allerdings gab es keine Klingelschilder. Offenbar musste man einen Code eingeben, um einzutreten. Er rief die Staatsanwältin an. Im Hof rechts die Treppe hoch, nehmen Sie den Aufzug, letzter Stock, sagte sie, drückte auf den Summer und die Tür, ein schweres hölzernes Portal, öffnete sich.

Als Wieneke im Hof stand, hätte er Soldaten erwartet. Mindestens aber Carabinieri. Oder wenigstens einen Sicherheitsdienst. Irgendwas, das darauf schließen ließ, dass in diesem Haus eine Antimafia-Staatsanwältin wohnte, eine nicht ganz unbedeutende, den Zeitungen und dem Prozess nach zu schließen. Aber hier war nichts. Nur Marmorsäulen, Bogengänge und Strebepfeiler. Aus der Fassade quollen marmorne Drachenleiber, Fischschwänze und Löwenrümpfe.

Der Aufzug rumpelte hoch. Hatte wohl auch schon bessere Tage gesehen. Oben war auch niemand. Kein Polizist, kein Maschinengewehr, kein Sondereinsatzkommando, nichts. Nur eine Blondine, die in der Tür stand. Er hätte gewettet, dass sie im Gericht noch dunkle Haare gehabt hatte.

Serena Vitale begrüßte ihn und bat ihn einzutreten. Wieneke hielt seine Fahrradkuriertasche vor sich wie ein Schutzschild. Er versuchte, etwas von der Wohnungseinrichtung zu sehen, für den Fall, dass es zu Plan B kommen würde. Personality-Geschichten waren zwar nicht seine Stärke – aber im Notfall könnte er so ein beschissenes Porträt auch noch zusammenstoppeln. Bei *FAKT* wurden in Porträts immer die Bücherregale beschrieben und die Farbe der Sofas, als Metapher für bestimmte Charakterzüge. Küchenpsychologie statt Fakten, das war der Dreh. Typisch für Kulturfuzzis. Fakten sind ja immer auch mit Arbeit verbunden.

Aber bevor er einen ungewöhnlichen Kerzenhalter, eine aussagekräftige Blechdose, eine bedeutungsschwangere Buchstütze erspähen konnte, hatte ihn die Staatsanwältin schon auf eine Terrasse geführt, die voller Pflanzenkübel stand. Es roch nach Blüten, wahrscheinlich Jasmin, aber darauf würde er sich nicht festnageln lassen, spätestens die *FAKT*-Dokumentation würde es klären.

Der Himmel sah in der Dämmerung aus, als ob sich ein rosafarbener Fleck auf blauem Stoff ausbreitete. Schwalben flogen über Bauruinen, in der Ferne konnte man Hügel erahnen, auf denen Lichter wie winzige Sterne glitzerten. Er überlegte, ob er sich das notieren sollte, verwarf es aber als zu romantisch. Wenn er schon keine Bücherregale zu Gesicht bekam, müsste er sich auf jeden Fall auf die Terrasse konzentrieren, passte ja auch besser zu Palermo – einer Stadt, die hier oben wie ein Bühnenbild aussah, eine Silhouette aus hohläugigen Fenstern, Brandmauern und barocken (oder waren die schon wieder gotisch, verdammt?) Kuppeln.

Als die Vitale in die Küche ging, um etwas Mineralwasser zu holen, blickte Wieneke ihr nach. Schöner Hintern. Sie trug einen engen Rock und teure, hochhackige Schuhe. Möglich, dass man das in Italien anders sah, aber in Deutschland würde niemand eine Staatsanwältin ernst nehmen, die im engen Rock und auf hohen Absätzen aufkreuzt. Wahrscheinlich Quotenfrau. Sie schenkte ihm Mineralwasser ein, setzte sich in einen Korbstuhl, der etwas quietschte und schlug die Beine übereinander. Sie hatte sehr schöne Beine mit schmalen Fesseln. Wieneke suchte in seiner Tasche nach einer Visitenkarte – die ihn als festangestellten *FAKT*-Redakteur auswies, nicht dass Serena Vitale ihn am Ende für einen Freien oder, schlimmer noch, für einen Online-Heinzi hielt. Er kramte zwischen Kreditkartenbelegen, Kassenbons und Presseausweisen und fand schließlich eine etwas abgegriffene Karte. Als er sie überreichte, fiel ihm auf, dass es eine von den alten Visitenkarten war, auf der das *Widukind* noch ausgeschrieben war, aber da war es schon zu spät.

Er setzte sein interessiert fragendes Journalistengesicht auf. Während des Studiums hatte er gelegentlich in einer Bar gekellnert und so gut wie kein Trinkgeld eingenommen, weil er es nicht über sich brachte, servil zu lächeln, aber als Journalist war er zu allem bereit. Er hatte sich in Interviews erniedrigen, beleidigen und belehren lassen. Wenn es der Geschichte diente, verwandelte er sich in eine menschliche Fußmatte. Letztlich ging es nur darum, dass sich alle Menschen danach sehnten, einzigartig zu sein. Egal ob sie Minister oder Gemüsebauern waren. Wenn man ihnen das Gefühl gab, außergewöhnlich zu sein, erzählten sie einem alles. Sie redeten sich um Kopf und Kragen. Wieneke konnte auf Knopfdruck amüsant, unterwürfig, beharrlich, ernst oder verständnisvoll sein. Es fiel ihm nicht schwer, meist fand er die Leute, die er interviewte, tatsächlich interessant. Jedenfalls solange er mit ihnen redete.

Die Staatsanwältin schien ihm nicht unbedingt ein Fall für die ernst-beharrliche Taktik zu sein. Aber auch nicht für die unterwürfig-verständnisvolle Strategie. Dazu war sie zu intelligent. Also entschied er sich für eine kleine Provokation.

Ist die Terrasse nicht gefährlich?, fragte Wieneke.

Vielleicht nicht sehr elegant als Einstieg, aber die Sache musste geklärt werden.

Gefährlich in welchem Sinne?, fragte Serena Vitale.

Man könnte auf Sie schießen. Scharfschützen oder so. Ich meine, so eine Terrasse kann doch nicht den Sicherheitsstandards entsprechen. Hat das niemand geklärt?

Doch, sagte die Staatsanwältin. Die Sicherheitsberater. Sie haben berechnet, dass ich hier von hundertneunundachtzig Punkten aus erschossen werden könnte. Aber das ist schon etwas länger her.

Sie haben sicher Leibwächter, sagte er.

Nein, ich habe keine Leibwächter mehr, sagte Serena Vitale.

Wieneke schaute ungläubig.

Wie? Sie haben keine mehr?

Sparmaßnahmen.

Das nennt man Sparmaßnahmen?

Das war natürlich richtig Scheiße. Wieneke rückte mit seinem Korbstuhl etwas hinter einen schmalen Mauervorsprung. Wer sollte sich für eine Staatsanwältin interessieren, die keine Leibwächter hatte? Plan B war gelaufen. Blieb nur Plan A.

Aber Sie sind sicher nicht nach Palermo gekommen, um mit mir über meine Leibwächter zu sprechen, sagte die Staatsanwältin mild. Eine Spur zu mild, für seinen Geschmack. Sie klang, als spreche sie mit einem etwas beschränkten Kind.

Nein, natürlich nicht, sagte Wieneke. Aber das mit den … mit diesen … Punkten, das ist ja ein Wahnsinn, also waren das jetzt echt hundertneunundachtzig … Stellen?

Richtig, sagte die Staatsanwältin. Es ist nur eine Frage der Zeit, bis meine Nachbarn Unterschriften sammeln, um dagegen zu protestieren, dass ich hier noch wohne. In Palermo sind viele der Meinung, dass es sinnvoller wäre, Staatsanwälte nur in bestimmten Straßenzügen wohnen zu lassen – damit im Falle eines Attentats nicht auch unschuldige Bürger getötet würden.

Sie beugte sich zu ihm herüber, so als würde sie ihm eine vertrauliche Information zukommen lassen. Er sah unter ihrer Bluse einen schwarzen BH-Träger schimmern, der ihn ebenso verwirrte wie ihr eigentümlich ironischer Ton.

Die Mafia ist schon lange wieder unsichtbar, sagte sie. In den Augen vieler sind wir die Einzigen, die noch an die Existenz der Mafia erinnern. Viele nehmen uns das übel.

Unsichtbare Mafia war natürlich auch scheiße, schließlich lebten die *FAKT*-Geschichten von der Optik. Während Wieneke seine Klarsichthüllen hervorzog, versuchte er sich noch mal zu vergewissern und fragte, ob es denn wirklich keine Mafia-Toten mehr in Palermo gäbe.

Zuletzt wurden ein paar Füße am Strand von Mondello gefunden, sagte die Staatsanwältin gleichmütig, und Wieneke spürte wie seine Hände feucht wurden. Nichts lief nach Plan.

Füße. Wenn keiner mehr in Palermo umgelegt würde, was sollte er dann seinem Chefredakteur erzählen? Die Geschichte mit dem mafiosen Minister interessierte keine Sau. Korruption gab es überall auf der Welt, würde Tillmann sagen, und dass *FAKT* ihn nicht für eine Moralpredigt, die außer ein paar Juristen niemanden interessierte, nach Sizilien geschickt habe.

Wieneke trank sein Wasser in einem Zug aus. Und brachte das Gespräch auf den Mafioso aus Palma di Montechiaro, der in Dortmund Altenheime auf verseuchtem Grund baute. Er versuchte klarzumachen, dass für ihn, Mafia und Politik hin oder her, natürlich der Deutschlandbezug am wichtigsten war.

Sie lächelte. Etwas nachsichtig. Und hielt dann einen Vortrag über die traditionell engen Verbindungen der agrigentinischen Mafia nach Deutschland, ein Vortrag, der Wieneke langweilte, bis er begriff, dass Palma di Montechiaro sich unweit von Agrigent befand. Sie schlug vor, ihm den Kontakt zu einem Ermittler herzustellen, der sich mit der Baumafia in Palma di Montechiaro auskannte.

Am einfachsten wäre es, wenn Sie morgen nach Corleone kämen. Ich nehme dort an einer Podiumsdiskussion im Antimafia-Museum teil. Dort wird der Kollege auch sein. Er heißt Antonio Romano. Leiter des mobilen Einsatzkommandos hier in Palermo. Sie sprechen doch Italienisch, oder?

Ja, sagte Wieneke und spürte, dass er etwas rot wurde. Schließlich war da noch der Fotograf.

Ist es für Sie ein Problem, nach Corleone zu kommen?

Kein Thema, sagte Wieneke.

Podiumsdiskussionen waren zwar nicht sein Fall, aber Corleone klang schon mal gut.

Kein Thema, das freut mich, sagte die Staatsanwältin.

Es klang, als würde sie sich lustig machen. Sie begleitete ihn so fürsorglich zur Tür, dass er sich wie ein Kind fühlte, das von einem Verkehrspolizisten über die Straße geführt wird.

Wo haben Sie eigentlich so gut Deutsch gelernt?, fragte Wieneke.

Ganz da in der Nähe, wo Sie vermutlich aufgewachsen sind, sagte sie in einem Ton, den ihn vollends verwirrte.

Wie? Echt? Sie auch? Ruhrgebiet? Die Welt ist 'ne Erbse.

Ich bin in Dortmund aufgewachsen, sagte sie, und schon fand Wieneke sie etwas sympathischer. Obwohl sie eigentlich eine Schlange war.

5

Sie war zu spät aufgestanden. Und musste auf dem Weg nach Corleone auch noch ihre Mutter besuchen, wie jeden Sonntag. Serena duschte in aller Eile, zog sich an und verließ im Laufschritt die Wohnung. Als sie am Briefkasten vorbeikam, erinnerte sie sich, ihn am Vortag nicht geleert zu haben. Sie fand einen grauen Umschlag mit einer Benachrichtigung ihrer Bank. Adressiert an *Santa Crocifissa Vitale*. Das war ihr gesetzlicher Name, so hieß sie in ihrem Personalausweis und in ihrem Reisepass, so musste sie amtliche Papiere unterzeichnen. *Santa Crocifissa Vitale*. Kein Name, sondern eine Heimsuchung. Ihre Mutter hatte auf diesem Vornamen bestanden, zu Ehren ihrer im Kindbett verstorbenen Großmutter. Ihr Vater hatte sie seit ihrer Geburt ungerührt Serena genannt.

Sie lief durch die Via Maletto und zermarterte sich das Hirn, wo sie ihr Auto, einen alten Renault, geparkt hatte. Hoffentlich würde er anspringen. Sie hatte ihn wochenlang nicht mehr gefahren. In den Justizpalast ging sie zu Fuß. Wenn sie ausging, was selten geschah, nahm sie ein Taxi. Als sie ihren Wagen schließlich zwischen zwei Müllcontainern entdeckte, sah sie, dass jemand mit dem Finger *Verrecke* in die dicke Staubschicht auf dem Kofferraum geschrieben hatte. Sie starrte auf das V, das im Verhältnis zum Rest des Wortes etwas zu groß geraten war und wischte den Schriftzug mit einem Papiertaschentuch weg.

Die eisernen Rollläden der Geschäfte waren heruntergelassen, die Stadt war verlassen wie nach einem Bombenalarm.

Es war Sonntag, fast Mittagszeit, auf der Straße waren nur ein paar verspätete Kirchgänger unterwegs. Mädchen in Sonntagskleidern quengelten, Mütter wischten ihre Quengelei mit dem Geräusch aufschlagender Fächer beiseite und riefen zwei kleine Jungs zur Ordnung, die aussahen, als wären ihre Scheitel auf den Kopf graviert.

Schmetternd kündigte ihr Telefon eine SMS an. Serena tastete nach ihrer Tasche, die unter den Beifahrersitz gerutscht war. Gleichzeitig musste sie rechts abbiegen. Und über den Rand ihrer Sonnenbrille schauen, um die SMS lesen zu können. Beim Autofahren setzte sie immer eine Sonnenbrille auf, die nur ihre Kurzsichtigkeit korrigierte. Aber damit konnte sie nicht lesen. Absender war der deutsche Journalist. Er bat sie, die Adresse des Antimafia-Museums zu bestätigen.

Entschuldigen Sie vielmals die Störung, Ihr Wolfgang W. Wieneke.

Zumindest was ihre Namen betraf, teilten sie ein ähnliches Schicksal. *Santa Crocifissa Vitale* trifft auf *Wolfgang Widukind Wieneke*. Ob seine Eltern ihn nach einem früh verstorbenen Großvater benannt hatten?

Serena fuhr über den Corso Vittorio Emanuele. Auf dem handtuchschmalen Bürgersteig irrten ein paar Touristen herum, die von einem Kreuzfahrtschiff ausgespuckt worden waren. An die Wände gedrückt liefen sie durch Palermo und hofften, nicht aufzufallen in ihren Dreiviertelhosen und Plastikschlappen. Serena hatte immer Mitleid mit ihnen. Sie waren bereits durch Barcelona getrieben worden und würden morgen nach Tunis weiterfahren, und wenn sie schließlich in einer Bar an der Piazza Bologni Zuflucht nahmen und ihre Spaghetti in kleine Stücke schnitten, war ihr Blick so leer wie der von Akkordarbeitern am Ende ihrer letzten Schicht. *'mericani*, Amerikaner, wurden die Kreuzfahrttouristen in Palermo genannt. Auf Sizilien nannte man alles, was anders war, *'mericano.*

Als sie Marcello Marino zum ersten Mal verhört hatte, kurz nach seinem Seitenwechsel, hatte Serena ihn gebeten, sich bei seinen Geständnissen klarer, präziser und schneller auszudrücken – ohne zu berücksichtigen, dass es nicht eine Frage der Logik oder der Verständlichkeit war, sondern zweier Welten, die hier aufeinanderprallten. Was für die Mafia normal war, war in der anderen Welt ein Verbrechen, nichts funktionierte mehr für ihn, die Überzeugungen von wahr und falsch, von Freund und Feind, von Gut und Böse – weshalb Marino langsam und nachsichtig sagte: Dottoressa, das ist so, als würden Sie mich bitten, *'merikanisch* zu sprechen. Was meinen Sie, Dottoressa, kann man in ein paar Tagen lernen, *'merikanisch* zu sprechen?

Der deutsche Journalist hatte in Palermo genauso verloren gewirkt wie diese *'mericani* auf dem Corso Vittorio Emanuele, selbst in der grobkörnigen Aufnahme der Videokamera konnte man sehen, dass er Deutscher war. Er sah aus wie einer, der glaubte, dass Journalismus etwas bewegen könne, die Vierte Gewalt, und dass die Bösen am Ende die Rechnung bezahlen.

Noch bevor er vor ihr stand, hatte sie das Schmatzen seiner Kreppsohlen gehört. Er hatte ihre Hand sehr fest gedrückt und war leicht errötet. Seine Hand war kalt und feucht gewesen, offenbar war es für ihn etwas Unerhörtes, von einer Staatsanwältin zu Hause empfangen zu werden. Seine Augen hatten jeden Winkel ihrer Wohnung erforscht, auf der Suche nach vermeintlich intimen Details, die Informiertheit vortäuschen sollten. Am Ende würde dann ein Satz stehen wie: *Serena Vitales Anklageschrift ist so fragil wie der Trockenblumenstrauß auf ihrem Wohnzimmertisch.*

Der Himmel war klar und von jenem Azurblau, von dem sie als Kind geträumt hatte, wenn der Himmel über dem Ruhrgebiet wie ein feuchtes graues Bettlaken hing. Serena fuhr am Hafen vorbei und bemerkte, dass immer mehr Palmen am Ufer fehlten. Am Straßenrand hatten Gemüsebauern ihre Verkaufsstände aufgebaut: dreirädrige Ape, auf deren Ladeflächen sich Artischocken stapelten, neben Ständen mit Seeigeln boten zwei Mädchen Blumen an. Jedes Mal, wenn sie fliegende

Händler sah, vermutete sie in ihnen verkleidete Polizisten im Einsatz, die einen Boss beschatteten. Serena kaufte Nelken, die sie zusammen mit Rosen, Schleierkraut und etwas Grün zu einem Strauß binden ließ. Ihre Mutter liebte Nelken.

Du kommst aber spät, rief ihre Mutter zur Begrüßung aus der Küche.

Ich wollte dir ein paar Blumen vorbeibringen, Mamma.

Schon wieder Blumen? Du scheinst zu viel Geld zu haben.

Ihre Mutter stand am Herd. Sie trug schwarz, wie immer seit dem Tod ihres Mannes. Die Schürze um ihre Hüften war mit dem sizilianischen Wappen bestickt, dem Medusenhaupt mit den nackten Schenkeln. Schlangenhaare, in Ähren verwandelt.

Das Essen ist noch nicht fertig, die Messe hat heute etwas länger gedauert, wegen der Pilgerfahrt nach San Giovanni Rotondo, das Hotelzimmer soll achtzig Euro kosten, kannst du dir so etwas vorstellen? Achtzig Euro für eine Nacht?

Sie wischte sich die Hände ab, drehte sich um und zuckte beim Anblick von Serena so zusammen, als sei ein Einbrecher in ihre Küche eingedrungen.

Was ist denn … mit dir passiert? Deine Haare … Macht man das jetzt so?

Keine Ahnung, ob man das so macht.

Gesund ist das jedenfalls nicht. Na, du musst es ja wissen. Bist ja alt genug.

Sie wischte sich die Hände an der Schürze ab und blickte an die Decke. Hörst du das?

Serena lauschte.

Nein, ich höre nichts.

Du hörst das nicht? Das kann nicht sein. Du hörst dieses Tock-Tock-Tock nicht?

Serena schwieg, blickte hoch, horchte und sagte: Nein.

Es macht mich verrückt. Ich habe es ihr schon tausendmal gesagt. Den ganzen Tag geht das so. Tock, tock, tock. Kannst du schon mal den Tisch decken?

Ich fahre gleich weiter nach Corleone.

Und du hörst das wirklich nicht? Das kann doch nicht sein, hör doch mal: Tock, Tock, Tock! Sie blickte zur Decke. Was? Was hast du gesagt?

Dass ich heute nicht zu Mittag bleibe, weil ich in Corleone eingeladen bin.

Corleone? Davon weiß ich nichts.

Ich habe es dir schon letzte Woche gesagt.

Ihre Mutter streute Parmesankäse auf die Auberginen und schob den Auflauf mit einer rabiaten Geste in den Ofen. Dann ging sie zur Treppe und brüllte: Melina! Jetzt komm endlich runter!

Tante Carmela, genannt Zia Melina, lebte im ersten Stock, Serenas Mutter im Erdgeschoss. Im Wohnzimmer ihrer Mutter war das in Silber gerahmte Foto ihres Vaters, ein Weihwasserbecken und ein Madonnenporträt aus Silber der einzige Schmuck. Und zwanzig Bände der Treccani-Enzyklopädie, mit Goldschnitt. Das Wohnzimmer von Zia Melina war ein Horror Vacui aus Porzellanrehen und Keramikkatzen, aus Regalen und schmiedeeisernen Beistelltischen und Zinnbechern auf Klöppeldeckchen. Mitten drin thronten schwere, unverrückbare Polstermöbel, auf denen Puppen saßen, mit Porzellangesichtern und starrblickenden Glasaugen.

Ohne sich vom Herd abzuwenden, stellte Serenas Mutter fest: Seitdem du den Prozess führst, bist du eine andere. Und jetzt auch noch diese Haarfarbe …

Serena atmete tief ein. Die Küchenuhr tickte laut, die Zeiger lösten sich ruckend. Eine Fliege flog unbeirrt gegen die Fensterscheibe. Pfennigabsätze klackerten über die Treppe und dann über die Fliesen im Flur. Zia Melina war kinderlos und achtzig Jahre alt, was sie weder davon abhielt, hohe Absätze zu tragen, noch sich die Lippen zu schminken. Seit Jahrzehnten lebten die beiden Witwen zusammen in dem ehemaligen Haus der Großeltern. Ein Zusammenleben, so harmonisch wie das zwischen Nord- und Südkorea. Zia Melinas Hang zu Pfennigabsätzen war nur einer von vielen Grenzkonflikten.

Serenas Mutter hatte ihrer Schwägerin nie verziehen, ihren abgöttisch geliebten Bruder geheiratet zu haben. Zu bilateralen Gesprächen kam es nur sonntags, wenn Serena zu Besuch war.

Was hat denn Serenas Haarfarbe mit ihrem Prozess zu tun?, fragte Zia Melina, kaum dass sie die Küche betreten hatte. Ihre Mutter und ihre Tante redeten über Serena immer in der dritten Person, selbst wenn sie neben ihnen saß.

Serena hat so schöne braune Haare. Was hat dieser Prozess mit ihr bloß gemacht, dass sie auf die Idee gekommen ist, sich die Haare wie eine …

Mamma. Es ist nicht irgendein Prozess.

In der Tat. Serena glaubt schlau genug zu sein, um sich mit Minister Gambino anlegen zu können.

Der Cosa Nostra einen Gefallen getan hat, sagte Zia Melina. Das ist mutig.

Das ist nicht mutig, das ist dumm. Jeder Politiker tut der Mafia einen Gefallen. Sonst wäre er kein Politiker.

Nur dass es hier umgekehrt gelaufen ist, Mamma. Es geht hier nicht um einen Politiker, der der Mafia einen Gefallen getan hat, sondern um einen Mafioso, der in die Politik gegangen ist, sagte Serena.

Umso schlimmer. Du kannst dabei nur verlieren. *Càlati juncu chi passa la china,* sagte ihre Mutter auf Sizilianisch. Seit Jahrhunderten verhalte sich die Mafia wie Schilf, das sich dem Hochwasser beugt und dann wieder aufrichtet.

Danke für die aufmunternden Worte, sagte Serena und blätterte in einer zerfledderten Ausgabe von *Oggi,* die Zia Melina mitgebracht hatte. Ihre Mutter las nur *Famiglia Cristiana.*

Was glaubst du, warum Serena für diesen Prozess ausgesucht wurde?, fragte ihre Mutter.

Weil sie die Beste ist, sagte Zia Melina.

Weil sie Kanonenfutter ist. An ihrer Stelle hätte ich darüber nachgedacht. Ihre anderen Kollegen sind nicht auf die Idee gekommen, sich die Finger schmutzig zu machen.

Es geht nach einem Turnus, sagte Serena, überschlug die

Seiten über die Wadentätowierungen der Spieler von Inter Mailand und vertiefte sich in die Fotos der Märchenhochzeit einer Wetteransagerin von *Canale 5*.

Was für ein Turnus soll das denn sein? Für die, die der Generalstaatsanwalt loswerden will?

Wir haben schon einmal darüber gesprochen, Mamma.

Siehst du, Melina, so ist das, wenn man alt wird. Man darf nicht mehr seine Meinung sagen. Sei froh, dass du keine Kinder hast. Wenn das Serenas Vater noch erlebt hätte. Ich mache mir Sorgen und darf nichts sagen.

Während ihre Mutter und Zia Melina weiter darüber stritten, ob es ein Verdienst oder eine Dummheit gewesen war, dass Serena diesen Prozess führte, suchte Serena in ihrer Tasche nach ihrem Telefon, das gerade kurz vibriert hatte. Eine SMS. Absender war Antonio Romano: *Ich freue mich darauf, Sie heute in Corleone zu sehen.*

Sie versuchte sich daran zu erinnern, wann sie zum letzten Mal mit Romano gesprochen hatte. Es musste während der Ermittlungen rund um den nach China verschifften Sondermüll gewesen sein. Da hatte sie mit ihm telefoniert. Begegnet war sie ihm schon lange nicht mehr. Zuletzt hatte er in einer spektakulären Aktion dreiundsechzig Bosse verhaften lassen, wodurch drei Mafiafamilien praktisch aufgelöst wurden – und Romano vom Leiter der Sucheinheit für flüchtige Mafiosi zum Chef des mobilen Einsatzkommandos befördert worden war.

Bei der Arbeit hatte Romano auf Serena immer einen ernsthaften Eindruck gemacht, vielleicht sogar zu ernsthaft. Er war sehr anziehend. Breite Schultern, dunkle Haare und volle Lippen. Und misstrauisch zusammengezogene Augenbrauen.

Endlich ein schöner Mann, hatte sie bei ihrer ersten Begegnung im Polizeipräsidium gedacht. Und auch gesagt. Schamloser Flirtversuch, klar. Er war rot geworden. Das hatte ihr gefallen. Sie war dann schnell wieder zum dienstlichen Ton übergegangen, aber seitdem war es so, als teilten sie ein Geheimnis. Wenn sie sich auf dem Flur des Justizpalastes begegnet waren, hatte Serena gelächelt. Er sah sie einfach nur an. So lange, bis Serena den Blick abwandte.

Serena fragte sich, wann es begonnen hatte, dass die Blicke der Männer für sie zu einem Problem geworden waren. Sie wusste es nicht mehr. Unter Staatsanwälten war Misstrauen eine Berufskrankheit. Wenn ein Mann auf der Straße stehen blieb und ihr nachschaute, dachte sie: Das ist bestimmt ein Angeklagter. Oder ein Verwandter eines Angeklagten. Der will mich mit diesem Blick einschüchtern und bedrohen. Als Studentin war ihr in Rom einmal ein Mann begegnet, der ihr im Vorbeigehen »Komm, komm mit mir in die Kirche« zugeflüstert hatte, was Serena weder erschreckt noch verwundert hatte. Sie hatte kurz überlegt. Und war mit ihm in die Kirche gegangen. Wenn ihr das heute passieren würde, würde sie die Polizei rufen.

Romano galt als erfolgreich und gewissenhaft. Für manche zu erfolgreich. Ein Kollege hatte mit Süffisanz darauf aufmerksam gemacht, dass Romano auf Facebook war: Antonio Romano. Person des öffentlichen Lebens. *Der Mann, der die flüchtigen Mafiosi aufspürt.* 2093 Likes. Auf dem Foto war Romano kaum zu erkennen, sein Gesicht war lang gezogen wie in einem Zerrspiegel. Darunter Links zu Pressekonferenzen, Preisverleihungen und erfolgreichen Verhaftungsaktionen.

Kannst du das Ding nicht wenigstens weglegen, wenn du hier bist?, fragte ihre Mutter.

Resigniert steckte Serena das Handy wieder in die Tasche.

Wann soll die Pilgerfahrt nach San Giovanni Rotondo eigentlich losgehen, Mamma?

Ihre Mutter betrachtete sie misstrauisch, als verberge sich hinter Serenas Frage eine Gemeinheit, deren Tragweite ihr noch nicht ganz klar war. Dann sagte sie zögerlich: Nächste Woche.

Und du, Zia Melina, fährst du auch mit nach San Giovanni Rotondo?

Zia Melina schüttelte entrüstet den Kopf. Ich brauche keine Pilgerfahrt, ich komme auch so in den Himmel.

Und was soll das jetzt in Corleone sein?, fragte Serenas Mutter.

Eine Podiumsdiskussion. Habe ich dir schon gesagt, Mamma.

Sind noch andere Kollegen dabei?

Nur der Generalstaatsanwalt.

Dann halte dich zurück.

Basta, Mamma. Serena legte die *Oggi* beiseite. Ich muss jetzt los.

Ja, ja, eilig wie immer. Serenas Mutter wischte sich die Hände an der Schürze ab. Serena küsste sie zum Abschied auf beide Wangen. Ihre Mutter stand steif da und ließ die Küsse über sich ergehen wie einen Regenschauer. Zia Melinas Lippen hinterließen einen roten Fleck auf Serenas Wange.

Pass auf der Straße auf.

Ciao Mamma.

Ruf an, wenn du angekommen bist.

Mamma! Ich fahre nach Corleone, nicht nach Timbuktu.

Der Fahrtwind war warm, Serena fuhr bei geöffneten Fenstern und hatte den Eindruck, als rieche es nach frischem Brot. Vielleicht Einbildung. Unweit von hier war der Garten ihrer Großmutter gewesen. Da, wo einst Orangenhaine und Jasminbüsche geblüht hatten, drängte sich nun eine Masse von Wohnblocks. Der Garten war schon vor Jahrzehnten unter Zement beerdigt worden. Als Kind hatte sie in den Sommerferien ihrer Großmutter dabei geholfen, in diesem Garten Brot in einem Holzofen zu backen. Und vor kurzem hatte die Polizei inmitten der Wohnblocks in einem Innenhof einen Holzofen entdeckt, in dem die Männer des Clans von Brancaccio vor Jahren ihre Opfer verbrannt hatten. Ein Mafia-Krematorium.

Bald lag Palermo hinter ihr. Vor ein paar Tagen hatten die Hügel noch ausgesehen wie kahl geschorene Schädel, heute lag auf ihnen ein zartgrüner Flaum, die Landschaft hatte sich in ein Schäferidyll verwandelt, mit Feldern voller Margeriten, Mohnblumen und Malven.

Die Sonne stand hoch und unbeweglich über den Bergen, Serenas Renault keuchte asthmatisch. Als sie auf die Schnellstraße fuhr, drängte sich ein schwarz verspiegelter SUV vor sie. Der SUV überholte sie und drosselte dann das Tempo. Er fuhr so langsam, dass sie ihn überholen musste. Sie gab Gas. Der andere auch.

6

Das war also Corleone. Ein Nest in sonntäglicher Erstarrung. Alle zwei Meter eine Kirche, dunkel glänzende Pflastersteine, schmalbrüstige, aus groben Feldsteinen erbaute Häuser, ein müde vor sich hin plätschernder Brunnen und ein Likör mit dem Namen *Il Padrino*, für den auf einem verrosteten Blechschild geworben wurde. Ein paar alte Männer saßen am Straßenrand auf einer Marmorbank. Ein Idyll, wie für einen Dolce-&-Gabbana-Spot entworfen, man erwartete jeden Augenblick eine Frau mit blutrot geschminkten Lippen in einer schwarzen Spitzenbluse und einem engen Rock, die auf Stilettos mit energischem Schritt das Pflaster überqueren und sich zwischen die alten Herren setzen würde. Das Idyll wurde lediglich von einer Überwachungskamera getrübt, die über einem Straßenschild hing, das, wie Giovanni erklärte, den Namen einer ermordeten Richterin trug. Die wenigen Geschäfte entlang der Hauptstraße waren alle mit schweren Eisengittern verbarrikadiert. Zwei Touristen waren auf der Straße unterwegs, eine Frau in einem rosafarbenen Trainingsanzug mit einem weißen Sonnenhut und ein Mann in kurzen Hosen mit Baseballmütze.

Wieneke und Giovanni beschlossen, einen Espresso in einer Bar an der Piazza Garibaldi zu trinken. An der verspiegelten Wand hing ein vergilbtes Filmplakat des *Paten*, daneben ein Foto von Francis Ford Coppola in einem giftig gelben Hawaiihemd, der Al Pacino auf die Schulter klopfte.

Als Wieneke und Giovanni die Bar verließen, fingen die

Kirchenglocken an zu läuten, und im Nu füllte sich die Piazza Garibaldi mit Menschen im Sonntagsstaat, die aus der Messe kamen. Die Frauen kontrollierten den Sitz ihrer mit Haarspray betonierten Frisuren und die Männer zerrten an ihren Krawatten. Ein Pfarrer wuselte herum und drückte allen die Hand.

Von denen hängen ja auch viele mit drin, sagte Wieneke und deutete auf den Pfarrer.

Wo drin?, fragte Giovanni.

In der Mafia, sagte Wieneke. Habe ich neulich erst gelesen.

Tatsächlich, sagte Giovanni amüsiert.

Ich meine, das ist doch inzwischen bekannt.

Giovanni betrachtete ihn mit diesem nachsichtigen Lächeln, das Kindern, alten Leuten und Betrunkenen vorbehalten ist. Wieneke vermutete, dass Giovanni einer von denen war, die einfach immer nur das Gegenteil behaupteten und das als eigene Meinung verkauften.

Hier ist es nicht so einfach, wie man sich das vielleicht in Hamburg vorstellt, sagte Giovanni. Ein Pfarrer ist nur Gott verpflichtet und nicht dem italienischen Staat. Einem Staat, der sich vor allem dadurch auszeichnet, abwesend zu sein.

Schon in Ordnung, sagte Wieneke beschwichtigend. Nicht, dass Giovanni am Ende auch noch gläubiger Katholik war. Wieneke war mit sechzehn aus der Kirche ausgetreten und fand Leute, die an Gott glaubten, immer etwas anstrengend. Außerdem war er gerade damit beschäftigt, mit seinem iPhone ein Foto von der Piazza Garibaldi zu machen.

Pass auf, sagte Giovanni, ich erzähle dir eine Geschichte: Vor vielen Jahren hat ein Mafioso, ein *Capofamiglia* hier, auf der Piazza Garibaldi vor der Kirche einen Mann umgebracht. Am helllichten Tag. Der Mann hatte nicht nur eine schwangere Frau vergewaltigt, sondern auch deren zwölfjährige Tochter. Als der Boss ihn erschoss, sagte er: Ich richte dich vor Gott. Danach tauchte er unter. Später kam heraus, dass der Pfarrer dem Mafioso während seiner Flucht die Beichte abgenommen hat. Jetzt frage ich dich: Wer ist hier schuldig? Der Mafioso, der einen Mann hingerichtet hat, der eine schwangere Frau und ein zwölfjähriges Mädchen vergewaltigt hat? Oder der Pfarrer, der diesem Mafioso auf der Flucht die Beichte abgenommen hat? Oder der Staat, der es nicht geschafft hat, den Vergewaltiger zu verhaften und angemessen zu bestrafen?

Okay, okay, sagte Wieneke. Hab's begriffen. Musst nicht gleich ein moralphilosophisches Proseminar abhalten.

Er fotografierte das Blechschild mit der Werbung für den *Il Padrino*-Likör und überlegte, ob er das Bild auf Facebook posten sollte. Er war geradezu enthusiastisch, wenigstens vorübergehend der Hamburger Redaktion entkommen zu sein. In den letzten Monaten war er jeden Morgen mit einem beklommenen Gefühl in den Verlag gegangen. Alle paar Wochen rollte eine neue Entlassungswelle über die Redaktion hinweg, jedes Mal hatte er Angst, dass es auch ihn erwischen würde. Er hatte sich wie ein lebendiger Toter gefühlt. Bei jedem Klingeln seines Telefons befürchtete er, in die Chefredaktion gerufen zu werden und zu hören, wie Tillmann sagen würde: Widukind, Sie ahnen sicher, warum ich Sie gerufen habe?

Die Auflage von *FAKT* befand sich im freien Fall. Nie hätte er das für möglich gehalten. Vor zwanzig Jahren hatte er lustige Artikel über das Internet geschrieben, darüber, dass Chatrunden die moderne Form des Amateurfunkens seien und der wahre Grund für die Entstehung des Internets darin bestehe, dass die wenigsten Männer den Mut hätten, in den nächsten Videoshop zu gehen und mit fester Stimme für sieben Mark einen Pornofilm auszuleihen. Und jetzt war das Internet kurz davor, ihn aufzufressen.

Er war siebenundfünfzig und hatte nie daran gedacht, dass Journalisten irgendwann aussterben könnten wie Scherenschleifer oder Bergleute oder Korbmacher. Wenigstens hatte er jetzt etwas Zeit zum Verschnaufen.

Er betrachtete die Männer, die mit ihren Ehefrauen und Kindern nach der Messe nach Hause gingen.

Wie viele Mörder sich hier wohl bekreuzigt hatten? Danach.

7

Der schwarze SUV hatte bis Corleone an ihrer Stoßstange geklebt und war kurz vor dem Ortseingang abgebogen. Vielleicht einfach nur ein Idiot, der zeigen wollte, dass er einen teuren Wagen fuhr. Serena parkte vor dem Rathaus.

Die von Studenten organisierte Podiumsdiskussion trug den gewichtigen Titel »Legalität und Freiheit«, Serena hatte ihre Teilnahme mehr aus Weichherzigkeit denn aus Überzeugung zugesagt. Als sie erfuhr, dass Generalstaatsanwalt Di Salvo ebenfalls eingeladen worden war, wollte sie die Zusage rückgängig machen. Er stand seit Jahren an erster Stelle auf ihrer Liste mit dem Titel: PERSONEN, DENEN ICH VERBIETE, AN MEINER BEERDIGUNG TEILZUNEHMEN. Di Salvo hatte es sogar fertiggebracht, den Abschlussbericht über ihre Ermittlungen gegen Minister Gambino nicht zu unterschreiben.

Mit Di Salvo war Serena bereits aneinandergeraten, als beide noch junge Staatsanwälte waren. Weil sie ihm nicht über den Weg traute, hatte sie ihm Ermittlungsergebnisse vorenthalten. Daraufhin hatte sie ihr damaliger Chef eines *exzessiven Individualismus* bezichtigt, der sie unfähig zur Teamarbeit mache und Serena eine Zeit lang aus dem Antimafia-Ermittlerpool ausgeschlossen. Und jetzt hatten die Kollegen auf sie eingeredet, sie dürfe Di Salvo bei der Podiumsdiskussion nicht das Feld überlassen, es sei wichtig, ihre Position und die Absicht dieses Prozesses klarzumachen. Am Ende blieb immer alles an ihr hängen.

Die Organisatoren hatten zu einem Mittagessen eingeladen.

Serena betrat das Restaurant und sah, wie zwei Studenten an den Lippen von Di Salvo und einem älteren Journalisten hingen, dem Mafiaspezialisten des *Corriere della Sera*, der als Ghostwriter des Generalstaatsanwalts Karriere gemacht hatte. Zuletzt hatte er für Di Salvo das Buch *Die Einsamkeit des Jägers* verfasst.

Di Salvo wirkte, als sei er knochenlos, das Kinn ging in seine Brust über, eine gigantische Amphibie, ein Riesenlurch mit warzigem Gesicht und Tränensäcken, seine Arme hingen über der Stuhllehne wie abgewinkelte Extremitäten. Er blickte irritiert auf, tupfte sich den Mund ab und betrachtete Serena wie ein Fabelwesen, von dem zu befürchten war, dass es seine Vogelklaue nach ihm ausstrecken würde.

Irgendetwas ist anders an Ihnen, sagte er. Ich bin mir nur nicht sicher, was.

Antonio Romano war der einzige Lichtblick an diesem Tisch. Als Serena sich setzte, deutete er kurz an, sich zu erheben, eine rührend altmodische, nahezu ausgestorbene Galanterie.

Der Kellner drängte sich an den Tisch.

Entschuldigen Sie, wenn ich Sie unterbreche, aber ich muss die ausstehende Bestellung der Dottoressa noch aufnehmen, sonst schließt die Küche, sagte er und zählte ausführlich sämtliche Vorspeisen, Zwischengänge und Hauptgerichte auf, die Nachspeisen, die hausgemachten Obsttorten, das sizilianische Gebäck, die frischen Himbeeren und Waldfrüchte. Besonders die Cassata sei zu empfehlen, und die *sarde a beccafico* könne man als Spezialität des Hauses betrachten.

Wo war ich stehengeblieben?, fragte Di Salvo, verärgert über die Unterbrechnung.

… bei der jungen Journalistin, Dottor Di Salvo, riefen die beiden Studenten wie aus einem Mund. Der eine trug einen riesigen, geradezu aufdringlichen Krawattenknoten, der andere ein winziges Tattoo in Form einer Schildkröte zwischen Daumen und Zeigefinger.

Der Fall der jungen sizilianischen Journalistin, die, nachdem sie in ihrem Blog einen Artikel über die segensreichen Folgen der Freundschaft zweier Bosse zu einem Unternehmer und Regionalabgeordneten geschrieben hatte, unter Polizeischutz leben musste, hatte ganz Italien bewegt. Die Mafia hatte ihr Auto in Brand gesetzt und nachts auf ihr Haus geschossen.

Der Mafiaspezialist gähnte.

Ach ja, das Mädchen. Es hat mich schon mehrmals angerufen, ziemlich hilflos.

Er unterdrückte ein zweites Gähnen.

Ich habe ihr geraten, unterzutauchen und sich ruhig zu verhalten. Sie sollte öffentliche Auftritte vermeiden und vielleicht in aller Ruhe ein neues Buch schreiben. Über ein anderes, weniger verfängliches Thema. Mode vielleicht. Er kicherte.

Der Generalstaatsanwalt kicherte auch und sagte: Journalisten neigen dazu, sich zu überschätzen.

Wenn man keine Ahnung hat, in welches Wespennest man sticht, ist es kein Mut, sondern Leichtsinn, sagte der Mafiaspezialist. Heutzutage gilt ja bereits jeder Blogger als Journalist, es gibt keine Qualitätsmaßstäbe mehr.

Der Generalstaatsanwalt Di Salvo widmete sich seinen *sarde a beccafico* und stellte fest: Man muss die Dinge einschätzen können! Sonst ist es kein Mut, sondern Provokation.

Aber das Mädchen kann jetzt keinen Schritt mehr allein tun, versuchte einer der beiden Studenten noch schüchtern einzuwenden.

Di Salvo zog genervt die Augenbrauen hoch.

Gott, ja, was soll ich denn sagen, ich lebe seit fünfundzwanzig Jahren mit Leibwächtern!

Serena überlegte, ob sie ihn mit der Mineralwasserflasche erschlagen könnte. Wenn es möglich gewesen wäre, in diesem teigigen, konturlosen Körper irgendeinen Knochen zu treffen.

Entschuldigen Sie, aber ich sehe einen kleinen Unterschied zwischen einer jungen sizilianischen Journalistin, die für ein Zeilengeld von zehn Cent über die Machenschaften von Bossen schreibt, die nur zwei Straßen weiter leben, und einem Generalstaatsanwalt mit Pensionsanspruch und einer gepanzerten Limousine, sagte sie.

Di Salvo schickte einen missbilligenden Blick über den Tisch.

Ich sehe darin eher Dummheit, sagte er.

Und eine gewisse Naivität, sekundierte der Mafiaspezialist.

Ach, insgesamt wird zu viel aufgebauscht, sagte Di Salvo, nachdem es ihm gelungen war, die *sarde a beccafico* herunterzuschlucken.

Die beiden Studenten verfolgten die kurze Kontroverse wie den Ballwechsel eines Tennisspiels, bei dem sie nicht wussten, zu welchem Spieler sie halten sollten. Aber bevor sie die Besorgnis darüber in Verwirrung stürzen konnte, erinnerte der Mafiaspezialist daran, dass es so weit war aufzubrechen.

Die Podiumsdiskussion fand im nur wenige Schritte entfernten Mafiamuseum statt. Im ersten Stock standen die verstaubten Kopien der Akten großer Mafiaprozesse im Regal, der Eingang wurde von dem überdimensionalen Porträt eines Mafiabosses geschmückt, das Werk eines Hobbymalers, der großen Wert auf die naturgetreue Darstellung des Bosses gelegt hatte, einschließlich seiner Hängebacken und Tränensäcke. In blutroten Lettern stand *No Mafia* über seinem Kopf, wie ein roter Heiligenschein.

Drinnen wurden sie von jungen Leuten erwartet, die zu einer Antimafia-Organisation gehörten und ihre Ferien in Corleone verbrachten, um auf den Feldern beschlagnahmter Mafiagüter zu arbeiten. Ein Mann in einem eng sitzenden karierten Hemd drängelte sich zu Serena vor, erst als er vor ihr stand, erkannte sie den deutschen Journalisten, der in Begleitung eines Fotografen gekommen war, dessen Gesicht ihr bekannt vorkam. Sie machte dem Deutschen ein Zeichen und vertröstete ihn auf das Ende der Podiumsdiskussion.

Der Generalstaatsanwalt wurde von zwei Leibwächtern flankiert, die sich hinter seinem Stuhl postierten. Ein Kulturassessor hielt eine kurze Rede, die mit der erstaunlichen Feststellung endete, dass die Mafia nur da gedeihen könne, wo es keine Legalität gäbe. Der Student mit der eintätowierten Schildkröte wandte sich an den Generalstaatsanwalt.

Sie tragen ein schweres Erbe. Viele Ihrer Vorgänger sind ermordet worden. Können Sie uns erklären, was das für Ihre Arbeit und Ihr Leben bedeutet?

Der Generalstaatsanwalt formte mit den Zeigefingern und Daumen ein Dreieck, führte es an seine schmalen Lippen und – schwieg. Die beiden Leibwächter traten von einem Fuß auf den anderen, das Holz des Podiums knarrte, einige Zuhörer hüstelten. In Di Salvos Gesicht hatten sich tiefe Nasolabialfalten eingegraben, voller Verantwortung und jener feierlichen Strenge, die ihm sein Amt auferlegte. Als Generalstaatsanwalt war er weit genug von der Front entfernt, um nicht in Gefahr zu geraten, aber nah genug, um als Held durchgehen zu können.

Wir haben in der Tat eine große Verantwortung zu tragen, sagte Di Salvo und schloss die Augen. Wieder machte er eine lange Pause.

Aber bevor ich Ihnen eine Antwort auf diese Frage gebe, muss ich kurz abschweifen. Ich möchte das Publikum auf den Mut einer jungen Frau hinweisen, sagte Di Salvo, nun etwas lauter werdend.

Es handelt sich um eine junge Sizilianerin. Sie alle haben von ihr gehört. Sie schrieb über zwei Bosse, die nicht in einer anderen Stadt oder in einem anderen Land, sondern lediglich zwei Straßen weiter wohnen. Und diese Sizilianerin, der das Schicksal ihrer Heimat nicht gleichgültig ist, diese furchtlose Journalistin muss jetzt, wie bekannt wurde, wegen ihres Mutes unter Polizeischutz leben. Ich möchte meine ganze Solidarität dieser jungen Sizilianerin aussprechen. Ihre Tapferkeit soll uns allen ein Beispiel sein.

Volltreffer. Begeisterungsstürme im Publikum. Applaus, Applaus, Applaus.

Als der Applaus schwächer zu werden drohte, blinzelte Di Salvo dem Mafiaspezialisten zu und reichte ihm das Mikrophon, worauf dieser rief: Wie schon der Generalstaatsanwalt richtig bemerkte: Diese Sizilianerin sollte Vorbild für uns alle sein. Wir dürfen diese junge Kollegin nicht allein lassen. Wir dürfen nicht zulassen, dass ihr Mut auch noch bestraft wird!

Applaus, Applaus, Applaus.

Di Salvo wartete geduldig, bis Stille eingetreten war und nahm dem Mafiaspezialisten das Mikrophon wieder aus der Hand.

Ich, wir, wir alle hier hoffen nur, dass dieses junge Mädchen weiterhin seinen Löwenmut behält – und sich nicht zurückzieht. Das wäre ein fatales Zeichen. Sie verdient unsere ganze Unterstützung, sagte Di Salvo und lehnte sich zurück.

Wenn jetzt noch ein Zitat von Martin Luther King kommt, schreie ich, dachte Serena.

Als der Applaus leiser wurde, wandte sich Di Salvo an die beiden Studenten.

Wo war ich stehengeblieben? Wie lautete Ihre Frage?

Ihr Erbe, es ging um Ihr Erbe, riefen die beiden Studenten.

Genau. Das Erbe. Unsere ermordeten Kollegen haben uns ein hohes Gut hinterlassen. Mut, Ernsthaftigkeit und Strenge … Und natürlich Menschlichkeit und Professionalität. Di Salvo legte die Spitzen seiner Finger aneinander.

Eine große Verantwortung, sagte einer der Studenten.

Wir haben keine Wahl. Wir sind es unseren toten Kollegen schuldig. Wir müssen hoffen. Und wir setzen natürlich auf Prävention. Vor allem bei der jungen Generation. Auch deshalb lege ich großen Wert darauf, regelmäßig in Schulen zu sprechen.

Es klang, als sei die Mafia eine Rechtschreibschwäche, die man mit Nachhilfestunden beseitigen könne. Serena versuchte sich wegzudenken. Auch dieser Nachmittag würde mit Forderungen nach Dingen vergehen, die niemanden etwas kosteten: Mehr Luft für alle! Während der Generalstaatsanwalt dozierte, beobachtete sie Antonio Romano, auf den aus dem Fenster ein ungewöhnlich schönes Licht fiel. Grübchen im Kinn. Zusammengezogene Augenbrauen. Breite Schultern. Dunkle Haare mit einem leichten Ansatz zu Geheimratsecken.

Sicher ist es für Sie auch eine große Verantwortung, dass die Staatsanwaltschaft Palermo versucht, Licht in das Dunkel der italienischen Geschichte zu bringen, sagte der Schildkrötentattoo-Student zu Di Salvo. Entgegen allen Erwartungen und entgegen allen politischen Widerständen hat die Staatsanwaltschaft es geschafft, Minister Gambino als mutmaßlichen Auftraggeber des Mordes an dem Richter vor Gericht zur Verantwortung zu ziehen. Wie groß ist die Chance, nach zwanzig Jahren überhaupt noch etwas herauszubekommen?

Wir fühlen uns allein der Wahrheit verpflichtet, sagte Di Salvo und presste die Lippen zusammen.

Waren mögliche Spannungen mit der Regierung der Grund, weshalb Sie den Abschlussbericht über Serena Vitales Ermittlungen nicht unterschreiben konnten?, fragte der Student mit dem dicken Krawattenknoten. Di Salvo schwieg. Besteht nicht die Gefahr, beharrte der Student, dass man Ihre fehlende Unterschrift vielmehr als Signal gegen Serena Vitale und ihren Prozess gegen Minister Gambino betrachten würde?

Di Salvo schluckte und griff nach der auf dem Tisch stehenden Plastikflasche mit Mineralwasser. Und Serena nahm sich vor, nie wieder Studenten gering zu schätzen, die einen dicken Krawattenknoten tragen.

Oh, die Unterschrift des Generalstaatsanwalts war keineswegs unerlässlich, sagte der Mafiaspezialist.

Di Salvo tat, als könne er nicht antworten, wegen des Mineralwassers in seinem Mund.

Oder wollten Sie sich von diesem Prozess distanzieren?, fragte der Student.

Niemand will sich distanzieren. Wir versuchen nur, überflüssige Spannungen mit der Regierung zu vermeiden, sagte der Generalstaatsanwalt. Nur ein gemeinsamer Kampf gegen die Mafia ist ein erfolgreicher Kampf!

Generalstaatsanwalt Di Salvo verschweigt, dass der erfolgreiche Kampf der Regierung gegen die Mafia allein seiner beharrlichen Zusammenarbeit mit der Regierung zu verdanken ist, assistierte der Mafiaspezialist, während Di Salvo den Kopf gesenkt hielt und aufmerksam seine Fingernägel betrachtete. Nuschelnd verwies er auf eine Reihe von lobenswerten Gesetzen, die der Mafia einen großen Schlag versetzt hätten und beendete seine Ausführungen mit der erstaunlichen Feststellung, dass die Regierung für ihren Kampf gegen die Mafia einen Preis verdient habe.

Das Publikum klatschte so höflich wie Parteikader auf dem Parteitag der chinesischen KP. Klapp, klapp, klapp.

Serena bemerkte, dass Antonio Romano kein einziges Mal applaudiert hatte. Als ihn die beiden Studenten für jenen vernichtenden Schlag gegen die Mafia, der ihm seine Beförderung eingebracht hatte, lobten, wurde er rot. Die Studenten schwärmten von Hubschraubereinsätzen und Lauschangriffen, versuchten, mit ihm über Überwachungssoftware für Computer, USB-Sticks zum Passwortknacken, Strahlenschutz-Handytaschen und Videokameras in Kaugummidosen zu fachsimpeln und Romano sagte: Das war kein Actionfilm. Die beiden Studenten erstarrten wie zwei Kinder, die ermahnt wurden, beim Spielen nicht so laut herumzuschreien.

Aber irgendetwas muss Sie doch zu den Bossen geführt haben, sagte der Student mit dem dicken Krawattenknoten.

Jeder Polizist kennt jeden Kriminellen persönlich, sagte Romano. Ein Polizist ermittelt nicht hinter dem Schreibtisch. Wer hier weiß schon, wie es ist, wenn man auf dem Bauch in einen Schuppen robbt und einem die Ratten über das Gesicht laufen, während man eine Wanze installiert?

Di Salvo zuckte kurz zusammen.

Für uns gibt es keine Belohnung am Ende, es gibt keinen Pokal, es gibt nur den Kampf zwischen Gut und Böse. Jedenfalls für diejenigen unter uns, die dem Staat die Treue geschworen haben, rief Romano, und Serena war überzeugt, dass alle im Saal anwesenden Frauen schlagartig beschlossen, seinen

Treueschwur auf die Probe zu stellen. Einschließlich ihrer selbst.

Die beiden Studenten ordneten ihre Notizen und machten hinter die Fragen, die er bereits gestellt hatte, kleine Häkchen. Dann wandten sie sich Serena zu. Es war wie beim Arzt. Einer nach dem anderen.

Dottoressa Vitale, Ihr Prozess hat bereits zu viel Aufregung in Italien geführt. Man wirft Ihnen vor, mit der Anklage gegen Minister Gambino die Regierung zu Fall bringen zu wollen. Können Sie sich zu diesem Vorwurf äußern?

Nein, sagte Serena. (Warum zum Teufel hatte sie sich breitschlagen lassen, hier zu sitzen?)

Minister Gambino ist Ihnen gegenüber ausfällig geworden. Er hat Sie als rote Zecke bezeichnet.

Ich kann über laufende Prozesse nicht sprechen, sagte Serena und versuchte zu lächeln. (Frauen versuchen immer entschuldigend zu lächeln. Warum eigentlich?)

Der Student blätterte in seinen Karteikarten.

Ich wollte Sie noch nach den bevorstehenden Gedenkfeiern für Ihre ermordeten Kollegen fragen. Was bedeuten sie für Sie?

Es ist für mich nicht einfach, sagte Serena.

Ungeduldig rutschte der Student auf seinem Klappstuhl hin und her.

Aber Sie nehmen doch an den Gedenkfeiern teil?

Nein, sagte Serena.

Nicht?

Nein.

Und warum nicht, wenn ich fragen darf, hakte der Student konsterniert nach.

Weil ich es unangenehm finde.

Was finden Sie … *unangenehm*?

Weil ich das billige Geschäft mit den Toten nicht ertrage. Weil ich nicht ertrage, wenn in der ersten Reihe sogenannte Autoritätspersonen sitzen, samt ihrer Lakaien, die alle nach moralischem Kompromiss stinken. Sie sollten Begriffe wie Legalität, Gerechtigkeit und Staat gar nicht erst in den Mund nehmen. Für sie bedeutet Gerechtigkeit, stark gegen Schwache und schwach gegen Starke zu sein. Ich ertrage nicht, ihre Gesichter an einem Tag zu sehen, an dem eines Mannes gedacht werden soll, der sein Leben geopfert hat, damit Begriffe wie Staat, Gerechtigkeit und Gesetz wieder einen Sinn haben. Von ihm habe ich alles gelernt – auch weiterzumachen, als wir nach seinem Tod glaubten, dass alles zu Ende sei. Sein Blut war noch nicht getrocknet, da wurde hinter unserem Rücken mit der Mafia bereits weiterverhandelt. Verhandelt wurde die Kapitulation des Staates. Aber das wird bis heute verschwiegen, stattdessen wird das Märchen von den Bossen erzählt – die Fama von den Bauerntölpeln, die nicht in der Lage sind, sich in korrektem Italienisch auszudrücken, aber dennoch seit anderthalb Jahrhunderten das Land in Schach halten, und dem Staat die Stirn bieten. Heute wissen wir, dass dies nicht die ganze Wahrheit ist. Der Staat wollte den Richter nicht beschützen. Bis heute wird alles dafür getan, um die Spuren zu verwischen. Aber sie werden uns nicht aufhalten. Wir hören nicht auf. Es ist nur eine Frage der Zeit.

Im Saal herrschte betroffene Stille. Man konnte hören, wie der Wind ein Fenster beben ließ. Draußen fuhr ein Auto vorbei, eine Tür wurde geschlossen, Füße scharrten, jemand ließ seinen Kugelschreiber klicken. Auf Romanos Gesicht breitete sich ein Lächeln aus. Schließlich zerriss ein *Brava, brava* die Stille, erst applaudierte einer, dann zwei, immer mehr, mit einem Mal standen alle auf, klatschten und feierten sie wie eine Kriegsheldin, und Serena sagte sich: Dafür werden sie dich an die Wand nageln.

Der Generalstaatsanwalt verließ noch während des Applauses grußlos den Saal, umringt von seiner Eskorte, gefolgt von seinem Hofschreiber. Um Serena drängten sich Menschen, die ihr alle die Hand schütteln wollten, was ihr etwas peinlich war. Deshalb suchte sie in der Menge nach dem deutschen

Journalisten. Endlich entdeckte sie ihn, in einer Ecke stehend und leicht verwirrt, als sie auf ihn zukam.

Wortreich entschuldigte sich Wieneke dafür, ihre Zeit zu beanspruchen, kramte aus seiner Fahrradkuriertasche einen Spiralblock hervor und versicherte ihr, wie dankbar er ihr sei. Als er Antonio Romano begrüßte, klang sein Italienisch wie das einer Ratzinger-Predigt. Ein Akzent, über den sich Serena seit dem Rücktritt des Papstes nicht mehr lustig zu machen wagte. Außer dem Papst war hier noch nie jemand freiwillig zurückgetreten.

Serena ging zurück zum Podium, raffte ihre Papiere zusammen und stopfte sie in die Tasche. Als Antonio Romano bemerkte, dass sie ging, ließ er den deutschen Journalisten samt Fotografen einfach in der Menge stehen und lief Serena nach.

Wenn Sie jetzt noch den Prozess gegen Gambino gewinnen, wird man Sie heiligsprechen. *Santa subito.*

Wenn ich ehrlich sein soll: Bei Ihnen wäre ich lieber ein Teufel, sagte Serena.

Als sie Corleone verließ, begann es bereits zu dämmern, das Blau des Himmels schmolz und wich einem blauvioletten Flimmern mit goldenen Punkten. Die Berge schwammen in rosa Dunst. Kurz vor Palermo der übliche Sonntagabendstau der von Verwandtenbesuchen und Wochenendausflügen erschöpften Palermitaner.

Zu Hause angekommen, stellte sie die Klimaanlage an, ging in ihr Arbeitszimmer und leerte ihre Tasche auf dem Schreibtisch. Unterlagen von der Podiumsdiskussion fielen heraus und ein paar Blätter, auf denen sie sich während des Monologs des Generalstaatsanwalts aus Langeweile Notizen gemacht hatte. Dazwischen ein Blatt Papier, das ihr nicht gehörte. Kariertes Papier. Sie benutzte nie kariertes Papier.

BUMM, hatte jemand auf das Blatt gekritzelt. In Großbuchstaben. Daneben stand die Nummer ihres Renaults.

8

Du musst verrückt geworden sein. Oder liegt es an deiner neuen Haarfarbe?

Vito Licata war Serena auf der Treppe des Justizpalastes entgegengelaufen, er rutschte über den glatten Granitboden und hatte sie keuchend in den Aufzug gezogen.

Was ist los, Vito?

Wirst du gleich sehen, Serena.

Er atmete tief durch und zupfte eine Fluse vom Ärmel seines Jacketts. Vito Licata gehörte zu den Menschen, denen Haltung über alles ging. Serena hatte ihn noch nie schwitzen gesehen, sie hatte ihn auch noch nie laufen gesehen, geschweige denn so, dass er ins Keuchen geraten war. Licatas Tweedjacketts gehörten zu Palermos Justizpalast wie die verstaubten Ficusbäumchen aus Plastik, die Aktenschränke, zu denen niemand mehr einen Schlüssel hatte und die kaputten Kopiergeräte, die am Ende des Flurs verrotteten.

Als sich die Fahrstuhltür öffnete, wäre Serena am liebsten wieder umgekehrt. Vor ihr stand eine Wand vorwurfsvoll blickender Gerichtsreporter. Die Serena Smartphones, Mikrophone und kleine silberne Aufnahmegeräte entgegenreckten. Sie drängten sich so nah an sie, dass Serena Schweiß, abgestandenen Rauch und das Haarspray einer Journalistin riechen konnte. Beherzt versuchte Licata, eine Schneise in das Journalistengestrüpp zu schlagen, wobei er in seinem curryfarbenen Tweedjackett wie ein schottischer Adeliger auf einem Jagdausflug in den Highlands wirkte.

Ein Dünner mit Ziegenbart drängte Licata ziemlich rüde beiseite.

Dottoressa Vitale, als Sie bei Ihrer Rede gestern in Corleone von den Autoritätspersonen sprachen, die nach moralischem Kompromiss stinken, haben Sie damit Minister Gambino gemeint?

Alle blickten auf sie.

Also?, fragte ein kleiner Dicker.

Also was, fragte Serena.

Was Sie dazu sagen, fragte der Ziegenbärtige.

Lächelnd wandte sich Vito Licata an den Ziegenbärtigen.

Sie wissen, dass wir uns nicht zu laufenden Verfahren äußern. Warum verschwenden Sie Ihre Zeit?

Als Serena die Schlüssel in ihrer Tasche gefunden hatte und die Tür zu ihrem Büro aufschloss, lief einer von Gambinos Anwälten über den Gang. Die Journalisten ließen ihm den Vortritt wie einem königlichen Abgesandten. Mit Blick auf Serena bemerkte er spöttisch: Oh, da ist ja unsere YouTube-Königin! Kompliment, Dottoressa! Bleibt allerdings die Frage, ob der oberste Richterrat das auch so sehen wird?

Endlich gelang es Serena, die Tür hinter sich zu schließen. Vito Licata ließ sich in den Sessel vor ihrem Schreibtisch fallen, zog ein gebügeltes Taschentuch aus der Hosentasche und tupfte sich Schweiß von der Stirn. Serena stellte den Computer an. Ihre kurze Rede kursierte bereits überall im Netz. In Antimafia-Blogs, auf den Nachrichtenseiten der Tageszeitungen, auf Facebook. Verlinkt, weitergeleitet, getwittert, kommentiert, interpretiert, parodiert, gelobt, von Antimafia-Aktivisten gepriesen, von Rechtspopulisten verhöhnt: Wo ist die Unparteilichkeit der Richter?

Das war völlig überflüssig, sagte Vito Licata.

Er steckte in dem Sessel wie ein Korken in einer Flasche. Als sie sich kennengelernt hatten, als junge Staatsanwälte in Marsala, war er dünn gewesen, athletisch, muskulös. Angeblich hatte sich sein Metabolismus in der letzten Zeit verändert, Serena vermutete, dass es eher sein unerfülltes Sexualleben war. Früher hatte sein Katzengesicht an eine Raubkatze erinnert, heute an einen fetten Hauskater.

Ich verstehe die Aufregung nicht, Vito.

Serena, es lief bestens, und jetzt legst du es darauf an, alles kaputtzumachen.

Große braune, leicht feucht schimmernde Augen. Er stand auf und brachte dabei die Seelen im Fegefeuer in Unordnung – neapolitanische Krippenfiguren, die Serena auf ihrem Schreibtisch aufgestellt hatte: einen Bischof, einen Teufel, eine Greisin und eine Jungfrau, von roten Flammen umlodert.

Entschuldige, sagte Licata und versuchte, die Tonfiguren wieder richtig hinzustellen.

Serena wusste um Licatas Harmoniesucht, eine Charaktereigenschaft, die mit zunehmendem Alter immer ausgeprägter wurde. Ein harmoniesüchtiger Staatsanwalt ist wie ein Schwimmer, der lieber auf dem Trockenen sitzt. Andererseits war Licata der einzige Kollege, der bereit gewesen war, sich wie er es nannte, Serenas *Himmelfahrtskommando* anzuschließen. Er hatte Abhörprotokolle, Geheimdienstakten und Zeugenaussagen ausgewertet. Sie vertraute ihm. Das war mehr als genug.

Serena deutete auf den Stapel Bücher, der auf ihrem Tisch lag, viele davon noch eingeschweißt.

Mensch, Vito, das, was jetzt als der große Skandal verkauft wird, habe ich schon unzählige Male gesagt. Und auch geschrieben. In Vorworten, Artikeln, Aufsätzen.

Aber da warst du noch nicht die Chefanklägerin des Ministers.

Für mich macht das keinen Unterschied.

Leider, Serena, leider.

Wir haben keine Zeit mehr zu verlieren, Vito. Zwanzig Jahre sind vergangen. Und nichts hat sich geändert.

Vito Licata drehte sich von ihr weg und blickte zur Jalousie, die schief vor dem Fenster hing.

Weißt du noch, Vito, wie du mich damals angerufen und mir gesagt hast, was passiert ist? Ich hatte noch nicht aufgelegt, ich hielt den Hörer noch in der Hand, dieses schwere Ding, als meine Zähne anfingen zu klappern. Sie klapperten, als gehörten sie mir nicht. Ich kriegte den Mund nicht mehr zu, ich hatte mich nicht mehr unter Kontrolle.

Es ist lange her, Serena.

Für mich nicht.

Die Zeiten haben sich geändert.

Die Zeiten vielleicht. Aber die Umstände nicht. Wir sind verschont worden, Vito. Wir müssen den Job zu Ende bringen.

Vito Licata hatte sich auf dem Stuhl von ihr weggedreht und schwieg. Im Gegenlicht zeichnete sich sein Schädel unter den dünnen Haaren ab. Als er ihr auf dem Flur der Staatsanwaltschaft Marsala das erste Mal begegnet war, hatte sie ihn für ein Mädchen gehalten, mit langen blonden Haaren. Es war ihre erste Stelle nach dem Examen gewesen. Man hatte sie Kinderrichter genannt, obwohl sie eigentlich Kindersoldaten waren. Jung und zuversichtlich und siegesgewiss. Furchtlose Mädchen und Jungs, die versuchten, den Ozean auf einem Floß zu überqueren.

Serena stand auf und ging zum Fenster, um die schiefe Jalousie zu richten. Der Himmel wölbte sich gläsern über der Stadt, Palermos Lärm war nur als ein fernes Summen wahrzunehmen. Selbst die Sirenen der gepanzerten Limousinen klangen hier oben wie ein freundliches Klingeln.

Vito Licata ordnete das Einstecktuch, das in seiner Brusttasche wie eine welke Blüte hing. Als sie ihn kennengelernt hatte, fuhr er ein Motorrad, sympathisierte mit *Lotta continua* und war stolz darauf, als Student die Besetzung der Fiatwerke als rechtmäßig verteidigt zu haben. Heute trug er den Siegelring seiner adeligen Familie am kleinen Finger, sein Vater war Gerichtspräsident gewesen, der Großvater Generalstaatsanwalt.

Sie zog den Zettel mit dem bumm aus ihrer Tasche und legte

ihn auf den Schreibtisch. Vito Licata blickte interessiert auf das karierte Papier.

Was ist das?

Eine kleine Aufmerksamkeit. Hat mir gestern jemand in Corleone zugesteckt.

Du hättest den Zettel in eine Plastiktüte packen müssen. Wegen der Fingerabdrücke.

Gott, ja, Vito, sagte Serena. Als käme es darauf an.

In der Antimafia-Staatsanwaltschaft gingen täglich anonyme Drohungen ein. Seit Prozessbeginn stapelweise. Ihre Feinde waren nicht sehr einfallsreich. Sie nannten sie Nutte, wünschten ihr, langsam und qualvoll an Krebs zu sterben oder schickten ihr Projektile. Die Briefe wurden registriert, katalogisiert und archiviert.

Als die erste Drohung ihres Lebens gegen sie eingetroffen war, in Marsala, hatte der Richter sie nicht getröstet, er hatte sie nicht bemitleidet, sondern aufgefordert zu reagieren. Nie würde sie vergessen, wie sie schlotternd vor seinem Schreibtisch gestanden hatte und die Nachmittagssonne durch das Fenster fiel. Der Richter zog an seiner Zigarette, blickte nicht mal auf und sagte: Das ist unsere Arbeit, Serena, es ist deine Pflicht, keine Angst zu zeigen. Und dann hatte er sich wieder in seine Akten vertieft. Ja, der Richter war für alle wie ein Vater gewesen. Kein sanfter und nachsichtiger, sondern ein barscher und illusionsloser Vater.

Vergiss nicht, den Zettel abzugeben.

Ja, Vito.

Die Geschichte hat uns gelehrt: Wenn man dich auslöschen will, dann kündigt man das nicht vorher an, sagte er.

Schon in Ordnung, Vito.

Er stand auf und strich sich die Hosenbeine glatt.

Ich kann verstehen, wenn du Angst hast, Serena.

Du musst dir um mich keine Sorgen machen, Vito.

Serena blickte wieder aus dem Fenster. Der Platz vor dem Justizpalast war eine weiße Steinwüste, ein breiter Streifen aus

Marmor, Zement und Beton, in dem vier Palmen standen, die in winzigen Vierecken aus roter afrikanischer Erde wurzelten. Sie bogen sich im Wind, die Palmwedel flirrten im Sonnenlicht.

Wusstest du, dass Palmen sogar Tsunamis überleben?

Nein, wusste ich nicht, Serena.

Aber gegen Parasiten, die sie von innen auffressen, sind sie wehrlos. Komisch, nicht?

Er blickte auf die Uhr. Können wir die Botanikfragen ein anderes Mal besprechen? Wir müssen los.

Für die Verhandlung war die Aussage des ehemaligen Senators Alberto Costa vorgesehen, der als Zeuge vorgeladen war. Costa hatte einst selbst als Staatsanwalt in Palermo gearbeitet. Nach der Ermordung des Richters war Costa in die Politik gewechselt, erst als Senator, dann als Staatssekretär, nun war er pensioniert. Serena hatte Costa schon vor seinem Wechsel nach Rom für einen Maulwurf der Geheimdienste gehalten. Kokainabhängig, adelig und ehrgeizig.

Als junge Staatsanwältin hatte sie zum ersten Mal begriffen, was *Die Dienste* bedeuteten. Sie hatte einen Clanchef in der Nähe von Trapani festgenommen, kein kleiner, unbedeutender, sondern einer, den sie bei seinen vertraulichen Gesprächen mit römischen Ministern hatte abhören und während eines Treffens mit dem sizilianischen Regionalpräsidenten fotografieren lassen. Ein Mafioso, der als rechte Hand von Saruzzo Greco galt, dem Boss, der inzwischen seit dreiunddreißig Jahren flüchtig war. Der Clanchef lebte in einer Villa in bester Lage, mit korinthischen Säulen und einem Swimmingpool mit einem gigantischen Mosaik: Triumph des Neptun (als Erinnerung daran, dass er den gesamten Fischhandel in Westsizilien kontrollierte), mit vergoldeten Wasserhähnen, Badewannen mit Hydromassage sowie, hinter Marmorfliesen versteckt, einer Tür zu einem vollklimatisierten Versteck mit Kühlschrank, Computer und Fernsehen.

Als sie seine Wohnung durchsuchen ließ, bemerkte sie, dass die Geheimdienstler schon vor ihr da gewesen waren. Und in der Wohnung jegliche Spuren von Verbindungen zu Staatssekretären, Regionalpräsidenten und Ministern getilgt hatten.

Gambinos Verteidiger hatten Costa als Zeugen geladen, er sollte die Glaubwürdigkeit des Ministers stärken und dem Gericht klarmachen, dass Gambino, den eine lange Freundschaft mit Costa verband, immer schon auf der Seite des Gesetzes gestanden habe.

Serena steckte die Liste mit ihren Fragen ein, warf sich die Robe über und setzte sich eine Kontaktlinse ein. Der Trick mit der einen Kontaktlinse war ihre Rettung angesichts einer gewissen Weitsichtigkeit, mit der sie neuerdings geschlagen war und die, anders als Serena es erhofft hatte, ihre Kurzsichtigkeit keinesfalls neutralisiert hatte. Mit beiden Kontaktlinsen in den Augen konnte sie zwar auch heute noch eine auf einem Ast sitzende Zikade auf einen Kilometer Entfernung erkennen, aber keine Prozessakte mehr lesen.

Licata drängte wieder zur Eile.

Let's roll, sagte sie.

Costa hatte es sich auf dem Gerichtspodest bequem gemacht. Er saß mit locker übereinandergeschlagenen Beinen da, hielt die Arme verschränkt und musterte den Gerichtssaal mit dem ironischen Gesichtsausdruck eines Schauspielers, der darauf wartet, dass im Zuschauerraum endlich Ruhe einkehrt.

Wann haben Sie Minister Gambino kennengelernt?, fragte Serena.

Ach, ich weiß es nicht mehr genau, es muss irgendwann nach der *Zeit der Blutbäder* gewesen sein.

Serena zuckte zusammen. Sie hasste diesen Ausdruck. Er klang wie der Titel eines Actionfilms.

Die Attentate gegen die beiden Richter fanden 1992 statt. 1993 folgten weitere Mafia-Attentate in Rom, Mailand und Florenz. Können Sie etwas präziser sein?

Ich glaube, es war im Jahr darauf, kann aber auch später gewesen sein.

1993 oder 1994?

Nein, '93 glaube ich nicht, möglicherweise '94. Könnte sein. Ich erinnere mich nicht mehr. Ich bin 1993 in den Senat eingezogen.

Es gibt ein Foto von Ihnen, wie Sie Minister Gambino die Hand schütteln, 1993, bei einem Parteikongress. Da wurde bereits seit mehreren Jahren gegen ihn wegen seiner Beziehungen zur Cosa Nostra ermittelt.

Als Politiker wird man unzähligen Leuten vorgestellt, man fragt nicht bei jedem Handschlag nach einem polizeilichen Führungszeugnis.

War das Ihre erste Begegnung?

Ich kann mich beim besten Willen nicht an den Tag erinnern, an dem mir Enrico Gambino vorgestellt wurde. Es war auf jeden Fall kurz nach der *Zeit der Blutbäder*, damals war ja alles in Bewegung, es war eine Zeit des Umschwungs, die Mauer war gefallen, die alten Parteien waren abhandengekommen, es war eine Zeit der politischen Unsicherheiten. Ich habe darüber ausführlich in meinen Büchern geschrieben.

Bitte verlieren Sie sich nicht in Einschätzungen, sondern liefern Sie konkrete Fakten, sagte der Richter.

Schon vor der Ermordung des Richters war bekannt, dass er gegen Gambino wegen seiner Mafiakontakte ermittelte, war das für Sie kein Problem?, fragte Serena.

Ich verstehe die Frage nicht, Dottoressa.

Kurz vor seiner Ermordung war der Richter einem großen Geldwäschegeschäft in Norditalien auf der Spur, in das Gambino verwickelt war.

Davon weiß ich nichts.

Sie waren damals Staatsanwalt in Palermo, Sie waren mit dem Richter gut befreundet, wie Sie in Ihren Büchern ausführlich beschreiben.

Costa räusperte sich. Wenn ich über die Toten sprechen muss, geht mir das immer sehr nahe.

Ich habe Sie nicht gebeten, über Tote zu sprechen, sondern

nach den Ermittlungen gefragt. Alle Zeitungen haben darüber berichtet.

Ich lese sehr selten Zeitungen.

Gambino war in Palermo schon damals dafür bekannt, ausgezeichnete Kontakte zu diversen Mafiabossen zu haben, denen er dabei behilflich war, ihr Geld in Norditalien zu investieren. Der Richter hat darüber sogar in einem Fernsehinterview gesprochen …

Ich erinnere mich nicht, damals etwas davon gehört zu haben. Nach der Ermordung des Richters, der mein Freund und Kollege war, hat man sehr viel über ihn und seine Ermittlungen geschrieben. Auch sehr viel Unwahres.

Das Fernsehinterview hat vorher stattgefunden.

Ich sehe selten fern.

Serena holte tief Luft. Und atmete wieder aus. Über den Unterbauch, wie beim autogenen Training.

Keine weiteren Fragen, sagte sie und drückte auf den Knopf, um das vor ihr stehende Mikrophon auszustellen. Vito Licata beugte sich aufmunternd lächelnd zu ihr herüber, und Serena hielt sich das Auge mit der Kontaktlinse zu, damit sie Costas entspanntes Gesicht nicht so deutlich sehen musste.

Der Richter erteilte den Verteidigern des Ministers das Wort.

Hatten Sie nicht bereits gesagt, dass der damalige Generalstaatsanwalt stets mit großer Wertschätzung und Zuneigung von Minister Gambino gesprochen hat?, fragte der Anwalt.

Ja, und ich habe das auch in meinem Buch erwähnt, wenn der Richter es erlaubt, kann ich die Stelle vorlesen …

Das ist nicht notwendig, beschied der Richter.

Nuschelnd legte der Verteidiger Costa weiter die Antworten in den Mund. Ist es nicht so? Hatten Sie nicht auch bereits gesagt? Glaubten Sie nicht auch? – bis Serena von ihrem Stuhl hochsprang und Einspruch erhob, wobei ihr Jabot verrutschte und ihre Robe fast von der Schulter glitt. Sie setzte sich wieder. Ihr Fuß wippte so stark, dass ihr Stuhl wackelte.

Endlich griff der Richter ein. Wie ein gütiger Vater, der ungebärdige Kinder auffordert, bei Tisch gerade zu sitzen und nicht mit vollem Mund zu sprechen, ermahnte er den Anwalt, Fragen zu stellen und nicht Unterstellungen zu formulieren. Und forderte Costa auf, seine Antworten nicht schon abzufeuern, bevor der Anwalt seine Frage gestellt hatte.

Später, als Serena mit Vito Licata über den Gang der Staatsanwaltschaft zu ihrem Büro lief, war sie so wütend, dass sie kurz davor war, sich mit einer Zigarette zu beruhigen. Sie rauchte seit Jahrzehnten nicht mehr.

Am Ende des Gangs wieder Journalisten.

Sie bahnten sich einen Weg durch die Menge. Vito Licata hauchte nach rechts und links *kein Kommentar* in die Mikrophone. Serena schwieg wie ein verstocktes Kind.

Als sie wieder im Büro saßen, ließ Serena die Jalousie herunter und warf sich in den Sessel.

Costa lügt. Ich werde ihn noch mal vorladen. Bis dahin wird er versuchen, seine nächste Aussage mit Gambino abzustimmen.

Vito Licata stand neben dem Tisch, auf dem die Bücher lagen, die noch eingeschweißt waren. Er nahm einen Brieföffner, schlitzte die Plastikfolie eines Buchs auf und vertiefte sich so andächtig in die Lektüre, als handelte es sich um einen Liebesroman.

Vito.

Ja.

Kümmerst du dich um eine Abhörgenehmigung für Costa? Und für Gambino?

9

Natürlich war das nicht erlaubt. Aber nicht alles, was nicht erlaubt ist, ist verboten. Serena wollte sich nicht vorwerfen, es nicht versucht zu haben.

Sie kannte das Gefängnis von Opera von vielen Besuchen. Es war das größte im Land. Ein gewaltiger, ineinander verschachtelter Bunker unweit von Mailand. Mit der größten Abteilung für Mafiosi in Hochsicherheitshaft. Serena wurde von einem Beamten durch endlose Flure geführt, in denen es nach Bleichmittellauge roch. Auf den Türen hatten Schlüsselbunde ihre Spuren hinterlassen. Serena setzte sich auf den Plastikstuhl und wartete. Blickte auf schlecht gewischten Fliesenboden, auf eine massive grau gestrichene Metalltür und auf den Hörer der Gegensprechanlage.

Pecorella betrat den Besuchsraum. Und versuchte, ein Grinsen zu unterdrücken, als er sie sah. Schwarzer Trainingsanzug. Mit Puma-Logo, das im Neonlicht leuchtete. Ein blasses Gesicht, zurückgekämmtes Haar. Grüne Augen hinter der Panzerglasscheibe. Betont langsam ergriff Pecorella den Hörer der Gegensprechanlage. Die Klimaanlage rauschte.

Dottoressa, Sie wissen, dass Sie mich ohne meinen Anwalt nicht verhören dürfen, sagte er.

Ich habe nicht die Absicht, Sie zu verhören, sagte Serena.

Aber ich nehme auch nicht an, dass Sie gekommen sind, um mir die Zeit zu vertreiben.

Machen wir es kurz. Ich möchte wissen, ob Sie Ihre Meinung geändert haben.

Meine Meinung wozu?, fragte er amüsiert.

Ob Sie inzwischen bereit sind, mit der Justiz zusammenzuarbeiten.

Dottoressa, falls ich jemals meine Meinung ändern sollte, werden Sie die Erste sein, die davon erfährt.

Ich bewundere Ihre Geduld, Signor Pecorella, sagte Serena. Aber an Ihrer Stelle würde ich mich fragen, ob der Preis nicht zu hoch ist. Man hat Sie hier lebendig begraben, während die Politiker, denen Sie zur Macht verholfen haben, ein unbeschwertes Leben führen. Man hat Sie vergessen.

Pecorella lehnte sich zurück. Schlug ein Bein über das andere. Und spielte mit der Schnur der Gegensprechanlage.

Warum sollte ich mit der Justiz kollaborieren? Um ein Dutzend Familienväter festnehmen zu lassen oder ein verrostetes Gewehr ausgraben zu lassen? Was würde sich ändern, wenn ich Ihnen sagen würde, was Sie wissen wollen?

Sie könnten Ihre Kinder aufwachsen sehen. Sie könnten Ihre Frau umarmen. Marcello Marino hat den Schritt gewagt. Er hat bereut. Vor Gott. Und vor den Menschen.

Bei allem Respekt für Marcello Marino, aber das Bereuen vor Gott unterscheidet sich doch wesentlich von dem Bereuen vor den Menschen. Wer vor Gott bereut, hat eine innere Wandlung durchgemacht, er ist bekehrt. Man ist aber nicht bekehrt, wenn man einfach nur andere anklagt.

Er lächelte überlegen. Massierte seine Handknöchel und machte Anstalten aufzustehen.

Eine Frage noch, sagte Serena. Wer sind die weißen Kragen, von denen Sie vor einiger Zeit vor Gericht gesprochen haben? Weiße Kragen, die immer noch als unschuldig gälten, während andere arme Unglückselige an ihrer Stelle verfolgt würden?

Pecorella beugte sich so nah an die Panzerglasscheibe, dass sie leicht beschlug.

Ich kann Ihnen meine Wahrheit nicht sagen, Dottoressa. Es würde niemandem nutzen. Aber ich kann Ihnen die Wahrheit sagen lassen. Von jemandem, der die Wahrheit kennt.

10

Später Nachmittag: Wieneke saß auf der Terrasse seines Hotels in Mondello, blickte auf das gletscherbonbonblaue Meer und seine geröteten Arme und schwor sich, sobald wie möglich eine nicht-allergene Sonnencreme zu kaufen. Er hatte sich einen Tag am Strand gegönnt. Einen halben. Musste auch mal sein. Zumal sich die Recherche als etwas mühselig herausgestellt hatte. Nach dem vielversprechenden Anfang und dem Interview mit der Staatsanwältin hatte er Zeit verloren – mit der Podiumsdiskussion in Corleone und der Verabredung mit dem Polizisten. Der aussah wie ein Unterwäschemodel. Auch so eine italienische Eigenart.

Der Polizist ließ sich erst ewig über die Baumafia von Palma di Montechiaro und ihre Verbindungen nach Köln aus, was Wieneke so genau gar nicht wissen wollte, schließlich wollte er keine Enzyklopädie über die Mafia schreiben. Immerhin erfuhr Wieneke von ihm, dass die italienischen Vorstrafen des in Dortmund lebenden sizilianischen Bauunternehmers gleich null waren. Damit war die Geschichte tot. Denn seine deutschen Vorstrafen durften in Deutschland nicht erwähnt werden. Wegen dieser Resozialisierungsscheiße. Immerhin war ein Bewirtungsbeleg für ein Hintergrundgespräch rausgesprungen.

Wieneke wartete auf den Fotografen und beobachtete die Gäste auf der Terrasse. Ihm gegenüber saß eine tabakbraun gegerbte alte Dame, eine Achtzigjährige mit Brillantohrringen groß wie Untertassen, die mit der Attitüde einer Hollywoodschauspielerin in einem türkisfarbenen Pareo über die Terrasse gewandelt war. Die neben ihr sitzende Freundin war geschätzte hundertvier, trug einen goldenen Bikini, eine goldene Spiegelbrille und die Haare zu einem goldenen Helm toupiert. Sie starrte auf etwas, das Wieneke für ein Telefon hielt, sich aber als Schminkspiegel herausstellte. In Deutschland hüllte man sich ab sechzig in beigefarbene Strickjacken, in Italien trugen Hundertjährige Bikinis.

Er hatte sich gerade eine Zigarette angesteckt, als ihm Giovanni entgegenkam. Mit weit ausholenden Schritten durchquerte er die Hotelhalle und die Terrasse, es sah aus, als sei er hier zu Hause, er klopfte jedem Hotelpagen und jedem Kellner auf die Schulter und küsste den beiden alten Damen am Nebentisch formvollendet die Hand.

Kennst du die etwa?, flüsterte Wieneke.

Klar. Soll ich sie dir vorstellen?

Unter dem Arm hielt Giovanni einen Stapel Zeitungen, die er nun auf den Tisch warf.

Gelesen?

Was?

Serena Vitale: bavaglio per discorso antimafia, las Giovanni laut vor.

Wieneke schüttelte verständnislos den Kopf.

Du hast doch gesagt, dass du etwas Italienisch kannst.

Ja, aber mehr so passiv. Gott sei Dank.

Wieso Gott sei Dank?

Wenn man die Sprache spricht, läuft man Gefahr, keine Distanz mehr zu den Geschehnissen zu haben, über die man berichten soll. Man verliert die journalistische Objektivität und reitet sich in fremde Kulturen rein. Und das will ich verhindern, gerade bei diesem heiklen Thema.

Verstehe.

Also was steht da genau?

Da steht: *Maulkorb für Serena Vitale wegen Antimafia-Rede.*

Giovanni bestellte Kaffee. Genauer gesagt: Er schnippte mit

dem Finger. Eine Minute später stellte der Kellner den Espresso mit einer graziösen Handbewegung vor ihm ab. Wieneke bestellte einen Cappuccino. Was Giovanni mit hochgezogenen Augenbrauen kommentierte.

Ja, ja, schon gut, sagte Wieneke. Über das italienische Cappuccino-nur-morgens-Dogma hatte er bereits fruchtlos mit Francesca gestritten. Ihn interessierte viel mehr: Wer hatte der Vitale den Maulkorb verpasst und warum?

Ein Verfassungsrichter hat wegen ihrer Rede in Corleone Beschwerde beim Obersten Richterrat eingelegt. Daraufhin wurde ein Disziplinarverfahren gegen sie eingeleitet.

Nicht zu fassen. Nur, weil sie angekündigt hat, an einer öden Gedenkfeier nicht teilzunehmen?

Einhundertsiebzig Richter und Staatsanwälte haben sich bereits mit ihren Unterschriften mit Serena Vitale solidarisch erklärt. Und Facebook quillt über: Serena-Vitale-Solidaritätsgruppen ohne Ende. Die ganz Entfesselten fordern, sie zur Staatspräsidentin zu machen. Die *Wir sind alle Serena Vitale*-Gruppe hat schon zu einem Sit-in vor dem Justizpalast in Palermo aufgerufen, die *Ich halte zu Serena Vitale-Gruppe* veröffentlicht offene Briefe an Serena Vitale, und die *Wir lassen Serena Vitale nicht allein*-Gruppe organisiert nächste Woche eine Demonstration vor dem römischen Parlament. Hier musst du nur was gegen die Mafia sagen, schon wirst du von den Antimafia-Groupies beklatscht, Mann.

Ah, sagte Wieneke und leckte sich den Milchschaum von seinen Lippen. Er versuchte das *Ah* so neutral wie möglich zu betonen, auch wenn er die Angelegenheit für ein typisch italienisches Rätsel hielt, so wie Francesca, wenn sie am Telefon auf Italienisch herumschrie und danach lachend behauptete, es habe sich um eine ganz normale Unterhaltung unter Freunden gehandelt.

Giovanni wütete weiter. Die linke Presse habe die Vitale schon heiliggesprochen, als sie gerade erst angefangen hatte, gegen Gambino zu ermitteln. Und seit Prozessbeginn sei sie zur Antimafia-Heiligen der Linken schlechthin geworden. Jeden Tag Fotos von ihr und Leitartikel ohne Ende, eine, die es endlich wage, dem Minister die Maske vom Gesicht zu reißen. Und blablabla, sagte Giovanni.

Wieneke wurde aus ihm nicht schlau. Gerade hatte er ihn noch für einen verkappten Maoisten gehalten. Und jetzt wütete Giovanni gegen die Linken und eine Staatsanwältin, die einen Prozess gegen einen mafiosen Minister führte. Alles war verwirrend hier. Es war wie Tauchen an einem Tag, wenn das Meer bewegt war. Man müsste warten, bis sich der aufgewühlte Sand wieder gelegt hatte.

Giovanni strich über seine rasiermesserschmalen Koteletten und richtete seine Sonnenbrille, die er selbst im Schatten der Terrasse nicht ablegte. Außerdem trug er an diesem Nachmittag einen Nadelstreifenanzug. Wieneke hatte schon die merkwürdigsten Fotografen ertragen, Haarnetzträger und Quartalssäufer, Operettenhörer und Piercingträger. Aber einen im Nadelstreifenanzug hatte er noch nie erlebt. Am Handgelenk trug Giovanni mehrere Silberreifen, Glückskettchen und ein Armband mit Madonnenbildchen, mit denen seine schlanken, biegsamen Finger spielten.

Zigarette? Giovanni schob eine Schachtel Black Devil über den Tisch. Was steht eigentlich heute auf dem Programm?

Nichts Konkretes, leider. Denn wenn ich nicht bald was liefere, zieht mich die Chefredaktion wieder ab. Und dir wird nur der normale Tagessatz gezahlt. Bei *FAKT* ist die Stimmung echt mies.

Am Morgen hatte Wieneke noch mit der Redaktion telefoniert. Alle waren in den Relaunch von *FAKT* verstrickt, neues Layout, neue Ressortaufteilung, und das Wetter war auch scheiße. Er war froh, dass er das Elend nicht aus der Nähe miterleben musste.

Schreib doch was über die Vitale.

Interessiert in Deutschland keine Sau. Rein italienische Angelegenheit.

Da muss ich den Deutschen recht geben. Nichts ist einfacher, als gegen die Mafia zu sein. Da kann man auch gleich gegen Feinstaubbelastung sein. Oder gegen Käfighaltung.

Oder für den Weltfrieden …, sagte Wieneke, der Gutmenschen genauso anstrengend fand wie Leute, die an Gott glaubten.

Wem sagst du das. Ich bin mit dem Mist aufgewachsen. Mein Vater war Anwalt.

Schweres Schicksal.

Bei uns wird in der Schule Legalität unterrichtet wie anderswo Physik. Kannst du dir das vorstellen? Legalität!

Klingt wie Unterricht in der Rudolf-Steiner-Schule. Kartoffeldruck und Ausdruckstanz und Bäume umarmen.

Nichts Öderes als diese Antimafia-Groupies, echt.

Versteh schon. Mein erster Chefredakteur hat immer gesagt: Ein Journalist hat sich nicht gemein zu machen! Auch nicht mit Moralaposteln.

Ganz meine Meinung, sagte Giovanni.

Wieneke strich über seine geröteten Arme, die immer heißer wurden. Wäre vielleicht keine schlechte Idee, in der Apotheke gleich etwas gegen Verbrennungen zu kaufen. Sizilianer hatten es da natürlich leichter, mit ihren Pigmenten. An der Theke der Bar standen drei Männer, die alle aussahen wie aus Olivenholz geschnitzt. Sie blickten einer Frau nach, die über die Terrasse in Richtung Pool lief. Sie trug ein Kleid, das eher ein Tuch war, ein Tuch, das fast vom Körper zu fallen schien und dennoch an ihm haften blieb. Auch Giovanni schaffte es kaum, seinen Blick von der Frau zu lösen.

Wer das Böse bekämpfen will, muss es erst mal kennenlernen, sagte Giovanni.

Ich habe kein Problem damit, mir die Hände schmutzig zu machen, wenn dabei eine gute Geschichte rauskommt.

Wenn man einen echten Einblick haben will, dann muss man sich der Wertung enthalten, sagte Giovanni.

Ganz deiner Meinung, sagte Wieneke. Journalisten sind weder Politiker noch Polizisten. Er blickte Giovanni erwartungsvoll an. Was meinst du, ist es möglich, an so einen Typen ranzukommen?

Giovanni nippte an einem Glas Wasser, das der Kellner zusammen mit dem Espresso serviert hatte, trocknete den Mund mit einer Papierserviette ab, tupfte über die Lippen und die Mundwinkel, faltete die Serviette so sorgfältig wie ein Kind in der Vorschule und legte sie beiseite.

Was für einen Typen meinst du?

Wieneke lachte. Komm, du weißt schon.

Nein, weiß ich nicht.

Na, so einen Boss.

Giovanni spielte mit seinem Feuerzeug, ein goldenes Zippo, achtzehn Karat. Angeblich hatte es ihm ein guter Freund geschenkt. Er zündete sich eine Zigarette an und ließ das Feuerzeug nachlässig auf den Tisch gleiten.

Leicht ist das nicht.

Schon klar.

Mehr so eine Sache des Vertrauens. Lässt sich nicht einfach so übers Knie brechen.

Ich denke, Hamburg würde dafür auch was lockermachen.

Jetzt nahm Wieneke das Zippo in die Hand und ließ es auf- und zuspringen. Ein echter Handschmeichler. Ein kleiner, warmer Goldbarren.

Es ist keine Frage des Geldes. Es kommt auf ein gewisses Fingerspitzengefühl an. Ein falsches Wort … Verstehst du, was ich meine? Schließlich bin ich es, der den Kopf für so etwas hinhält.

Klar, habe ich schon verstanden. Damals, als ich mit einem Minister wegen der Visa-Affäre …

Schon okay, Wieneke.

Ich mein ja nur.

Schon in Ordnung. Werde sehen, was sich machen lässt.

Giovanni nahm seinen Autoschlüssel und schlug vor, in Palermos Altstadt zu fahren. Zu einer Prozession. Zu Ehren der

Madonna di Carmine, in der Kalsa, im Anschluss würde ein riesiges Volksfest steigen.

Wieneke willigte ein. Für den Nachmittag stand nichts mehr auf dem Programm, keine Interviews, keine Treffen mit Informanten. Er hatte schon befürchtet, den Abend allein im Hotel verbringen zu müssen. Dann schon lieber Volksfest. Erleichtert ließ er sich auf den Beifahrersitz fallen.

Giovanni fuhr ein altes, sehr elegantes Mercedes Benz Cabrio. Mit dunkelroten Ledersitzen und Wurzelholzarmaturen. Andächtig fuhr Wieneke mit den Fingerspitzen über die Ledersitze – die so abgenutzt waren, dass sie schon etwas brüchig wurden, weiße Adern zogen sich durch das Leder, an manchen Stellen sahen die Sitze aus wie gemasertes Fleisch.

Als Wieneke auf dem Beifahrersitz des Cabrios saß, überlegte er sich, ob er sich ein anderes Hemd kaufen sollte. Vielleicht tatsächlich auch mal ein weißes. Außerdem empfand er plötzlich ein dringendes Bedürfnis nach einer Sonnenbrille, was Giovanni keineswegs für außergewöhnlich hielt, sich auch nicht darüber lustig machte, sondern vor dem Geschäft eines Optikers hielt, und gleich nach Betreten den Optiker so herzlich umarmte, als sei er ein lang vermisster Verwandter. Wieneke entschied sich für eine schwarze Ray-Ban. Die er in Hamburg vermutlich nie benutzen würde. Aber egal.

Plötzlich war er guter Laune, eigentlich zum ersten Mal, seitdem er auf Sizilien war. Sein Bauchgefühl hatte ihn noch nie getrogen. Und sein Bauch sagte ihm, dass er auf dem richtigen Weg war.

Wie kommt das eigentlich, dass du so gut Deutsch sprichst?

Kunsthochschule Hamburg, ich habe zwei Jahre lang am Eppendorfer Weg gewohnt. Aber dann musste ich weg. Das Wetter …

Wem sagst du das.

Wieneke hatte das Fenster heruntergedreht, sein Arm hing über der Autotür, der Fahrtwind tat seiner Haut gut. Die Luft war trocken und kühl, als sie den Monte Pellegrino passierten, er klopfte im Takt der Musik (irgend so ein Italoscheiß, aber nicht schlecht) auf die Tür und hörte Giovanni zu, der sich offenbar zum Ziel gesetzt hatte, ihn in Sachen Mafia von null auf hundert zu bringen.

Wenn nichts funktioniert, wenn der Staat nicht da ist, dann tritt die Mafia an seine Stelle, sagte Giovanni und fuhr dabei wie blind durch das Gewühl von Palermo, in dem Wieneke keinerlei Anzeichen für eine wie auch immer geartete Ordnung erkennen konnte – bis auf einen Polizisten, der im Lichtkegel der Abendsonne stand und sich mitten auf der Kreuzung mit einer Frau unterhielt.

Natürlich hat die Mafia schreckliche Verbrechen begangen, das kann niemand bestreiten. Aber andererseits: Die Mafiosi haben Garibaldi geholfen, Italien zu einigen und sie haben den Zweiten Weltkrieg beendet, als sie den Amerikanern halfen, auf Sizilien zu landen, sagte Giovanni und überholte eine Pferdekutsche, in denen bleiche Touristen saßen, die sich mit Fächern Luft zuwedelten.

Die Mafia hat alles, was der italienische Staat nicht hat, sagte Giovanni. Sie funktioniert, hat feste Regeln und Strukturen, sie kann sich durchsetzen, die Menschen können sich auf sie verlassen. Versteh mich nicht falsch, ich wünschte mir auch, dass es anders wäre, aber auf Sizilien sind siebzig Prozent der Jugendlichen arbeitslos, Höchststand in Europa. Wie soll man da einem Jugendlichen vorwerfen, dass er sich an einen Boss wendet, um einen Job zu finden?

Giovanni verscheuchte einen Afrikaner, der die Windschutzscheibe putzen wollte. Vor jeder Ampel fiel ein Schwarm zerlumpter Gestalten über sie her, die ihnen Tempotaschentücher, Feuerzeuge und Zigaretten aufdrängen wollten.

Die Mafia ist leider der größte Player in der italienischen Wirtschaft, sagte Giovanni. Und der italienische Staat setzt dem ziemlich wenig entgegen. Man kann sich fragen, warum.

Wieneke wunderte sich, wie Giovanni es hinkriegte, einen Monolog über die Mafia zu halten, zu rauchen und zu begreifen, wer in diesem Verkehrschaos in welche Richtung ausscheren würde. Ohne zu blinken, natürlich. Vielleicht hatten die Sizilianer einen Sensor dafür?

Ich finde ja auch, dass endlich etwas unternommen werden müsste. Aber die Justiz arbeitet völlig ineffizient. Das weiß ich aus erster Hand, wie du dir vorstellen kannst. Außerdem ist es keine Lösung, die Leute einfach zu kriminalisieren. Man muss sich von bestimmten Denkschemata befreien. Die Mafia hat schon lange kein Interesse mehr an Mord und Totschlag. Die Mafiosi wollen kein Leben im Untergrund führen. Das merkt man auch daran, dass sie ihre Kinder auf die besten Universitäten schicken, damit sie zu Anwälten oder Finanzexperten ausgebildet werden. Wenn man es schon nicht schafft, die Mafia wirklich ernsthaft zu bekämpfen, dann wäre die einzige Lösung, sie langfristig wieder in die Gesellschaft zu integrieren. Resozialisierung.

Wieneke schnippte seine Zigarette auf die Straße. Die Glut spritzte in kleinen roten Tröpfchen über den Asphalt. Motorräder zogen an ihnen vorbei, die wie wütende Hornissen klangen.

Und wie stellst du dir diese Befreiung von bestimmten Denkschemata vor?, fragte Wieneke. Sag doch mal ein Beispiel.

Giovannis Idee war, das von der Mafia erwirtschaftete Geld in den legalen Finanzkreislauf einfließen zu lassen.

Dann würde in Süditalien ein Wirtschaftswunder stattfinden und niemand mehr ermordet. Wenn die Mafia legalisiert wäre, und damit das von ihr erwirtschaftete Geld, würde nicht nur Italien boomen, sondern ganz Europa.

Also das mit dem Legalisieren stelle ich mir etwas schwierig vor, sagte Wieneke, der sich vorgenommen hatte, diplomatisch zu sein. Er fand Giovannis Ideen etwas abgedreht. Musste jetzt hier nicht ausdiskutiert werden. Glücklicherweise kam jetzt auch noch etwas Blasmusik dazwischen, was weitere Argumente vorerst überflüssig machte. Giovanni bog hinter einer Art Triumphbogen ab, ein Triumphbogen ohne Bogen (in der Mitte fehlte etwas) aus Tuffstein und deutete auf den Platz dahinter. Hier würde die Prozession bald losgehen. Palermo leuchtete im Abendlicht wie in Honig getaucht, es roch nach Feuerwerkskörpern und Zuckerwatte, überall waren Stände mit gebrannten Mandeln und Luftballons aufgestellt.

Eine Prozession ist ein Ritual, sagte Giovanni. Alles hier hat Bedeutung, jede Geste, jedes Wort. Wer die Heilige aus der Kirche tragen darf, wer neben dem Pfarrer läuft, wer hinten. Wer vor dem Baldachin marschiert und wer sich bei den Viva-la-Maria-Rufen besonders hervortut. Auf Sizilien gibt es keinen Zufall.

Er ließ seinen Mercedes unverschlossen stehen – mit dem Schlüssel im Zündschloss. Als er Wienekes erstaunten Blick bemerkte, legte er den Arm um Wienekes Schulter und sagte: Alles unter Kontrolle.

Bei jedem zweiten Schritt wurde Giovanni von jemandem getätschelt, umarmt, geküsst. Sein Jackett flatterte im Wind, das Hemd trug er bis zur Brust aufgeknöpft. Die Kamera hing locker über seiner Schulter, mehr wie ein Accessoire. Die Prozession habe er schon tausendfach fotografiert, rief er und drängte Wieneke voran, bis sie schließlich an einer Straßenecke stehenblieben. Vor ihnen zog der Prozessionszug vorbei: der Priester, das Blasorchester und die Madonna mit dem Strahlenkranz.

Auf einem Balkon stand ein Mann neben einer Frau in einem blutroten bodenlangen Seidenkleid. Als sich der Prozessionszug auf der Höhe dieses Hauses befand, ließ der Mann die Menge mit einer Handbewegung erstarren. Das Trommeln wurde leiser und verstummte. Der Mann begrüßte die Heilige mit einem nachlässigen Kopfnicken, und die Frau in dem blutroten Kleid ließ ein paar Rosenblätter auf die Madonna herunterrieseln.

Wahnsinn, sagte Wieneke.

Giovanni schob ihn weiter durch die Straßen der Altstadt

und stellte ihn Freunden vor. Wieneke aß im Stehen ein Panino mit *panelle,* frittiertem Kichererbsenmus, eine sizilianische Spezialität, wie Giovanni erklärte, er kostete von den frisch eingelegten Oliven (die er in Deutschland kein einziges Mal heruntergebracht hatte), er aß sogar *babaluci,* winzige Schnecken, in Knoblauch gebraten und wünschte sich, dass Francesca ihn jetzt hier sehen könnte, mit einer schwarzen Ray-Ban auf der Nase, schneckenessend inmitten von sonnenstudiogebräunten Muskelpaketen mit tätowierten Drachen auf den Oberarmen, kiloweise Gel in den Haaren und schlechten Zähnen von zu viel Koks.

Manche der Typen sprachen sogar etwas Deutsch, sie hatten in Köln und in Solingen gearbeitet, einer sogar in Dortmund. Alle machten Wieneke Komplimente, zu deutschem Bier, deutschen Frauen, deutschem Fußball, besonders aber zu Borussia Dortmund.

Als es zu dämmern begann, wurde ein kleines Feuerwerk abgebrannt, das im Wesentlichen aus ein paar Chinaböllern bestand, die im veilchenrosa Himmel kleine Rauchfahnen hinterließen. Auf dem Platz vor der Kirche war eine Bühne für Live-Musik aufgebaut.

Auch hier kannte Giovanni alle, den Sänger, die Musiker, die Beleuchter, die Sicherheitstypen, die alle aus Neapel kamen. Was auch Merkwürdigkeiten wie gezupfte Augenbrauen erklärte. In Neapel zupften sich alle Männer die Augenbrauen, erklärte Giovanni, und nicht nur das. Einer von der Security hatte Arme dick wie Laternenpfähle und getuschte Wimpern.

Der Sänger steckte in einem mit Glitzersteinen besetzten und bis zum Bauchnabel offenen Jeanshemd, die Haare waren zu einer Elvis-Tolle gegelt, was Wieneke an die Alleinunterhalter seiner Kindheit im Ruhrgebiet erinnerte. An Glitzerjacketts und *Schöne Maid*.

Als der Sänger die Bühne betrat und anfing zu singen, kreischten die Mädchen und johlten die Männer, als sei Michael Jackson auferstanden. Jeder kannte jede einzelne Strophe auswendig. Wieneke sah, wie jemand auf die Bühne stieg und dem Sänger etwas ins Ohr flüsterte, offenbar handelte es sich um eine Art Wunschkonzert. Manchen Männern standen Tränen in den Augen, als der Sänger das nächste Lied anstimmte. Einige umarmten sich. Der Sänger wurde ständig geküsst, einer nach dem anderen stieg auf die Bühne, nahm das Gesicht des Sängers in die Hände und küsste es ab. Wieneke versuchte sich damit zu beruhigen, dass sich die Männer im Paten auch ständig geküsst hatten. Hauptsache, Giovanni würde nicht irgendwann versuchen, ihn abzuküssen.

Dem Sänger wurden Zettelchen gereicht, von denen er Namen und Grußbotschaften ablas. Ein Giuseppe ließ alle Staatsgäste grüßen und wünschte ihren Familien alles erdenklich Gute, auf dass sie so bald wie möglich ihre Lieben umarmen könnten. Daraufhin brach Jubel aus.

Kapiert?, fragte Giovanni.

Was?, fragte Wieneke.

Das mit den Staatsgästen.

Nö.

Waren Grüße an die Mafiosi im Gefängnis.

Um nicht aufzufallen, beeilte sich Wieneke, ebenfalls zu applaudieren und zu jubeln. Der Sänger las einen weiteren Namen, der Begeisterungsstürme auf dem Platz auslöste. Giovanni klatschte und sagte: *Ginu u'mitra*. So heißt der Boss hier. Das waren Grüße an ihn.

Sitzt der im Knast?

Nein.

Und könnte man den nicht …

Wieneke, sagte Giovanni.

Ja, was.

Du musst Geduld haben auf Sizilien. Geduld und Vertrauen.

Für mich ist das kein Problem. Aber die Redaktion …

Verlass dich auf mich, dann wird alles gut. Einen Freund lässt man nicht hängen.

11

Serena wankte schlaftrunken durch ihre Wohnung auf der Suche nach dem Handy und fand es schließlich unter ihrer Unterwäsche. Aber da hatte Russo schon auf Band gesprochen.

Es hat bei der laufenden Aktion eine unerwartete Entwicklung gegeben, sagte er. Wir müssen uns sehen. Dringend.

Es war das erste Mal, dass Serena ihn mehr als einen Satz sagen hörte. Russo galt als verschroben und autistisch, möglicherweise war es genau das, was ihn für seinen Beruf als Abhörspezialist prädestiniert hatte.

Sie blickte auf den schmalen Spalt, den die Fensterläden freigaben. Er war blau, wie immer. Als sie Russo anrief, war es kurz vor acht.

Sie haben alle ihre Freunde angerufen, sagte Russo. Alle ihre Heiligen im Paradies. Wäre gut, wenn wir uns gleich sehen könnten. Aber nicht im Giftpalast.

O. k. Kommen Sie zu mir?

Bin schon unterwegs.

Serena beeilte sich zu duschen und hatte sich gerade angezogen, als es klingelte. Es dauerte etwas, bis Russo vor ihrer Tür stand, mit großen Schweißflecken unter den Achseln. Feine Rinnsale liefen seitlich an seinen Wangen herunter und sammelten sich in Tropfen an seinem Kinn.

Tut mir leid, sagte er schnaufend. Bin zu Fuß hoch. In Aufzügen bekomme ich Beklemmungen.

Er betrat die Wohnung, stellte sich vor das Gebläse der Klimaanlage und schaute sich prüfend um. Polizistenblick.

Russo hatte den größten Teil seines Lebens in Abhörsälen verbracht. Mit Kopfhörern vor flackernden Tonspuren sitzend, hatte er Funksprüche abgehört, Signale des Geheimdienstes geortet und Bosse ihren Müttern Geburtstagsständchen singen hören. Er konnte aus dem Schweigen zwischen zwei Silben den Ablauf eines Mordes herleiten, hatte aus Anruflisten Attentate rekonstruiert, er war manisch, und viele hielten ihn für verrückt.

Auf dem Boden lagen Bücherstapel, und auf ihrem Schreibtisch setzten sich Aktenbündel, Manuskripte, Fotokopien und alte Zeitungen wie Sedimente ab. Serena fragte sich, ob das Chaos ihres Arbeitszimmers ihn in Panik versetzen würde. Autisten brauchen Ordnung. Serena beeilte sich, den danebenstehenden Tisch freizuräumen, auf den Russo seine Tasche fallen ließ, ein riesiger schwarzer Pilotenkoffer, eine Zauberkiste, aus der er Kabel, Verbindungsstücke, Kopfhörer und diverse Laptops hervorholte.

Hätte nicht erwartet, dass es so schnell geht, sagte Serena.

Russo gab keine Antwort. Stumm schraubte er, wickelte und steckte, verband Festplatten und fuhr erst den einen, dann den anderen Computer hoch.

Gibt es hier irgendwo so etwas wie eine weitere Steckdose?, fragte er. Eine Mehrfachsteckdose, falls die Dottoressa weiß, was das ist.

Obwohl Russo sich ruppig gab, mochte Serena ihn. Vielleicht genau deshalb. Einer, der zehn Jahre lang um seine Rehabilitation gekämpft hatte, verlor seine Zeit nicht mit Höflichkeitsfloskeln. Sie hatte Russo am Gericht von Marsala kennengelernt, wo er für ihren Richter gearbeitet hatte. Als sie sich zum ersten Mal begegnet waren, war sie eine junge Staatsanwältin und Russo einer der ersten Polizisten, die Informatik studiert hatten. Russo hatte bereits gewusst, was ein digitaler Fingerabdruck ist, als es im Justizpalast noch gar keine Computer gab. Dank ihm hatte bei ihr zu Hause schon damals ein Apple gestanden, ein grauer Würfel, zu dem sie eine Beziehung wie zu einem vertrauten Haustier aufbaute und den sie manchmal in einem riesigen schwarzen Rucksack mit ins Büro getragen hatte. Dank Russo hatte sie vermieden, wirklich Wichtiges einer Mail anzuvertrauen. Sie hätte auch gar nicht gewusst, wem. Bis heute gab es nur vier Staatsanwälte, denen sie wirklich vertraute. Vier Kollegen, die über den verborgenen Krieg Bescheid wussten, der seit mehr als zwei Jahrzehnten in Italien im Gang war. Vier Kollegen, mit denen sie nie telefonierte, nie Mails austauschte, sondern die sie nur bei offiziellen Gelegenheiten traf. Bei Empfängen des Richterrats oder bei der feierlichen Eröffnung des Gerichtsjahres standen sie wie zufällig nebeneinander und redeten. Beim letzten Mal waren sie dabei fotografiert worden.

An jenem Nachmittag, als ihr Richter ermordet worden war, hatte Russo sämtliche Funksignale kontrolliert und festgestellt, dass kurz vor der Explosion der Bombe Signale von der Zentrale des Geheimdienstes auf dem Monte Pellegrino gesendet worden waren. Einer Zentrale, von deren Existenz damals niemand wusste.

Kurz darauf war Russo versetzt worden, nach Bozen. Er hatte auf diese Versetzung reagiert, indem er seine Informationen über die Funksignale des Geheimdienstes an Journalisten weitergegeben hatte. Woraufhin Russo vom Dienst suspendiert wurde. Er klagte auf Wiedereinstellung – was ihm einen Ruf als Querulant und eine Niederlage vor Gericht einbrachte. In zweiter Instanz gewann er, wurde aber auch nicht wieder rehabilitiert, weil der Kassationshof kurz darauf Unregelmäßigkeiten in der Prozessführung entdeckte, auch diese nicht zum Vorteil von Russo, weshalb das zweitinstanzliche Urteil nicht bestätigt, sondern der ganze Prozess wieder aufgerollt werden musste. Russo blieb vom Dienst suspendiert, baute einen privaten Sicherheitsdienst auf, verfeinerte seine Kenntnisse und klagte so lange, bis er nach über zehn Jahren Zwangspause seine Arbeit in Palermo wiederaufnehmen konnte. Zum Leidwesen von Generalstaatsanwalt Di Salvo, der Russos Entdeckung der Funksignale für absurd erklärt und die Existenz der Geheimdienstzentrale auf dem Monte Pellegrino so lange geleugnet hatte, wie es gerade noch schicklich gewesen war.

Als Serena die Mehrfachsteckdose gefunden hatte, war Russo gerade dabei, die jüngsten Ungerechtigkeiten, Rechtsbrüche und Schandtaten zu verfluchen, denen sein Land zum Opfer gefallen war. Er verband die beiden letzten Kabel und reichte ihr die Kopfhörer.

Sagen Sie, Russo, hätten Sie mir nicht einfach alles auf CD kopieren können? Ohne diesen ganzen Aufwand hier? Oder ist dann die Qualität nicht mehr gut?

Wenn Sie hören, was ich Ihnen gleich vorspielen werde, werden Sie sich wünschen, keine Kopie davon zu Hause zu haben, Dottoressa Vitale.

Er wischte sich Schweißtropfen von der Stirn. Mit einem karierten Taschentuch.

Spannen Sie mich nicht länger auf die Folter, Russo.

Er deutete auf zwei noch nicht verbundene Kabel. Serena setzte sich auf ihren Drehstuhl.

Momentchen noch. Jetzt. Gleich geht's los. Ich fange mit Costa und Gambino an.

Bitte, sagte Serena. Sie hörte die leicht raue Stimme Costas und Gambinos, der wie immer versuchte, gleichmütig und unbeteiligt zu wirken. Erst redeten sie über das Wetter. Über die erstaunlich hohen Temperaturen. Über den lang anhaltenden Schirokko. Und dann kamen sie zum Wesentlichen.

Wir müssen aufpassen. Sonst legen sie uns dieses Mal rein, sagte Gambino. Da sind ein paar Unstimmigkeiten, an denen sich die Vitale festgebissen hat. Deshalb will sie den Abtrünnigen, diesen Marino, schon wieder aussagen lassen. Und darum will sie auch Sie wieder vorladen.

Wir müssen alle die gleiche Version abgeben, japste Costa.

Wir müssen uns abstimmen, sagte Gambino. Mit allen.

Wir sollten mit dem Präsidenten sprechen.

Ja, selbstverständlich. Versuchen Sie es zuerst?

Das war erst der Anfang, brummte Russo. Das wirklich Spannende kommt erst.

Schon hörte sie Costa, der nun ganz devot klang.

Entschuldigen Sie die späte Stunde meines Anrufs, sagte er. Aber ich wurde vor ein paar Tagen von der *Direzione investigativa antimafia* angerufen, ich soll noch einmal aussagen, in Palermo.

Ah, ja, die Vitale, wie üblich, sagte eine für einen Mann überraschend hell klingende Stimme. Serena kannte die Stimme, es war der Rechtsberater des Staatspräsidenten, ein ehemaliger Kollege, der sich in diesem Augenblick in einen *New Entry* für die Liste der auf ihrer Beerdigung unerwünschten Personen verwandelte.

Aber Sie sind nicht angeklagt, Dottor Costa, Sie sagen nur als Zeuge aus.

Richtig, ich bin nicht angeklagt, aber ich bin nur schon wieder vorgeladen, und der Minister und ich, wir haben unsere Befürchtungen.

Mein Gott, wie oft will die Vitale Sie denn noch vorladen?

Ich habe schon verstanden, was sie will, ich habe auf alles geantwortet und nichts zu verbergen, aber es gibt natürlich Fragen, auf die ich nicht antworten kann.

Selbstverständlich.

Die Vitale hat mir Fragen nach dem Zeitpunkt meiner Freundschaft zu Minister Gambino gestellt. Ich weiß, worauf sie aus ist. Noch bevor der Prozess anfing, als sie mich zum ersten Mal verhörte, hatte ich den Eindruck, dass sie … ich hatte den Eindruck, dass sie mir sehr, sehr aufmerksam zuhörte, sich aber nicht anmerken ließ, was sie über meine Aussagen dachte und mich in eine Ecke zu drängen versuchte …

… aus der heraus Sie sich nicht verteidigen können.

Schließlich geht es um Dinge, die ich immer getan habe. Die wir alle getan haben. Politische Notwendigkeiten.

Sicher, sicher. Ich verstehe. Und es tut mir wirklich leid, Dottor Costa, dass wir nicht früher sprechen konnten.

Nein, nein, das ist kein Problem, ganz im Gegenteil, ich bin sehr froh und möchte mich vielmehr entschuldigen, dass ich Sie angerufen habe.

Oh, nein, nein, wir werden sehen, was sich machen lässt. Machen Sie sich keine Sorgen.

Alles Gute, Ihnen und auch Ihrer Familie.

Die Klimaanlage lief auf Hochtouren, Serena hatte eiskalte Finger und dennoch das Gefühl zu schwitzen. Nachdem sie einen Schluck Wasser getrunken hatte, fühlte sie sich etwas besser. Sie nahm einen auf dem Schreibtisch liegenden Fächer, wedelte sich etwas Luft zu, setzte die Kopfhörer wieder auf und nickte Russo zu.

Russo blickte Serena fragend an.

Weiter?, fragte er.

Ja, weiter, sagte Serena.

Das nächste Gespräch begann mit Begrüßungsfloskeln, wie sie unter Freunden üblich sind, Costa beklagte das schwüle Wetter und die Bürde der Verantwortung und kam schnell zum Wesentlichen.

Das Problem ist immer noch nicht gelöst, sagte er.

Dottor Costa, ich habe mit dem Präsidenten gesprochen. Und auch mit Generalstaatsanwalt Di Salvo. Leider sind die Möglichkeiten beschränkt. Es ist sehr schwierig.

Selbstverständlich ist es schwierig, sonst hätte ich Sie nicht angerufen.

Auf jeden Fall hat mir der Präsident gesagt, dass er mit dem Generalstaatsanwalt sprechen will. Und auch mit dem Präsidenten des Kassationshofes.

Gut, aber der erschien mir immer als eine besonders schwache Figur.

Ja, aber das ist es, was der Präsident im Moment für machbar hält.

Ich möchte dem Präsidenten einen Brief schreiben. Den ich Sie gerne zuvor lesen lassen würde. Ich will auf keinen Fall den Eindruck erwecken, dass es hier allein um mich geht. Es geht um mehr, es geht um das Wohl aller. Wir müssen zueinanderstehen. Im Interesse des Landes.

Selbstverständlich, das ist dem Präsidenten klar.

Man könnte meine Aussage für überflüssig erklären, sagte Costa. Seine Stimme klang brüchig. Und gleichzeitig drohend. Wie einer, der das Gefühl hat, von seinen Komplizen im Stich gelassen worden zu sein. Er wurde lauter.

Wenn sich jemand eingesetzt hat, dann muss er auch geschützt werden. Was ist das für ein Land? Wir müssen den Staat schützen … wenn jemand etwas getan hat, dann muss er auch sämtliche Sicherheiten haben.

An dieser Stelle überschlug sich Costas Stimme. Er klang wie ein hysterischer Junge in der Pubertät. Sein Gesprächspartner bemühte sich, ihn zu beruhigen. Es sei kein Problem, seine Aussage mit den anderen abzustimmen.

Dottor Costa, ich halte das für ein eher geringes Problem. Der Präsident macht sich viele Sorgen wegen des Prozesses. Ich habe den Generalstaatsanwalt gestern gesehen. Di Salvo stand bei dem Empfang vor mir, wir hatten kurz Zeit, ein paar Worte auszutauschen, er sagte: Machen Sie sich keine Sorgen, die Vitale nervt, aber sie wird nichts erreichen können.

Das hoffe ich. Aber Di Salvo steht kurz vor dem Ende seiner Amtszeit, er wird nicht viel ausrichten. Die Situation ist verwirrend.

Machen Sie sich keine Sorgen, es gibt nur den Verdacht, aber keine Beweise. Sie sollten auch mit dem Präsidenten des Richterrats sprechen.

Aber ich kann ihn nicht direkt ansprechen. Am Ende steht dann ein Journalist vor mir und fragt mich: Wie ist es zu erklären, dass sich der Präsident des Richterrats gegen ihre Zeugenaussage ausspricht?

Der Richterrat wird dafür sorgen, dass der Prozess an ein anderes Gericht geht. Wegen Befangenheit der Vitale.

Aber es fehlt ein Motiv für die Befangenheit.

Ich denke, dass sich das finden lässt. Niemand ist unfehlbar. Denken Sie nur an die Rede der Vitale in Corleone. Aus ihrem Verhalten geht ganz klar hervor, dass es ihr an der notwendigen Unparteilichkeit mangelt. Damit können wir schon viel anfangen.

Seine Stimme klang gleichmütig, überlegen und zugleich kaltblütig. Serena versuchte sich vorzustellen, wie das Todesurteil für den Richter ausgesehen haben könnte. War es ein Zungenschnalzen am Telefon oder hatte es gereicht, dass Gambino, der damals lediglich ein mit besonderen Gaben und Kontakten ausgestatteter Kommunikationsspezialist war, eine Augenbraue im entscheidenden Moment hochgezogen hatte?

Wir haben mit den roten Brigaden verhandelt, wir müssen mit allen verhandeln, keuchte Costa. Es geht hier doch auch um die Geschichte unseres Landes. Wer nicht mit der Mafia verhandelt, trägt die Verantwortung. Ich spreche hier vom italienischen Staat. Er muss geschützt werden. Heute genau wie damals. Hier muss eine gemeinsame Verteidigungslinie vertieft werden. Bitte sorgen Sie dafür, dass mich der Präsident zu einem vertraulichen Gespräch empfängt.

Der Präsident wird sich Ihrer Sorgen annehmen, Sie können sich bei Ihren Gesprächen auch jetzt schon darauf berufen, dass Sie auf inoffiziellem Weg mit dem Präsidenten gesprochen haben. Machen Sie sich ein schönes Wochenende.

Einen Augenblick, sagte Russo. Geht gleich weiter. Beide vermieden, sich anzusehen. Serena blickte aus dem Fenster. Von ihrem Arbeitszimmer aus konnte sie ihren Zitronenbaum sehen, der schwere Früchte trug. Der Gärtner, der sich gelegentlich um die Bepflanzung ihrer Terrasse kümmerte, hatte sie ermahnt, die *forzatura* anzuwenden, einen Akt der Gewalt, der im Sommer in den Zitronenhainen angewendet wurde, wenn die Pflanzen erst ausgedörrt und dann fast ertränkt wurden, damit sie neue Früchte treiben. Genau so machte es der italienische Staat mit seinen Bürgern. Ihnen wurden ihre Rechte so lange vorenthalten, bis sie sie für Privilegien hielten.

Serena drehte sich zu Russo, der sich den Schweiß von der Stirn wischte.

Machen wir eine Pause, sagte sie.

Ja, machen wir eine Pause, echote Russo.

Beide traten auf die Terrasse. Serena tat, als würde sie die Aussicht genießen. Die Berge im Morgenlicht. Die Glockentürme. Die Satellitenantennen auf den Dächern. Sie hielt die Augen geschlossen und hörte, wie sich Russo eine Zigarette ansteckte. Sie roch den Schwefel des Streichholzes und süßen Rauch. Sie öffnete die Augen, vermied es aber, Russo anzusehen und zupfte ein paar Blätter von den Geranien. Russo drückte seine Zigarette schon nach wenigen Zügen aus.

Über ihren Köpfen schwebte eine seltsame Scham. Es war, als seien sie beide unfreiwillig Augenzeugen geworden, wie jemand eine Leiche verscharrte.

Natürlich hatten sie gewusst, dass es so oder ähnlich abgelaufen sein musste. Staatspräsident Fontana war damals Innenminister, Costa Senator, Gambino war noch kein Minister, aber schon eine Spinne in dem Netz. Sie alle garantierten dafür, den Pakt mit der Mafia auftrechtzuerhalten.

Es war aber das eine, dies alles zu wissen. Und das andere, es zu hören. Zu hören, wie besonnen, gleichmütig und abgeklärt sie klangen, als sei es nicht um Morde an Richtern, Polizisten und Zivilisten gegangen, sondern um eine notwendige Maßnahme des Zivilschutzes, um eine Naturkatastrophe abzuwehren, einen Bergrutsch, ein ungewöhnliches Hochwasser, eine abnorme Hitzewelle.

Machen wir weiter?, fragte Russo.

Mit einem Ruck kehrte Serena wieder in die Gegenwart zurück, sie musste blinzeln, um das Bild von den bedächtigen Bestien loszuwerden.

Jetzt kommt der Präsident, sagte Russo. Er sagte es in dem Tonfall, in dem man Kinder darauf hinweist, die Augen vor einer besonders grausamen Filmszene zu schließen.

Serena setzte sich wieder auf den Drehstuhl. Sie hörte, wie

Gambino den Präsidenten begrüßte. Devot und drohend zugleich.

Verehrter Herr Präsident, ich befürchte, dass die Sache aus dem Ruder läuft. Wir befinden uns in der gleichen Situation wie vor zwanzig Jahren. Wenn wir nicht alle zueinanderstehen, sind wir verloren.

Ganz Ihrer Meinung, sagte der Präsident. Ich habe bislang alles in meiner Macht Stehende getan, um das Schlimmste abzuwenden.

Verehrter Präsident, es geht hier nicht nur um meine Person, es geht um das ganze Land, sagte Gambino. Wir stehen vor dem Abgrund, in diesem Jahr stehen fünf große Prozesse vor dem Abschluss, es gibt neue politische Gruppierungen, die wir noch nicht unter Kontrolle haben. Meine Aussagen vor Gericht sind nur ein Mosaikstein, allerdings ein sehr wichtiger. Ich erwarte eine politische Lösung. Wenn keine politische Lösung möglich ist, weiß ich nicht weiter.

Die Lage ist nicht einfach, sagte der Präsident. Aber wir haben genügend Möglichkeiten. Und ich werde sie alle ausschöpfen. Das garantiere ich Ihnen. Niemand wird ein paar geltungssüchtige Staatsanwälte ernst nehmen, die versuchen, etwas Staub aufzuwirbeln. Wir haben bislang noch jeden Unruhestifter neutralisieren können. Bedenken Sie: Auch damals schien die Lage aussichtslos zu sein. Zwei Teufelchen versuchten, Unruhe in das öffentliche Leben zu bringen. Sie wollten uns daran hindern, den Pakt zu erfüllen. Das bedeutete Krieg. Die Teufelchen wurden neutralisiert. Und wir konnten Frieden schließen. Ein Frieden, der seit mehr als zwei Jahrzehnten andauert.

Erinnern Sie sich an den Brief des Agenten Ciolini?, fragte Gambino.

Und ob ich mich daran erinnere, sagte der Präsident.

Serena und Russo hielten schweigend die Luft an. Sie blickten sich nicht an und wussten doch, was der andere dachte. Russo war genau wie Serena alt genug, um sich an den Agenten Ciolini zu erinnern. Er war in dem Jahr der großen Mafia-Attentate festgenommen worden, weil er im Verdacht stand, mit rechtsextremen Gruppierungen und einigen Protagonisten der Geheimloge Propaganda Due zusammenzuarbeiten. Aus der Zelle heraus hatte er an den Untersuchungsrichter einen Brief geschrieben, mit dem Betreff: *Neue Strategie der Spannung*. Darin kündigte er Ereignisse an, welche die öffentliche Ordnung destabilisieren würden: Attentate an öffentlichen Orten, Morde an Politikern mit dem Ziel der politischen Neuordnung. Daraufhin wurde Ciolini als Schmierfink bezeichnet, als Wichtigtuer, als Verschwörungstheoretiker, als Irrer – und hatte fast alle Mafia-Attentate jenes Jahres präzise vorausgesagt, einschließlich der Morde an den beiden Richtern und der darauf folgenden politischen Neuordnung.

Herr Präsident, Sie wissen ja: Ciolini hat damals niemand geglaubt, sagte Gambino. Er machte eine lange Pause. Und fügte an: Aber mir wird man glauben.

Herr Minister, machen Sie sich keine Sorgen. Ich verstehe Ihre Lage, aber bitte: Überstürzen Sie nichts. So weit wird es nicht kommen. Wir stehen alle zueinander. Wir haben damals das Problem an zwei Nachmittagen gelöst. Wir werden nicht das gefährden lassen, was wir aufgebaut haben. Das verspreche ich Ihnen, sagte der Präsident.

Eine Bombe, sagte Russo.

Ja, bestätigte Serena, eine Bombe. Ich muss Ihnen nicht sagen …

Russo schaute kurz auf. Er hatte wasserblaue Augen wie ein Kind. Schweigend klappte er seinen Computer zu, beugte sich über Verbindungsstücke und Kopfhörer, rollte die Kabel auf und verstaute alles wieder in seiner Zauberkiste.

Nein, sagte er. Sie müssen mir nichts sagen.

12

Wieneke stand mit einer Augenbinde und einer über den Kopf gezogenen schwarzen Kapuze im Hotelzimmer und lehnte etwas linkisch an der Heizung. Sicher ein gutes Workshop-Foto. Obwohl er mit dem schwarzen Ding auf dem Kopf echt bescheuert aussah. Wie ein Guantánamo-Häftling. Aber was macht man nicht alles für eine gute Story.

Die Geschichte mit der Kapuze würde ein super Editorial ergeben: Der Boss hatte zur Bedingung gemacht, dass Wieneke auf keinen Fall sehen durfte, an welchem Ort er sich versteckte. Giovanni hatte garantieren müssen, dass Wieneke während der ganzen Fahrt von Palermo in das Versteck die Kapuze auf dem Kopf behalten würde.

Bist du endlich fertig? Hier drunter wird's schnell stickig.

Schon passiert, sagte Giovanni und drückte noch zweimal auf den Auslöser.

Wieneke zog sich Kapuze und Augenbinde runter und suchte das Aufladekabel für sein iPhone. Nicht, dass dem Ding im entscheidenden Moment des Interviews der Saft ausging. Nachdem er es in seinem Koffer gefunden hatte, konnte es endlich losgehen. Wieneke war aufgeregt wie vor seinem ersten Date mit Francesca, er spürte ein Kribbeln im Bauch wie sonst nur, wenn er kurz davor war zu kommen (eher selten in letzter Zeit). Angespannt schweigend liefen sie durch die Hotelhalle in Richtung Parkplatz, wie zwei Verschwörer, die den Präsidenten kidnappen wollten. Im Laufen kontrollierte Wieneke seine Mails. Tillmann hatte sich gemeldet. Er drang darauf, gleich nach dem Interview angerufen zu werden. Vor zwei Tagen noch hatte die Sekretärin Wieneke am Telefon wie einen lästigen Bittsteller abgewimmelt. Und jetzt konnte es dieser Sack nicht abwarten, von ihm zu hören.

Sie hatten sich dafür entschieden, in Wienekes Mietwagen zu fahren. Giovannis Benz-Cabrio war zu auffällig. Im Auto ließ sich Wieneke von Giovanni wieder die Augenbinde umlegen und die Kapuze überziehen und legte sich ächzend auf die Rückbank. Hoffentlich würde alles gut gehen. Er kreuzte die Finger. Er war der ewige Nominierte aller möglichen Journalistenpreise, hatte aber noch nie gewonnen. Kein Wunder, denn er hatte auch nie über Zigeunerbabys auf Müllkippen geschrieben, nie über dicke, arme arbeitslose Drogerieverkäuferinnen, nie über schwule Hartz-IV-Empfänger in Meck-Pom. Er hatte auch nie zu den wichtigen Boygroups gehört. Nicht, dass ihm ein Preis wirklich wichtig gewesen wäre, nein, aber ein bisschen Anerkennung hätte auch ihm gutgetan. Bei dem Gedanken an die smarten Vierzigjährigen, die jetzt in den Verlagen das Sagen hatten und was von *communities of interest* faselten, begann er so sehr zu schwitzen, dass er sich fast die Kapuze vom Kopf gerissen hätte. Er schnaubte wie ein Pferd.

Sind bald da. *Pazienza*, mein Lieber, sagte Giovanni.

Stell die Klimaanlage höher, sonst überleb ich das nicht, sagte Wieneke.

Ein Interview mit einem Boss ist kein Sonntagsspaziergang, Mann. Für dich riskiere ich hier einiges.

Giovanni stellte die Klimaanlage auf drei und öffnete die Lüftungsschlitze. Die kalte Luft traf Wieneke wie ein Wasserguss.

Und denk dran: keine Namen, keine Orte.

Kein Thema, sagte Wieneke.

Falls dich einer deiner Kollegen fragen sollte, dann sagst du einfach: »Meine Berufsethik verbietet mir, seine Identität preiszugeben.«

Super Idee, sagte Wieneke. Wäre ich echt nicht draufgekommen.

Ich würde übrigens Don Pace vorschlagen.

Als was?

Als Namen. Irgendeinen Namen musst du ihm ja geben. *Pace* heißt Frieden.

Wie passend.

Sein Vertrauen ist mein Kapital.

Aber fünftausend Euro Garantiehonorar sind auch nicht schlecht.

Wieneke hörte, wie Giovanni die Luft anhielt.

Schon okay, Mann, war nur ein Witz.

Schlechter Witz.

Gott, sind hier alle so empfindlich?

Schon mal was von Ehre gehört?

Reg dich ab, Mann. Was willst du, Tillmann hat doch schnell eingesehen, dass es die Geschichte wert ist.

Wieneke tastete seine Weste auf der Suche nach seinem iPhone ab. Der Vorteil einer Safariweste mit Klettverschlüssen war gleichzeitig auch ihr Nachteil: nämlich, so viele Innentaschen, Brusttaschen, Vordertaschen, Seitentaschen und Rückentaschen zu haben, dass er sich nie merken konnte, in welcher Tasche sein Geldbeutel steckte, aus welcher Tasche sein Handy klingelte, und wohin sein Notizbuch und sein Kugelschreiber verschwunden waren. Er klopfte sich von oben bis unten ab, und je länger er nach dem Telefon suchte, desto wütender wurde er auf Tillmann, der für seinen Geschmack viel zu schnell eingesehen hatte, dass dieses Interview fünftausend Euro wert wäre. Es hatte ihn daran erinnert, wie kläglich er bei seiner letzten Gehaltsverhandlung gescheitert war. Sorry, hatte Tillmann gesagt und weiter an seinem Kamillentee genippt, ohne auch nur mit einer Silbe auf Wienekes Argumente einzugehen. Einfach so. Er hatte nicht mal versucht, sich zu rechtfertigen. Aber gut, vielleicht würde dieses Stück die Vibes zwischen ihnen verbessern, schließlich hatte bei *FAKT* keine Sau jemals einen Boss interviewt, der bereit war, auch noch etwas zu den Geschäften in Deutschland zu sagen.

Suchst du was?

Ja, nee, ist okay. Schon gefunden. Hier, kannst du noch mal mein iPhone aufladen? Die Batterie lässt neuerdings schnell nach.

Giovanni nahm ihm das Ladekabel aus der Hand und steckte den Stecker in den Zigarettenanzünder. Er stellte das Radio aus und fragte: Wie war das noch mal mit dem Aufbau einer *famiglia?* Am Nachmittag zuvor hatte er Wieneke ein paar Dinge in den Block diktiert: Rechte und Pflichten eines Mafioso, Aufbau eines Mafiaclans. Spielregeln der Cosa Nostra. Giovanni war davon überzeugt, dass man echte Informationen nicht in irgendwelchen Mafiabüchern findet, sondern nur in der Wirklichkeit, weshalb er Wieneke geraten hatte, sich dieses Grundwissen einzuprägen.

Willst du mich etwa abfragen?, wollte Wieneke wissen und schnaufte.

Ja, und?

Als Kind war ich beim Quartettspielen unschlagbar. Du kannst mich noch heute nachts wecken und mich nach den drei Urkantonen der Schweiz fragen, und ich sage: Uri, Schwyz und Unterwalden.

Sehr witzig.

Na gut. Dir zuliebe: In einer *famiglia* steht ein *consigliere* über einem Soldaten, die Soldaten werden von einem Zehnerführer geführt, und ein *mandamento* besteht aus mehreren Familien.

Nicht schlecht. Für den Anfang. Und wer darf nie in die Cosa Nostra eintreten?

Wer einen engen Verwandten bei der Polizei … verraten hat.

Nein, knurrte Giovanni. Wer einen engen Verwandten …?

… bei der Polizei hat.

Und sonst noch?

… wer in der Familie Verrat begangen hat. Wer sich schlecht benimmt und wem moralische Werte nicht wichtig sind.

Bene, sagte Giovanni zufrieden. Und fügte hinzu: Jetzt noch die Rechte und Pflichten.

Ein Mafioso darf sich nicht selbst einem anderen Mafioso vorstellen, er muss durch einen dritten vorgestellt werden. Er darf nicht die Frau eines anderen Mafiosos ansehen. Wenn man gefragt wird, muss man immer die Wahrheit sagen. Man muss die Frau respektieren … Er geriet etwas ins Stocken – und bei Verabredungen immer pünktlich sein. Fehlt noch etwas?

Keine Geschäfte mit?

Mit Polizeispitzeln.

Wieneke lachte. Komm schon, im Grunde ist das doch alles Fake, das weißt du doch so gut wie ich.

Fake? Was soll denn hier Fake sein?, fragte Giovanni.

Regeln sind dafür da, übertreten zu werden. So gesittet, wie du das darstellst, geht es ja nicht mal im Paten zu.

Ja und?, fragte Giovanni. Ändert doch nichts daran, dass man die Regeln erst mal kennen muss. Was danach damit gemacht wird, ist doch völlig egal. Also?

Fehlt immer noch was?

Zwei Sachen noch.

Mann, ich krieg hier unter der Scheißmütze keine Luft, und ohne Sauerstoff arbeitet mein Hirn nicht.

Ich will nur dein Bestes, sagte Giovanni. Damit Don Pace weiß, dass er es nicht mit so einem Scheiß-Tintenpisser zu tun hat, sondern mit jemandem, der weiß, wovon er spricht. Schließlich geht er durch so ein Interview ein ziemliches Risiko ein. Also. Ich gebe dir einen Tipp: Untreue.

Untreue. Gott, ja. Cosa Nostra darf niemand beitreten, in dessen Familien … einer untreu geworden ist und irgendwas mit Moral.

Familien, in denen es einen Fall von ehelicher Untreue gibt und wer die moralischen Werte nicht hochhält. War schon ganz gut. Basiswissen, Mann.

Apropos Familie: Mein Bruder hat seine Frau betrogen und

lässt sich gerade scheiden, darf ich das Interview trotzdem führen?

Pass auf, wir können auch auf der Stelle umkehren, du bist schließlich nicht der Einzige, der an so einem Interview interessiert ist.

Okay, okay. Wenn du hier auf der Rückbank liegen würdest, mit einer Kapuze auf dem Kopf, dann hättest du auch keinen Bock auf so ein Mafia-Quiz.

Ein paar Minuten lang hörte Wieneke nichts anderes als beleidigte Stille, unterlegt von Verkehrslärm und dem Rauschen der Klimaanlage. Dann hatte Giovanni sich wieder eingekriegt.

Wir fahren übrigens gerade an einer Lagerhalle vorbei, die vor kurzem von der Polizei beschlagnahmt wurde, sagte er.

Echt?, fragte Wieneke und machte Anstalten, um sich aufzusetzen.

Nein, du bleibst unten, zu sehen ist da nichts, und die Kapuze behältst du auf dem Kopf. Bis vor kurzem war hier drin die Folterkammer der Mafia. Ein *pentito* hat das Ding auffliegen lassen und die Bullen hergeführt. An der Wand hingen Handschellen, Metallschlingen, Eisendrähte, Gummihandschuhe. Und Heiligenbilder, Santa Rosalia, Santa Rita, die Madonna, der heilige Christophorus, solche Sachen.

Ah. Also eine Art Werkstätte der Würger. Verstehe.

Interessant war, wie der *pentito* erklärt hat, woran die Mafiosi erkannten, dass einer wirklich hinüber war, nach dem Erwürgen.

Nämlich?

Daran, dass ihm Blut aus den Ohren läuft und er sich eingeschissen hat.

Wirklich wahnsinnig interessant.

Alle, die hier umgebracht wurden, mussten natürlich vorher reden. Und ausgepackt haben sie alle, mit der Schlinge um den Hals. Am Ende blieb von ihnen nur der Ehering übrig. Wenn überhaupt.

Ist das jetzt deine pädagogische Ader oder was?, japste Wieneke von der Rückbank. Soll ich schon vor dem Interview kotzen?

Ich will nur, dass du weißt, mit wem du es zu tun hast.

Nach gefühlten drei Stunden waren sie endlich da.

Warte hier. Ich gehe vor und hole dich gleich ab.

Wieneke hörte, wie Giovanni die Autotür hinter sich schloss und jemanden begrüßte. Die Tür ging auf, eine Hand schob sich unter seinen Arm, mit jenem festen Griff, mit dem man eine Großmutter stützt. Wieneke zuckte zurück. Dann spürte er, dass Giovanni neben ihm stand. Er fühlte Erde unter den Füßen und nahm sich vor, sich jedes Detail zu merken. Erst Erde mit kleinen Steinen, dann Zement. Offenbar waren sie auf dem Land. Es roch verbrannt.

Seine größte Sorge war, ob sein iPhone vernünftig aufnehmen würde. Fünftausend Euro für ein Interview und außer Rauschen nichts aufgenommen, allein schon bei dem Gedanken brach ihm der Schweiß aus. Giovanni begrüßte wieder jemanden, ciao, ciao, ciao und schließlich wurde Wieneke durch eine Tür geschoben, er stieg über ein paar Stufen und wurde in ein Zimmer geführt. Dort zog Giovanni Wieneke die Kapuze vom Kopf und löste ihm die Augenbinde. Vor ihm saß ein Mann, der ihm bekannt vorkam.

Das Gesicht etwas teigig, der Kopf rund. Pockennarbige Haut und dünnes graues Haar. Birnenförmiger Körper. Babyblaues Polohemd. Giovanni schob Wieneke wie ein Kind vor, das ein Weihnachtsgedicht aufsagen soll.

Un amico, sagte Giovanni zu Don Pace.

Wieneke, das ist Don Pace.

Benvenuto, sagte Don Pace.

Guten Tag auch, sagte Wieneke.

Einen Augenblick lang konnte er sich nicht konzentrieren, weil die Ähnlichkeit mit seinem Cousin Andy so frappierend war, dass er sich in den Arm kneifen musste, um sich wieder zu sammeln. Bei Andy war sein runder Kopf osteuropäisches Erbe, was im Ruhrgebiet, wo jeder zweite auf Umwegen aus Polen kam, nichts Besonderes war. Aber hier hätte er einen anderen Typ erwartet, okay, vielleicht nicht unbedingt Al Pacino oder Robert De Niro, aber schon so etwas in der Art.

Wieneke spürte, wie Don Pace ihn beobachtete, er hatte das Gefühl, dass der Boss seine Gedanken lesen würde und genierte sich. Da stand er zum ersten Mal einem echten Mafioso gegenüber und ihm fiel nichts Besseres ein als sein Cousin Andy. Vielleicht lag es auch an diesem blassen Teint. Don Pace bekam offenbar nicht genug Tageslicht und Bewegung wohl auch nicht. Sein Polohemd spannte etwas über dem Bauch.

Wieneke war kurz davor, diesem Andy-Boss die Hand zu reichen, änderte dann aber die Richtung, kratzte sich im Nacken und deutete stattdessen eine Verbeugung an. Mit dem Händeschütteln hatten die es hier ohnehin nicht so, küssen wäre nicht unbedingt angebracht, also blieb nichts anderes als ein angedeuteter Diener. Als er mal wegen einer Geschichte in Somalia war, hatte er sich zur Begrüßung immer die rechte Hand auf sein Herz gelegt, um seinen Interviewpartnern klarzumachen, dass er in guter Absicht gekommen war.

Wieneke zog sein iPhone aus der Jackentasche, legte es auf den Tisch und beeilte sich zu versichern, dass diese Aufnahme nur für ihn persönlich bestimmt sei und keinesfalls in falsche Hände geraten würde.

Don Pace lächelte freundlich. *Nessun problema*, sagte er.

Sollst dich wie zu Hause fühlen, übersetzte Giovanni.

Was nicht unbedingt eine Verheißung war, angesichts eines Zimmers, das lediglich aus einem schlecht gestrichenen Esstisch, einem uralten Kühlschrank, an dem ein paar Magneten in Form von Auberginen und Tomaten hingen, einer funzeligen Küchenlampe und ein paar Plastikstühlen bestand. Die Fensterläden waren verschlossen, zwei Fliegen kreisten um die Küchenlampe.

Don Pace bemerkte, wie Wieneke sich im Zimmer umsah. Er

sagte etwas und lachte, und Giovanni sagte: Don Pace meint, dass es im Leben eines Menschen einen Wert gibt, der mehr zählt als Freiheit. Das ist die Ehre und die Würde.

Wieneke wurde rot. Tatsächlich hatte er sich die Frage gestellt: Was für einen Sinn hat es, ein Boss zu sein, wenn man am Ende in so einem erbärmlichen Kabuff hinter verschlossenen Fensterläden sitzen muss?

Don Pace sprach langsam, leise und mit großen Pausen. Wie ein Pfarrer. Wieneke verstand das Wort *amico* und *politico* und *antimafia*, aber das, was dazwischen lag, rieselte auf ihn herab wie Fahrstuhlmusik.

Mein Freund, übersetzte Giovanni, wir leben in einem Land, in dem es keine reinrassigen Politiker mehr gibt, heute reicht es, wenn ein Politiker das Wort Antimafia in den Mund nimmt, schon macht er Karriere.

Wieneke blickte auf sein iPhone, es nahm auf, das war beruhigend. Misstrauisch machte ihn das Verhältnis vom italienischen Original zur deutschen Übersetzung. Ein Sachverhalt, der im Italienischen so lang war wie eine Opernarie, ließ sich im Deutschen in einem Satz zusammenfassen. Giovanni kürzte ab, das war klar. Aber er wollte ihm und Don Pace nicht gleich zu Anfang ins Wort fallen. Der Vorteil an Interviews mit Übersetzern war auf jeden Fall, dass man nicht in Echtzeit reagieren musste. Während Don Pace redete, konnte er ihn beobachten, sich Notizen machen und in Ruhe die nächste Frage vorbereiten. Und zur Not hatte er den italienischen O-Ton ja auch auf dem Band.

Wie alt waren Sie, als Sie zum ersten Mal getötet haben?, fragte Wieneke, aber Giovanni machte gar keine Anstalten, seine Frage zu übersetzen. Don Pace redete einfach weiter.

Wir haben auf Sizilien mehr Geschichte als der ganze italienische Staat zusammen, sagte er. Wenn ich vor zweihundert Jahren zur Welt gekommen wäre, hätte ich zu einer Revolution gegen diesen Staat aufgerufen – und diese Revolution auch zu einem Sieg geführt! Aber heute haben wir zu viel Wohlstand, die Welt ist eine andere geworden, meine Methoden werden heute als etwas archaisch betrachtet. Am Ende bin ich nichts anderes als ein Idealist, der sich getäuscht hat. Und wir alle wissen ja, wie Idealisten enden.

Don Pace lächelte wie ein Buddha. Wieneke versuchte auch zu lächeln und blätterte in seinem Notizbuch. Vielleicht sollte er seine Frage anders formulieren, nicht so direkt. Vielleicht wäre es besser, Don Pace zu fragen, welche Prüfungen die Mafia ihm auferlegt habe, bevor sie sich entschloss, ihn aufzunehmen, um sich dann langsam bis zur heutigen Situation vorzuarbeiten. Als Don Pace eine winzige rhetorische Pause einlegte, witterte Wieneke seine Chance. Aber Don Pace wischte seinen Versuch, eine Frage zu stellen, wie eine lästige Fliege weg. Und Giovanni streckte ihn mit einem Blick nieder. Wieneke lehnte sich wieder zurück und schloss sein Notizbuch.

Natürlich sei Don Pace ein Feind der italienischen Justiz, übersetzte Giovanni. Don Pace sei ihr Feind, weil die italienische Justiz bis auf die Knochen korrupt sei. Was das für ein Staat sei, der seine Gefangenen foltert, damit sie andere denunzieren?

Wieneke nickte zustimmend. Schließlich war er daran gewöhnt, in Interviews zu schauspielern. Als Journalist muss man einen starken Magen haben.

Hochsicherheitshaft für Mafiosi ist Guantánamo auf Italienisch, fügte Don Pace hinzu.

Und das sagte ausgerechnet einer, der Journalisten dazu zwingt, mit Augenbinde und Kapuze auf dem Kopf zum Interview zu erscheinen. Wieneke wollte nachhaken, kam aber nicht dazu, weil es plötzlich knallte. Der Boss drehte blitzschnell den Kopf. Wie ein Habicht. Seine Augen flackerten. Diese Verwandlung war wirklich atemberaubend. Wie die Aura des grundgütigen, gemütlichen Pfarrers in Bruchteilen von Sekunden von ihm abfiel und sein Killerblick aufloderte. Wieneke wäre fast das Herz stehengeblieben. Es stellte sich heraus, dass es nur der Wind war, der einen Fensterladen zugeschlagen hatte. Wieneke hoffte, dass die Tür hinter ihm nicht auch noch zuschlagen würde, dann drehte der Boss womöglich durch und schoss.

Aber jetzt wollte Wieneke auch mal eine Frage loswerden. Zum Teufel mit der Diplomatie. Wie oft haben Sie getötet?, fragte er, doch Don Pace reagierte nicht, sondern redete einfach weiter. Sanft und gelassen. Als hätte er nichts gehört. Offenbar rechnete er gar nicht damit, dass man ihm auch eine Frage stellen könnte. Manchmal hörte er mitten im Satz auf, er tat so, als ob er den Faden verloren hätte, was natürlich nicht der Fall war, seine Pausen waren wie die Pausen in der Musik, sie sollten nur dazu dienen, dass man ihm aufmerksamer zuhörte.

Absurde Urteile seien gegen ihn verhängt worden, sagte Don Pace. Allein aufgrund von Aussagen eines einzigen abtrünnigen Mafiosos …

Marcello Marino?, rief Wieneke elektrisiert. Der in dem Prozess hieß doch so, oder?

Don Pace meint das ganz allgemein, sagte Giovanni beschwichtigend und fuhr mit der Übersetzung fort: … obwohl das Gesetz vorsehe, dass Aussagen von abtrünnigen Mafiosi nur dann als Beweis taugten, wenn mindestens zwei das Gleiche sagten. Aber das sei von keinem dieser kleinen Großinquisitoren berücksichtigt worden.

Meint er Serena Vitale damit?, fragte Wieneke.

Ja, auch, aber nicht nur, sagte Giovanni und übersetzte weiter. Für Don Pace sei das Wichtigste im Leben, Mut zu haben. Für das zu kämpfen, an das man glaube. Und gegen Ungerechtigkeiten stets zu rebellieren. Die Mafia hingegen bestehe aus Gewalt, Einschüchterung und Missbrauch. Alles Dinge, die er ablehne. *La mafia fa schifo*, sagte er am Ende, und das verstand sogar Wieneke: Die Mafia ist eklig.

Ziemlich viel Geschwurbel. Definitiv zu viel Geschwurbel. Diesen letzten Satz würde keine Sau verstehen. Ein Mafioso, der die Mafia eklig findet. Er sah Tillmann vor sich, der höhnisch grinsend an seinem Schreibtisch saß und sagte: Ah, Ihr Boss findet die Mafia also eklig? Also ein Antimafia-Mafioso? Mehr ist bei dem Interview nicht herausgekommen?

Andererseits: Don Pace war ein Boss vom alten Schlag. Wahrscheinlich musste man diesen Satz so verstehen, dass Don Pace mehr Wert auf Ehre und Anstand legte. Auf dieses Keine-Morde-an-Frauen-und-Kindern-Ding. Und dass er mit *eklig* einfach nur sagen wollte, dass die Mafia heute keine Regeln mehr einhält. Weil er der Meinung war, dass die Mafia früher noch Werte hatte und heute eben nicht mehr.

Wieneke griff nach seinen Zigaretten und blickte fragend zu Don Pace und Giovanni. Am Ende war Don Pace Nichtraucher. Hitler war ja auch Nichtraucher gewesen. Und Vegetarier. Hoheitsvoll nickte ihm Don Pace zu. Giovanni klappte sein Zippo schnackend auf und gab ihm Feuer. Wieneke sog den Rauch ein, als hinge sein Leben davon ab.

Haben Sie den Film *Schindlers Liste* gesehen?, fragte Don Pace.

Äh, ja, stotterte Wieneke.

Ich werde allein wegen meines Namens verurteilt, sagte Don Pace.

Sippenhaft, stellte Giovanni fest.

Wahnsinn, sagte Wieneke aus einem ersten Impuls heraus.

Die Mafiosi von heute sind die Juden von gestern, sagte Don Pace und nickte so freundlich, als erklärte er den Kindern der Gemeinde gerade, dass Gott unendlich, vollkommen und glücklich sei.

Wieneke spürte, wie sich sein Magen zusammenkrampfte. Schindlers Liste und Sippenhaft. Das war jetzt echt *too much*. Er blickte zu Giovanni, der aber keine Anstalten machte, Don Pace daran zu hindern, weiter solchen Unsinn zu erzählen. Also grätschte Wieneke einfach in eine von Don Paces Pausen.

Tut mir leid, sagte Wieneke, wenn ich Sie jetzt nach etwas Profanem fragen muss, aber können Sie mir noch etwas zu

Ihrem … Werdegang sagen? Ich meine: Wie alt waren Sie, als Sie Ihren ersten Mord begangen haben?

Ach, sagte der Boss. Wir versuchen, Konflikte immer friedlich zu lösen.

Schon wieder dieses verdammte Buddha-Lächeln.

Leider ist das nicht immer möglich. Das ist bedauerlich. Niemand möchte Krieg. Wir legen Wert auf Diplomatie.

Wieneke saß auf der Kante seines Plastikstuhls, wippte mit dem Knie und kontrollierte die Aufnahme auf dem Display seines iPhones.

Ich würde gerne wissen: Welche Qualifikation muss man haben, um in der Cosa Nostra aufzusteigen? Muss man soundso viele Morde begangen haben? Oder sind Blutsbande unerlässlich?

Er sah, wie Don Pace auf die Uhr und zu Giovanni blickte. Das durfte nicht wahr sein.

Okay, aber ich hätte jetzt noch eine Frage zu Deutschland, sagte Wieneke. Die muss er noch beantworten.

Fass dich kurz, sagte Giovanni.

Don Pace unterdrückte ein Gähnen, entschuldigte sich dafür, so lange und ausführlich geredet zu haben und knackte mit den Fingern. Er drückte an jedem einzelnen Fingergelenk. Ein schreckliches Geräusch.

Wann fing das genau an mit den Geschäften in Deutschland?

Vielen Sizilianern ist nichts anderes übrig geblieben, als auf der Suche nach Arbeit in den Norden zu gehen, bis nach Deutschland, sagte Don Pace.

Mensch, hak da mal nach, flüsterte Wieneke ungehalten. Ich meine nicht die Gastarbeiter, sondern seine, ich meine mehr so die … seine Leute eben.

Giovanni übersetzte Don Paces Predigt ungerührt weiter. In Deutschland habe es stets mehr Gerechtigkeit gegeben als in Italien, es sei für die Sizilianer kein leichter Entschluss gewesen, ihr Land zu verlassen, aber selbst wenn sie ihr Herz in der Heimat hätten zurücklassen müssen, so hätten sie in

Deutschland doch gefunden, was ihre Heimat ihnen vorenthalten habe: Arbeit und einen Rechtsstaat, der diesen Namen verdiene. Darauf könne er stolz sein!

Don Pace klopfte Wieneke auf die Schulter.

Auch das noch. Ein Boss, der den deutschen Rechtsstaat lobt. Glaubwürdig wie ein Pädophiler im Kindergarten.

Womit wird in Deutschland am meisten Geld verdient? Mit Kokainhandel oder mit Geldwäsche? Ist die kalabrische 'Ndrangheta eine Konkurrenz für Sie?

Das ist nicht eine Frage, das sind drei, sagte Giovanni, bevor er anfing zu übersetzen. Don Pace hörte ihm aufmerksam zu. Und sagte: Uns ist an Wohlstand für alle gelegen.

Und?, fragte Wieneke, der von Don Paces Weisheiten langsam genug hatte. Von diesen Dalai-Lama-Sprüchen.

Was und?, zischte Giovanni. Du hast doch gehört, was Don Pace gesagt hat. Soll ich es dir noch mal wiederholen?

Ich brauche was Konkretes zu Deutschland, flüsterte Wieneke. Zum Drogenhandel oder was weiß ich. Ein paar Namen.

Don Pace nennt keine Namen, sagte Giovanni. Das war der Deal.

O. k., dann eben Zahlen. Irgendetwas Konkretes.

Aber da stand Don Pace schon auf. Die Audienz war beendet.

Ich hoffe, Sie nicht gelangweilt zu haben, sagte er, klopfte Wieneke auf die Schulter, küsste Giovanni und verließ das Zimmer.

Wieneke kontrollierte die Aufnahme auf seinem iPhone, blickte noch mal kurz durch das Zimmer, um sicher zu sein, dass ihm kein Detail entgangen war und steckte sein Notizbuch wieder ein.

Zufrieden?, fragte Giovanni.

Ja, schon, sagte Wieneke, ich meine, es war spannend, klar, aber …

Noch bevor er seinen Satz zu Ende führen konnte, hatte ihm Giovanni schon wieder die Augenbinde umgelegt und die Kapuze über den Kopf gestülpt.

… ich hätte es gerne an manchen Stellen etwas konkreter gehabt, sagte Wieneke noch.

Darüber reden wir später, sagte Giovanni, schob Wieneke aus dem Haus und über eine Stufe, zurück über den Zement und die Erde mit den kleinen Steinen, bis er die Autotür öffnete und ihn auf den Sitz drückte.

Wieneke hörte, wie Giovanni sich verabschiedete, Küsschen, Küsschen. Offenbar die Typen, die das Haus bewachten. Giovanni stieg ein und ließ den Wagen an. Über das Interview reden wir später, sagte er, fuhr das Fenster herunter und wechselte mit jemandem ein paar Worte, die Wieneke nicht verstand.

Unsere Eskorte, sagte Giovanni, als er das Fenster wieder schloss.

Was für eine Eskorte?, fragte Wieneke. Waren die bei der Hinfahrt auch schon dabei?

Mensch, was glaubst du denn? Meinst du, Don Pace würde einfach so einen Journalisten zum Small Talk einladen? Ohne zu kontrollieren, ob ihm jemand folgt?

Ich dachte, er vertraut dir blind.

Vertrauen ist gut, Kontrolle ist besser.

Giovanni stellte das Radio an. Weil der Empfang schlecht war, legte er eine CD ein. Giovanni trug eine ganze Sammlung mit sich herum, in einem eleganten Lederetui. Er zog eine Scheibe hervor und ließ sie vorsichtig in den Schlitz gleiten. Plingpling-Musik ertönte, Buddha-Bar-Sphärenklänge, Massagemusik.

Klar, Don Pace war kein Samariter. Da war nichts dran zu rütteln. Aber Sizilien war auch sehr speziell. Im Grunde ein gescheiterter Staat. So was wie Somalia. Oder Niger. Und Don Pace verschaffte vielen Familien auf Sizilien Arbeit – während der italienische Staat durch Abwesenheit glänzte. Das musste man auch sehen. Schwarz-weiß war hier nichts. Langsam fiel die Anspannung des Interviews von Wieneke ab.

Weißt du, sagte Giovanni, ich habe mal in Indien einen Meditationskurs bei einem Zen-Meister gemacht. Don Pace ist für seine Leute auch so etwas, so eine Art spiritueller Führer.

Tatsächlich, sagte Wieneke, während er berechnete, dass zwanzigtausend Zeichen hermussten, Kasten über Mafia, Mafiastrukturen etc. pp. nicht eingerechnet. Eine Titelgeschichte waren mindestens zwanzigtausend Zeichen, umgerechnet zehn Blatt, und die mussten sitzen. Von wegen Zen. Erst Interviewstress, dann Schreibstress. Fotografen haben eben keine Ahnung, was Journalismus wirklich bedeutet. Er wippte mit dem Bein, sein Knie zuckte, als würde es ihm nicht gehören. Als er hörte, wie Giovannis Zippo klickte, hätte er sich fast die Kapuze vom Kopf gerissen.

Lass mich mal ziehen, sagte Wieneke, ich brauche dringend eine Kippe, ich mach mir gleich ein Loch in die Mütze hier.

Jetzt verlier nicht die Fassung auf den letzten Metern. Reiß dich zusammen. Wenn wir wieder in Palermo sind, sage ich dir Bescheid. So lange wirst du es doch wohl aushalten.

Wieneke schloss die Augen. Sagte einfach nichts mehr und versuchte, bis Palermo zu schlafen. Es war eine seiner besonderen Eigenschaften, überall auf der Welt auf der Stelle einschlafen zu können. In Flughäfen, im Auto, im Zug. Er dachte an Francesca. Später würde er sie anrufen. Er hatte seit Monaten nichts mehr von ihr gehört. Die Sache mit dem Interview wäre ein guter Vorwand. Das monotone Rauschen des Verkehrs wirkte wie ein starkes Schlafmittel, er wachte erst wieder auf, als Giovanni an sein Knie stieß und ihm endlich die Kapuze vom Kopf zog.

Sind gleich im Hotel. Hier hast du deine Zigarette.

Wieneke gähnte, streckte sich und versuchte, mit den Fingerknöcheln zu knacken, wie es Don Pace getan hatte. Sein Mund war trocken. Er trank einen Schluck warmes Mineralwasser aus einer Flasche, die er seit Tagen spazieren fuhr. Richtig gut ging es ihm erst, als er an seiner Zigarette zog. Der Wagen stand im Stau, irgendwo in Palermo. Das übliche Chaos. Straßenhändler verkauften auf wackeligen Holzwägelchen CDs, daneben dunkelhäutige Gemüsehändler, die den Passanten ganze Paletten von Erdbeeren im Sonderangebot anzudrehen versuchten. Mittendrin Mütter, die ihre Kinder an der Hand über die Straße zerrten, ohne Rücksicht auf vorbeirasende Autos, drängelnde Vespas und Lieferwagen, Kinder, die himmelblaue Kittelchen trugen und wie unschuldige blaue Engel wirkten.

Wieneke tippte eine Mail an Tillmann. *Super Interview, alles bestens gelaufen, liefere morgen.* Um diese Zeit würde die Wurst wohl nicht mehr anrufen, weil sie schon zu Hause saß und dem Töchterchen eine Gutenachtgeschichte vorlas.

Wenn er morgen früh liefern würde, könnte der Chef vom Dienst die Geschichte noch mitnehmen, für das nächste Heft. Wieneke war schon in der Hotelhalle, als er merkte, dass Giovanni immer noch auf dem Parkplatz stand. Wieneke drängelte sich durch eine ankommende Reisegruppe alter Amerikaner zurück auf den Parkplatz. Großmütter in rosafarbenen mit Glitzersteinen besetzten Niki-Trainingsanzügen blickten ihn strafend an, als er sie anrempelte. Giovanni hing schon wieder am Telefon, vermutlich mit irgendeiner Tusse. Ungeduldig machte Wieneke ein Zeichen.

Giovanni deutete mit der flachen Hand an, dass er sich abregen sollte. Warum so nervös, mein Lieber, ist doch alles bestens gelaufen, sagte er.

Für dich vielleicht, bei deinen Archivfotos reicht es, wenn du auf »Senden« klickst, ich aber brauche Fleisch. Namen und Zahlen. Von Mafiosi in Deutschland, zischte Wieneke und wäre fast explodiert, weil Giovanni ihm nicht zuhörte, sondern erst auf das Display seines iPhones starrte und dann auf eine Frau, die wie eine gezähmte Wildkatze in der Hotelhalle auf einem Sessel saß. Sie hatte schmale Schultern, lange Beine, und wenn sie sich vorbeugte, zeichneten sich ihre Rückenwirbel wie eine Perlenkette durch das Kleid ab.

Hallöchen, wir haben noch zu tun, sagte Wieneke und schob Giovanni an der Wildkatze vorbei in Richtung Restaurant.

Wenn Wieneke Hunger hatte, konnte er keinen klaren Gedanken fassen. Ihm hätte auch ein Butterbrot gereicht, aber Giovanni behauptete, im Stehen nicht essen zu können. Also gingen sie in das Hotelrestaurant, wo Giovanni gegrillten Schwertfisch bestellte – klar, ging ja nicht auf seine Rechnung. Er wandte den Blick nicht von der Tür, bis ein Typ die Wildkatze durch das Restaurant in Richtung Terrasse führte. Giovanni lehnte sich zurück, zupfte ein weißes Fädchen von dem Ärmel seines Nadelstreifenjacketts und sagte: *Tranquillo*.

Wieneke hasste es, wie ein unterbelichteter Teilnehmer eines Italienisch-für-Anfänger-Kurses behandelt zu werden. Er schwieg und blickte auf das Meer, das heute Abend aussah wie eine gigantische Teerpfütze. In der Nacht hatte er geträumt, am Ende seiner Gehaltsverhandlungen mit Tillmann die Kanne mit dem Kamillentee ergriffen zu haben und den Tee über Tillmanns Kopf gekippt zu haben. Lieber ein Tag als Löwe als ein Leben als Schaf.

Ich habe den Eindruck, dass auch dir ein Zen-Meister guttun würde. Wir essen jetzt gepflegt zu Ende, dann fängst du an zu schreiben. Und ich liefere dir noch ein paar Zahlen und Fakten. Giovanni tippte triumphierend auf sein iPad. Hier ist alles drin.

Ja, aber wenn deine Zahlen schon irgendwo anders zu lesen waren, kriege ich ein Problem, sagte Wieneke.

Porca miseria, zischte Giovanni. Zahlen sind Zahlen, da gibt es kein Copyright drauf. Was willst du eigentlich noch? Ein Boss hat dir ein Interview gegeben, und du flennst hier rum? Sonst noch was? Vielleicht seine Adresse, damit ausgewählte *FAKT*-Abonnenten eine Leserreise zu Don Pace machen können?

Schon o. k., sagte Wieneke, und am Ende ging es erstaunlich schnell. Er schrieb wie im Rausch, beflügelt von einer Flasche sizilianischem Rotwein, Syrah, der seine Zunge schwarz färbte und in seinem Gaumen einen bitteren Nachgeschmack hinterließ. Giovanni lag auf dem Bett, trank Wasser, bestellte ab und zu einen Espresso beim Room-Service, diktierte Zahlen, die er in irgendwelchen Artikeln fand, dachte sich Namen aus und sagte: Und am Ende schreibst du: Namen und etwaige Erkennungsmerkmale der Personen wurden geändert. So kann man dir nichts.

Es hat Monate gedauert, ihn zu treffen, schrieb Wieneke, um schon im ersten Satz klarzumachen, welches Risiko Don Pace durch den Kontakt zur Presse eingegangen war: *Oft kam etwas dazwischen. Beschlagnahmungen, Verhaftungsaktionen, wichtige Geschäftstreffen in Übersee. Don Paces Leute achten darauf, dass uns niemand folgt. Don Pace nennt keine Namen. Er will noch weiterkassieren in Deutschland,* damit das auch mal klar war.

Am Ende beschloss er, das Ganze auch noch etwas anzureichern, mit einem Zucken um Don Paces Mundwinkel hier und einem »Don Paces Leute verehren ihn wie einen Zen-Meister« da. Er steigerte sich in einen regelrechten Poesierausch hinein. *Einer, der Macht über das Leben der anderen hat, das ist Mafia,* schrieb er.

Wieneke reichte Giovanni den Text und beobachtete ihn beim Lesen, er sah, wie Giovanni nickte, zustimmend den Atem ausstieß, die Lippen schürzte und beim Lesen des letzten Satzes bewegt schluckte.

Wieneke klickte auf *Senden.* Und fiel kurz danach in bleiernen Schlaf. Als er am Morgen sein Handy anstellte, hatte ihm Tillmann bereits eine SMS geschickt. Wieneke traute seinen Augen nicht. *Geile Geschichte! Wird unser Blatt schmücken! Kompliment!*

Das letzte Mal hatte ihn Tillmann vor gefühlten Jahrhunderten für seine Geschichte über die Visaaffäre gelobt. Wieneke sprang aus dem Bett, tanzte im Zimmer herum, boxte in die Luft, schrie: YesssYesssYesss! und rief sofort Giovanni an. Die Chefredaktion war von meiner Geschichte total begeistert, sagte er, immer noch etwas außer Atem. Er sagte mit Absicht *meine Geschichte.*

Und ziehen sie dich jetzt sofort wieder ab?, fragte Giovanni.

Arrogant wie immer, der Sack. Etwas mehr Anteilnahme hätte man schon erwarten können, ohne ihn wären seine Fotos hier auf Sizilien weiter verschimmelt.

Nee, ich habe noch ein paar Tage ausgehandelt, sagte Wieneke trotzig.

Vielleicht ist ja doch noch eine Geschichte drin. Gestern habe ich ein Graffito gesehen, im Borgo Nuovo. *Vitale buttana brucerai mafiosa sei tu.*

Ja, und?

Das ist eine Botschaft.

Und heißt was?

So viel wie: Vitale, du Nutte, du wirst verbrennen, du Mafiosa.

13

Anflug auf Venedig durch Dunst. In der Ferne verschmolz ein graues Meer mit dem Horizont. Serena drückte ihre Stirn ans Fenster, hinter dem sich kleine Kondenstropfen gesammelt hatten. Neben ihr saß ein junges Paar, schnäbelnde Flitterwöchner, durch die Kopfhörer des MP3-Players verbunden. Sie hielten sich an den Händen und ließen ab und zu ihre Eheringe aufeinanderklicken. Venedig zu besuchen, war nicht besonders auffällig, Millionen von Menschen kamen jedes Jahr auf diese Idee.

Unter ihr verlief der Rand der Lagune in braunen und grünen Mäandern. An manchen Stellen sah sie dunkle Flecken im Wasser, wie ausgelaufene Tinte. Kleine, runde Inseln trieben vorbei, die von oben aussahen wie palmenbestandene Südseeinseln, mit einem schmalen weißen Strand. Kleine Motorboote zogen weiße Schweife hinter sich her. Eine Spielzeugstadt. Die Dächer leuchteten rosa, der Campanile tauchte auf und die Kuppel der Salutekirche. Und drei Kreuzfahrtschiffe, die sich wie Plattenbauten durch Venedig schoben.

Am Tag zuvor hatte sie noch mit Licata unweit des Teatro Massimo zu Mittag gegessen, über sie war ein Gewitter hinweggezogen, mit Mühe hatten sie einen Platz gefunden, in dem Imbiss, in dem es die besten *panelle* Palermos gab. Mittagessen für drei Euro, plus Weißwein im Plastikbecher. Die Leute drängten in das Lokal wie in ein Rettungsboot, Schuhverkäuferinnen in der Mittagspause, Bauarbeiter und illegale Parkwächter.

Das Mittagessen war eine Art Schlüsselübergabe, Licata war gerade von einem Kurzurlaub in London zurückgekehrt, die Bänder hatte er noch nicht gehört.

Weißt du, es war ein Gefühl, als würde ich zusehen, wie jemand eine Leiche verscharrt, sagte Serena.

Licata reagierte nicht. Er strich abwesend ein paar Regentropfen von seinem Jackett. Tweed war erstaunlich wasserabweisend. Serena beugte sich über den Tisch etwas näher zu ihm hin.

Erinnerst du dich noch, *das große Spiel*?

Ein schiefes Lächeln flog über sein Gesicht.

Wir sind mitten drin, Vito.

Er war immer noch mit seiner Jacke beschäftigt. Er starrte auf die Knopfleiste, als sähe er sie zum ersten Mal.

Marino hat mich angerufen, sagte sie. Er will mich treffen.

Ah, sagte Licata und rückte irritiert mit seinem Stuhl zurück – um dem nassen Regenschirm einer Frau auszuweichen, die sich am Tisch vorbeidrängelte.

Und warum hat er mit dir nicht gleich hier in Palermo gesprochen, bei der letzten Verhandlung?

Ging nicht. Weißt doch, wie das läuft.

Die Logistik für reuige Mafiosi war ein Kapitel für sich. Der Sicherheitsaufwand war enorm, ein Militärflugzeug hatte Marcello Marino von Venedig, wo er lebte, für seine Aussage nach Palermo gebracht und danach sofort wieder zurückgeflogen. Kostete den Steuerzahler weniger, als das ganze Gericht zur Vernehmung des Kronzeugen in einem Bunker in Mailand oder Rom anreisen zu lassen, wie es normalerweise üblich war. Seitdem Marino vor zehn Jahren auf die andere Seite gewechselt war und am Zeugenschutzprogramm teilnahm, war er viermal umgezogen, seit einigen Jahren wohnte er in Venedig, wo er in einem Therapiezentrum für Drogenabhängige arbeitete.

Und? Hat der *Servizio Speciale* schon ein Treffen ausgemacht?

Hm, sagte Serena ausweichend und fischte mit dem Holzgäbelchen noch eine der *panelle* von dem Plastikteller. Normalerweise wurden die Treffen vom *Servizio Speciale* abgewickelt, einer Abteilung des Innenministeriums, die sich um die Belange abtrünniger Mafiosi kümmerte, die man euphemistisch *Mitarbeiter der Justiz* nannte. Zwischen einem Staatsanwalt und einem Abtrünnigen gab es keine Treffen. Keine Plaudereien. Nur Verhöre. Eigentlich.

Hm ja oder Hm nein?

Hm nein.

Nein?

Nein.

Also triffst du ihn nicht?

Doch. Aber ich treffe ihn allein.

Du bist verrückt.

Ich wollte es dir nur sagen.

Mir wäre es lieber gewesen, wenn du es mir nicht gesagt hättest.

Ich weiß.

Danach hatte sie einen Tag Urlaub genommen, den Flug gebucht. Und das Hotel reserviert.

Sie empfand tatsächlich so etwas wie Ferienstimmung, als sie in Venedig aus dem Flugzeug stieg und die Luft nach Seetang roch. Sie schloss sich dem Heer mit den Rollkoffern an, sie hörte, wie eine Reiseleiterin zwei Amerikanern *Venice is an island* erklärte, *no cars, only boats, only walking*, woraufhin die Amerikaner ein erschrockenes *Oh my God!* ausstießen, sie war eine von Millionen. Nur mit dem Unterschied, dass es sie nicht zum Markusplatz oder der Rialtobrücke zog, sondern in ein Einkaufszentrum in Marghera.

Marino rief sie zu Weihnachten, zu Ostern, zu Pfingsten und zu Mariä Himmelfahrt an, um ihr schöne Feiertage zu wünschen, oder wenn logistische Angelegenheiten im Weg standen, die der *Servizio Protezione* lösen sollte. Deshalb hatte sie sich nicht gewundert, als sie Marinos Nummer gesehen hatte. Aber seine Stimme hatte anders geklungen. Panisch. Er wollte sie nicht mit seinem Anwalt, auch nicht im Polizeipräsidium oder im Justizpalast treffen, sondern an einem neutralen Ort. In einer Cafeteria in einem Einkaufszentrum in Marghera. Ihr Einsatz war hoch. Würde sie auffliegen, drohten ihr: Disziplinarstrafe, Schlammschlacht, Entzug des Verfahrens. Versetzung. Sie hatte kurz gezögert. Und dann eingewilligt.

Sie kam etwas früher als verabredet an. Das Taxi setzte sie auf einem riesigen Parkplatz ab, der von Flachbauten umgeben war, Supermärkte, Baumärkte, Elektromärkte. Einkaufszentrumstrostlosigkeit. Einige der Flachbauten standen leer und suchten neue Mieter. Schirokko lag in der Luft und *la crisi*. Es war früher Nachmittag, der Parkplatz war leer. Ein Mann schob scheppernd Einkaufswagen über den Platz, etwas Wind kam auf und wirbelte ein paar Plastiktüten hoch.

Die Tische in der Cafeteria standen voller Essensreste. Weil sie befürchtete, Marcello Marino zu verpassen, wagte Serena nicht, woanders zu warten. Als sie sich setzte, stieg ihr der Geruch welker, im Dressing schwimmender Salatreste in die Nase. Hoffentlich würde bald jemand die Teller abräumen.

Am Nebentisch saßen ein paar junge Frauen, die auf ihre Displays starrten und mit dem Daumen Botschaften eintippten. Nicht unbedingt Geheimdienst. Obwohl. Man weiß nie. In der Squadra Mobile gab es Polizistinnen, die sich als Zigeunerinnen, frisch verliebte Bräute oder Blumenverkäuferinnen verkleideten, um Bosse zu observieren.

Um sich abzulenken, spielte sie mit ihrer Vogelstimmen-App (inzwischen konnte sie die Stimmen von Amseln und Buchfinken unterscheiden), bis sie das Geräusch über den Boden schlurfender Plastikschlappen bemerkte. Ein dicker Mann in T-Shirt, Bermudashorts und Adiletten stand vor ihr. Wenn er sie nicht begrüßt hätte – sie hätte Marcello Marino nicht erkannt. Bei ihren letzten Treffen hatte er stets Anzug und Krawatte getragen. Sie fühlte sich unbehaglich, ihn so zu sehen, es war, als hätte er ihr ein intimes Bekenntnis aufgedrängt.

Um das Treffen zwanglos wirken zu lassen, hatte Marino seine Frau und seinen Sohn mitgebracht. Die Frau war ebenfalls rundlich, trug Adidas-Schuhe mit Keilabsatz und hatte kleine schwarze Augen, die in ihren Höhlen wie Kohlestücke lagen. Der Sohn war übergewichtig wie seine Eltern und ergriff die Hand seiner Mutter, als er vor Serenas Tisch stand und die Begrüßung aufmerksam beobachtete. Serena beeilte sich, den Eltern zu versichern, dass ihr Sohn seinem Vater aus dem Gesicht geschnitten sei und fragte ihn nach seinem Namen.

Maikel, sagte der Junge.

Oh, sagte Serena. Nach einer Schrecksekunde fügte sie hinzu: Schöner Name.

Maikel blickte misstrauisch. Die Mutter strich ihm über das Haar, und Maikel sagte: Ich kaufe mir heute Mafia zwei.

Die Mutter bemerkte Serenas fragenden Blick und schob ihren Sohn etwas näher an den Tisch.

Maikel, du musst der Signora erklären, was Mafia zwei ist.

Genervt verdrehte Maikel die Augen.

Ein Computerspiel, sagte er. Ehre, Stillschweigen und so was. Mafia eins habe ich schon, Mafia zwei ist neu.

Brav, sagte die Mutter. Sie lächelte nachsichtig und stolz und schob ihn Richtung Einkaufswagen. Widerwillig trottete Maikel neben der Mutter davon.

Marino schien die Situation peinlich zu sein. Jedenfalls hatte Serena den Eindruck. Als seine Frau und sein Sohn im Gewühl verschwunden waren, bot er an, Kaffee zu holen.

Sie beobachtete ihn, als er in der Schlange vor der Kaffeetheke stand. Rein äußerlich unterschied er sich nicht von anderen Kunden. Ob er seinem Sohn eines Tages davon erzählen würde, dass ihm sein Vater zum zwölften Geburtstag ein Gewehr geschenkt und ihn aufgefordert hatte, als Mutprobe ein Pferd zu erschießen? Später mordete er, wie andere Leute eine Wand anstreichen. Einmal hatte er ihr über Stunden verschiedene

Morde geschildert, häufig durch Erwürgen (Marino war einer der Wenigen, die genug Kraft hatten, um mit bloßen Händen zu töten), oft durch Erdrosseln mit einer Metallschlinge.

Mit einem Tablett in der Hand kehrte Marino wieder an den Tisch zurück. Als er ihr den Espresso reichte, fiel ihr wieder auf, wie breit seine Handgelenke waren, stämmig wie die eines Boxers. Er hatte zwei kleine Pralinen von Lindt gekauft, er legte sie auf ihre Untertasse.

Manchmal schaffe ich es nicht, meinem Sohn in die Augen zu schauen, sagte er. Aber damals … die Pflicht. Die Augen des Jungen werden mich bis an meinen letzten Tag verfolgen.

Er hatte das schon oft gesagt. Und jedes Mal fühlte sie sich dabei unbehaglich. Über ihren Köpfen baumelten schillernde Muranoglaskugeln, an denen Bindfäden hingen, wie Luftballons, die Kindern aus der Hand geglitten waren. Marino griff nach dem Zucker. Riss zwei Tüten auf und schüttete sich den Inhalt in den Mund.

Es gibt keine Entschuldigung für das, was ich getan habe, sagte er. Nicht mit zweitausend Jahren Gefängnis kann ich das wiedergutmachen. Ich kann nur die Wahrheit sagen, mehr nicht. Was ich tat, habe ich bei vollem Bewusstsein getan. Ich verstecke mich nicht hinter den Befehlen anderer. Mein Sohn kennt meine Geschichte bis heute nicht. Die Familie meiner Frau auch nicht.

Und wie haben Sie das Treffen heute mit mir erklärt?, fragte Serena.

Er nahm eine weitere Zuckertüte aus dem Halter. Schüttete den Inhalt in den Mund.

Ich habe gesagt, dass Sie eine Arbeitskollegin sind. Und dass wir etwas wegen der Arbeit zu bereden haben.

Und was sagen Sie Ihrem Sohn, wenn die Beamten vom *Servizio Speciale* vor Ihrer Tür stehen, um Sie zu einem Prozess zu begleiten?

Ich sage: Das sind gute Freunde, die mit mir eine Dienstreise machen.

Verlegen lächelnd spielte Marino mit seinem Ehering. Meine Frau ist Venezianerin, sagte er stolz. Sie ist hier aufgewachsen und war glücklich, als wir endlich hier leben durften. Sie kann sich nicht vorstellen, aus Venedig wegzuziehen. Wenn es nach mir ginge, würden wir nach Mestre ziehen, sagte Marino.

Marino hatte fast zehn Jahre lang seine Strafe abgesessen, als er im Rahmen des Zeugenschutzprogramms in die Freiheit entlassen wurde und seine Frau kennenlernte. Seine erste Frau stammte aus einer alten Mafiadynastie und hatte sich samt ihrer Tochter von ihm losgesagt, nachdem er die Seiten gewechselt hatte.

Serena spürte, wie sehr Marino sich nach Durchschnittssorgen sehnte, nach Strompreisen gefragt zu werden, über Immobilienpreise in Mestre im Verhältnis zu Venedig zu diskutieren – und nicht über das, was an ihm klebte wie ein Teerfleck.

Lu mari è amaru, das Meer ist bitter, sagte Marino, eines der vielen Sprichwörter zitierend, mit dem Sizilianer den Schrecken des Meeres beschwören. Er lachte. Ich würde lieber mit dem Auto zur Arbeit fahren als mit dem Vaporetto. Unser Auto rostet in einer Garage in Mestre vor sich hin. Außerdem habe ich nie schwimmen gelernt. Obwohl wir im Sommer jedes Wochenende an den Lido fahren. Wegen meines Sohnes. Für mich ist die Adria ein komisches Meer. Anders als unser Meer. Wenn ich an San Vito Lo Capo denke. Weißer Sand, türkisgrüne Unendlichkeit und rosa Uferwellen. Wie gemalt.

Auf seiner Stirn standen kleine Schweißperlen. Er wischte sich mit einem Papiertaschentuch über die Stirn und über den Nacken. An seinen Bartstoppeln blieben winzige weiße Papierflusen hängen.

Wissen Sie, warum das Wasser in San Vito am Ufer rosa ist?

Nein, sagte Serena.

Weil sich da die Reste der Korallenbänke sammeln.

Serena wurde ungeduldig. Er hatte sie nicht angerufen, um mit ihr über die Schönheit sizilianischer Strände zu reden.

Marino kippte den Kaffee herunter wie eine bittere Medizin. Dann fragte er sie, ob es stimme, was er gelesen habe, dass es ein Disziplinarverfahren gegen sie gebe, wegen der Aussage, die sie auf einer Antimafia-Veranstaltung gemacht habe.

Serena nickte.

Aber die linke Presse ist auf Ihrer Seite. Jedenfalls hat man den Eindruck, oder?

Serena ließ etwas Rohrzucker in den Kaffee rieseln und zwang sich zu einem Lächeln. Sie sah ihm an, dass er befürchtete, mit ihr auf das falsche Pferd gesetzt zu haben. Auf eine, die auf der Liste stand. Er war darin geübt, die Schwächen der anderen zu riechen wie ein Haifisch das Blut.

Serena trank den Kaffee und löffelte den Rest der ungelösten Zuckerkristalle vom Grund der Tasse. Natürlich war das Disziplinarverfahren ein Signal. Es galt, ihre Glaubwürdigkeit zu vernichten. Im Grunde die gleiche Taktik, die sie selbst anwandte, wenn sie auf der Spur eines Mafiosos war: Sie schaffte verbrannte Erde um ihn herum. Sie nahm alle seine Unterstützer, Freunde und Weggefährten fest, bis er völlig isoliert war. Und dann schlug sie zu.

Sie müssen aufpassen, sagte er.

Warten wir ab, wie das Disziplinarverfahren ausgeht, sagte Serena. So schnell gebe ich nicht auf.

Er lächelte verlegen. Und nervös. Selbst wenn er sprach, blickte er immer wieder hinter sich und beobachtete, wer sich an die anderen Tische setzte – bis Serena ihn schließlich bat, das Gespräch draußen fortzusetzen. Erleichtert willigte er ein und schlug vor, sich auf die Bank an einer Bushaltestelle zu setzen.

Während sie über den gigantischen Parkplatz liefen, fiel Serena auf, wie kurzatmig Marino war. Das Übergewicht.

Die Bank war besetzt. Marcello Marino schlug vor, das Gespräch in seinem Auto fortzusetzen. Auf dem Armaturenbrett klebte ein Medaillon der Heiligen Rosalia, am Rückspiegel hing ein Rosenkranz, das Handschuhfach war mit Maikels

Kommunionbild geschmückt. Als sie die Tür hinter sich schlossen, bedrückte sie die plötzliche Stille. Marino stellte das Radio an. Auf Radio Maria wurde die Messe vom Petersplatz übertragen.

Serena hatte den Eindruck, keine Luft mehr zu bekommen. Sie öffnete das Fenster einen Spalt breit. Marcello Marino schwieg und spielte mit seinem Schlüssel. Er ließ den Schlüsselring über seinen Finger gleiten und schloss die Hand so fest um das Schlüsselbund, dass die Fingerknöchel weiß hervortraten. Er öffnete die Hand wieder und betrachtete die Abdrücke der Schlüssel in seiner Hand. Er kratzte sich im Nacken, strich sich seufzend über die Arme und sagte: Ein Freund aus der *Squadra Mobile* in Bologna hat mich gestern angerufen. Man hat mich im Visier.

Warum haben Sie mir das nicht gleich gesagt?, fragte Serena.

Marino blickte panisch nach rechts und links. Sie war laut geworden. Am liebsten hätte sie die Tür aufgerissen und wäre aus dem Auto gesprungen.

Ich hätte sofort die entsprechenden Maßnahmen veranlasst.

Ihre Stimme klang heiser. *Maßnahmen.* Wie lächerlich das klang.

Das habe ich befürchtet. Ich habe das schon oft genug erlebt. Die Beamten vom *Servizio Protezione* stehen vor deiner Tür, du musst deine Sachen in ein paar Tüten packen und in einer neuen Stadt wieder bei null anfangen. Neuer Name, neuer Job, neue Wohnung, neue Geschichte. Ich habe Ihnen meine Situation erklärt. Ich kann hier nicht weg. Und ich will hier nicht weg.

Er klang besorgt. Und gleichzeitig drohend. Auch wenn er einen langen Weg zum Guten, Wahren und zum lieben Gott hinter sich hatte, beherrschte Marcello Marino die mafiöse Klaviatur immer noch perfekt. Offenbar verlernte man so etwas nicht. Zu drohen war für ihn so etwas wie für andere Leute Fahrrad fahren.

Sie brauchen Leibwächter. Aber dann funktioniert Ihre Ausrede mit den Arbeitskollegen nicht mehr. Was ist Ihnen wichtiger, Ihr Leben oder Ihr Ansehen in der Familie Ihrer Frau?

Marino schwieg und spielte mit dem Rosenkranz. Ein Bus fuhr vor. Frauen mit Einkaufswägelchen stiegen aus.

Sie sind nicht allein, Signor Marino. Wir werden Sie beschützen, ich werde alles für Ihre Sicherheit tun.

Dottoressa Vitale, Sie haben mich nicht verstanden. Falls Sie auf die Idee kommen sollten, den *Servizio Protezione* oder wen auch immer zu informieren, garantiere ich Ihnen, dass ich meine Aussagen zurückziehen werde.

Nicht nur Ihr Leben ist in Gefahr, sondern auch das Ihrer Frau und Ihres Sohnes.

Ich werde eine Lösung finden, Dottoressa.

Und wie soll diese Lösung aussehen?

Das soll meine Sorge sein. Der Herr ist mit mir, das weiß ich.

Tut mir leid, aber der liebe Gott ist hier nicht so nützlich. Ich bin für Sie verantwortlich.

Sie hörte sich Sätze sagen, die sie schon vielen Abtrünnigen gesagt hatte. Dass er nicht der einzige abtrünnige Mafioso sei, der in diesem Prozess aussage, dass sie seine Belastung verstehe, man alles für seine Sicherheit tun werde, und dass er selbst betont habe, wie wichtig ihm sei, die Mafia zu zerstören. Dass er mit seiner Aussage dazu beitragen könne, den Teufelskreis zu durchbrechen. Dass er nicht allein sei. Dass der italienische Staat ihn beschützen würde. Dass.

Marino hängte den Rosenkranz zurück an den Rückspiegel. Im Auto nebenan wurde der Kofferraum mit Kinderwindeln im Sonderangebot, Waschpulver und Kartoffelchips beladen.

Sie müssen mir schon etwas mehr sagen, Marino.

Sie wollte einen Witz machen und sagte: Sie sprechen heute doch schon ganz gut *'merikanisch*. Aber er lachte nicht.

Cosa Nostra ist nicht das Problem, Dottoressa, sagte Marino.

Sondern?

Er beobachtete schweigend den Parkplatz. In der Ferne kam seine Frau mit dem Sohn an der Hand näher. Die Frau bewegte sich auf ihren Keilabsätzen etwas schwerfällig und schob einen Einkaufswagen, der mit Bergen von Coca-Cola-Paletten, Toilettenpapier, flüssigem Waschpulver und Süßigkeiten beladen war. Maikel trug einen großen Karton unter dem Arm, auf dem Mafia II stand.

Und Marino sagte: Das Problem sind die anderen.

14

Als sie wieder im Taxi saß, fühlte sie sich wie nach einem Arztbesuch, der ihre schlimmsten Befürchtungen bestätigt hatte. Sie versuchte, ihre Gedanken zu ordnen und sich zu beruhigen. Keine Panik. Jeder Krebs ist anders. Ein Schritt nach dem anderen. Auf Sicht fahren. Zeit gewinnen.

Die anderen. Sie waren es, die dafür sorgten, dass *sich alles ändert, damit alles bleibt, wie es war*. Polizisten, die das Büro eines Antimafia-Staatsanwalts durchsuchten, der eine Stunde zuvor in die Luft gesprengt worden war, Carabinieri, die vorbei an verkohlten Gliedmaßen und Teilen menschlichen Gehirns durch rauchende Trümmer wateten und die Tür des Autowracks aufbrachen, um aus der unversehrt gebliebenen Aktentasche ihres Richters seinen roten Taschenkalender spurlos verschwinden zu lassen, Gefängniswärter, die dafür sorgten, dass Mafiosi, die mit dem Gedanken spielten, mit der Justiz zusammenzuarbeiten, sich am Fensterkreuz aufhängten, Geheimdienstler, die Zeugen Dynamitstangen vor die Haustür legten, Innenminister, die die Aussagen eines abtrünnigen Mafiosos über Giftmülldeponien zwanzig Jahre lang unter Verschluss hielten – bis alles Leben vergiftet war.

Sie sagte sich, dass sie nichts zu verlieren hatte. Sie träumte nicht davon, irgendwann Richter am Kassationshof oder Justizminister zu werden. Sie hatte keine Familie, keinen Mann. Sie hatte Ausdauer.

Als sie über die Brücke della Libertà nach Venedig fuhr, war der Himmel gelb, so wie an manchen Tagen in Palermo, ein Schirokko-Himmel voller Saharasand. Sie schaute auf ihr Handy. Vito Licata hatte angerufen. Wahrscheinlich hatte er die Mitschnitte gehört. Und Antonio Romano. Sie freute sich, als sie seine Stimme auf der Mailbox hörte. Bis sie begriff, dass der Grund seines Anrufs rein dienstlich war: der Zettel mit dem BUMM. Der übliche Gang der Dinge. Bevor man die Drohungen archivierte, wurden sie von der Kriminalpolizei untersucht. Fingerabdrücke, Schriftbild, Papier. Eine Menge Aufwand für einen Zettel, den sie schon fast vergessen hatte.

Links neben der Brücke fuhr ein winziges Boot mit buntem Wikingersegel über die Lagune, an einer winzigen, kreisrunden Insel vorbei, deren schmaler Uferstreifen mit angeschwemmtem Müll bedeckt war. Als das Boot näher kam, sah Serena, dass auf dem Wikingersegel *No Grandi Navi* stand. Eine Nussschale gegen Kreuzfahrtschiffe, groß wie Flugzeugträger.

Sie rief zuerst Vito Licata zurück.

Hat bei dir alles geklappt?, rief er aufgeräumt.

Es war sinnlos. Licata verquatschte sich auch am Telefon. Also belog sie ihn so gut es ging.

Kein Problem, alles wunderbar. Keine Verspätung, angenehmer Flug, ich wollte schon lange ein paar Tage Urlaub machen. Das Wetter ist wunderbar, Vito, sagte sie – in der Hoffnung, dass er nicht noch mehr idiotische Fragen stellen würde.

Dann bin ich beruhigt, sagte Licata, dessen Gehirnwindungen offenbar etwas knirschten.

Nein, gehört hatte er noch nichts. Russo würde ihn am Abend zu Hause besuchen.

Finde ich etwas übertrieben, aber gut. Er ist ja bekannt dafür, sagte Licata.

Bekannt wofür?

Ein Verschwörungstheoretiker zu sein. Wenn er von etwas überzeugt ist, lässt er sich davon nicht abbringen. Ich werde also nicht versuchen, mit ihm zu diskutieren.

Ich glaube, es gibt da nicht viel zu diskutieren, Vito.

Das Taxi setzte Serena an der Piazzale Roma ab. Sie stieg in ein Vaporetto und fuhr nach San Marco. Es roch nach Meer und totem Fisch, das Wasser des Canal Grande schillerte blaugrün. Sie dachte immer noch an Marcello Marino. Die Venezianer neben ihr standen auf dem schwankenden Boden des Vaporetto so gerade, als trügen sie in ihrem Innern ein Senkblei, das Schwankungen jeder Art ausglich. Sie liebten das Meer, sie hatten es dominiert, und es hatte ihnen Reichtum gebracht. Für Sizilianer hingegen kam alles Schlechte über das Meer, die Piraten, die Eroberer, die Feinde, und heute auch noch die Flüchtlingsschiffe mit den Afrikanern. *Mari, focu e fimmini, Diu nni scanzai* hieß es: Meer, Frauen und Feuer – davor möge Gott uns beschützen.

Sie drängte sich an einer Gruppe amerikanischer Rucksacktouristen vorbei, von denen einer, als er sich umdrehte, mit seinem Rucksack eine alte Frau zu Fall brachte und setzte sich neben zwei russische Touristinnen. Sie sahen aus wie Escorts, mit ihren Vuitton-Taschen und Burberry-Mänteln. Ihre Haare waren pechschwarz gefärbt, eine von ihnen trug Schuhe mit Zwölf-Zentimeter-Absätzen. An der Ferse waren sie mit kleinen, spitzen Nieten besetzt. Während der Fahrt fotografierten die Russinnen sich gegenseitig.

Sie wählte Romanos Nummer. Er klang erfreut, etwas verlegen und bemüht. Er versicherte ihr, dass er die Drohung gegen sie durchaus ernst nehme und alles tun würde, um ihre Sicherheit zu garantieren.

Kein Problem, unterbrach ihn Serena. Bin daran gewöhnt.

Er reagierte erstaunt, als er hörte, dass sie in Venedig war. Sofort fing er an von Venedig zu schwärmen, von dem Licht, der Poesie und schließlich sagte er allen Ernstes: Küssen Sie Venedig von mir.

Metaphern waren nicht seine Stärke.

Urlaub?, fragte er.

Ja, log sie, ich besuche einen alten Freund.

Was für eine Art von Freund?

Sie hörte ihn atmen.

Ein schwuler Freund, sagte Serena.

Stille am anderen Ende.

Ah, sagte er. Ich frage mich immer, was Frauen an schwulen Männern so reizt.

Oh, sagte Serena, er ist verheiratet. Mit einer sehr wohlhabenden sizilianischen Contessa. Was Erotik betrifft, ist eher die Contessa an mir interessiert. Falls Sie das gemeint haben sollten.

Ob ich an Ihnen interessiert bin? Ja, von der ersten Minute an, in der ich Sie sah.

Der Vaporettoschaffner brüllte *Rialto, fine corsa*.

Entschuldigen Sie, falls ich mich zu sehr exponiert haben sollte.

Nein, nein, exponieren Sie sich bitte weiter.

Mir hat gefallen, wie Sie gesagt haben: Oh, endlich ein schöner Mann! Das war sehr verführerisch.

Seine Stimme klang heiser. Noch bevor Serena antworten konnte, wurde sie von einer Reisegruppe wie von einem Fischschwarm verschluckt, ein Schwarm, dessen Ohren mit kleinen roten Knöpfen verschlossen waren und der nicht hörte, wie Serena *permesso, permesso* rief. Hier ist es gerade etwas eng, ich rufe Sie später an, sagte sie und steckte das Telefon wieder in ihre Tasche. Wie erleichternd es wäre, an Erotik zu denken und nicht an von den Diensten verfolgte Kronzeugen.

Sie lief am Canal Grande entlang. Das Saharagelb des Himmels war einem blauvioletten Flimmern gewichen. Sie beschloss, ihre Tasche im Hotel abzustellen und einen Spaziergang in Richtung Markusplatz zu machen.

Jedes Mal, wenn sie sich dem Markusplatz näherte, hatte sie das Gefühl, ein Weltwunder zu betreten. Das milde Nachmittagslicht ließ die goldenen Mosaiken erglühen und verwandelte die Markuskirche in ein riesiges, urzeitliches Tier mit schillernden Schuppen. Das auf der Lauer lag und kurz davor war, eine kreischende Horde von Pfadfinderinnen zu verschlingen, die vor der Kirche für ein Gruppenfoto posierten.

Als Serena noch ein Kind war, hatten ihre Eltern auf der alljährlichen Reise nach Sizilien einmal einen Abstecher nach Venedig gemacht. Sie hatten die Stadt wie einen Palast betreten, mit ehrfürchtigem Blick, ängstlich darum bemüht, kein Möbelstück zu berühren, kein Kissen zu zerdrücken und auf dem Boden keine Spuren zu hinterlassen – sie wären schockiert gewesen, wenn sie sehen könnten, wie Menschen jeder Herkunft und Altersklasse auf den Treppenstufen des Markusplatzes hockten und Pizza aus Pappkartons aßen.

Vor einem Jahr hatte Serena den Venedigbesuch eines Bosses verdorben, den sie seit Monaten beschattete – ein Bankangestellter, der in den Osterferien in einem Camper eine Tour durch die Kulturstädte Italiens machte, um das Angenehme mit dem Nützlichen zu verbinden: Urlaub mit seiner Frau und seinen beiden Töchtern und ein Treffen mit einem Emissär von Gambino am Ende der Reise, in Venedig. Irgendwas war durchgesickert, und der Emissär tauchte zu dem Treffen nicht auf. Der Mafioso stand entspannt auf dem Markusplatz und fotografierte seine beiden taubenfütternden Töchter. Und bemerkte nicht, wie die neben, hinter und vor ihm stehenden Polizisten – die Tarnung bestand aus Bermudashorts, Muscleshirts und Flipflops – ihre Berettas entsicherten und aus den Gesäßtaschen der Bermudashorts Handschellen hervorzogen. Als das Einsatzkommando ihn umringte, sagte er nichts. Es war auch nichts zu sagen. Schade war nur, dass die Verbindung zu dem Emissär danach ruiniert war.

Die Markuskirche war noch geöffnet. Serena hätte es sich nicht verziehen, Venedig besucht zu haben, ohne eine Kerze für ihren Vater anzuzünden. Sie erinnerte sich noch genau daran, wie ihr Vater sie über die kriminellen Ursprünge der Markuskirche aufgeklärt hatte: Die Gebeine des heiligen Markus – geraubt! Und nicht nur die Gebeine des Evangelisten, nein auch Marmorsäulen und Alabasterbögen, juwelenbesetzte Ikonen und die Bronzepferde – alles geklaut! In Alexandria und Byzanz gestohlen – von venezianischen Kaufleuten!

Ja, aber sie taten das in höheren Auftrag, hatte ihre kirchentreue Mutter eingewendet, was ihren Vater völlig aus der Fassung gebracht hatte. Was soll das denn heißen?, rief er. Wenn man im Auftrag der Kirche klaut, soll das in Ordnung sein? Er war kaum zu beruhigen gewesen und hatte erst geschwiegen, als Serenas Mutter ihn an der Jacke gezogen und basta gezischt hatte.

Als Serena die Kirche verließ, vibrierte ihr Telefon. Wieder eine SMS von Romano: Haben Sie Lust, mich am Samstagabend zu treffen?

Vor ihr sprangen mit Schellenhüten kostümierte Touristen kreischend in Taubenschwärme. Und dann sah Serena Vitale, Antimafia-Oberstaatsanwältin, rote Zecke und Hassobjekt der Rechtspopulisten, wie der Fingernagel ihres rechten Daumens das Wort *Gerne* ins Telefon tippte. Eine Taube flatterte erschreckt hoch, Serena wäre fast auf sie getreten.

Sie schlenderte in ihr Hotel zurück, duschte und beschloss, den Tag mit einem Essen in einem guten Restaurant zu beschließen. Das Leben war zu kurz, um schlecht zu essen, also ließ sie einen Tisch im Antico Martini reservieren, einem Restaurant neben der Oper La Fenice, das ihr der Chef der venezianischen *Squadra Mobile* empfohlen hatte. Ein schrankförmiger Kellner bot ihr einen Tisch an, den sie ablehnte (nie den ersten Tisch akzeptieren, den ein Kellner empfiehlt!), um an einem kleineren Platz zu nehmen, von dem aus sie auf den Campo San Fantin blickte, dessen Gaslaternen (echte, wie der Keller versicherte) rosafarbenes Licht verbreiteten. Die Fassade der Kirche gegenüber war von einem roten Graffiti-Schriftzug verunstaltet, *Sebastiano ti amo* war noch zu entziffern und *porca miseria,* und an der Barockfassade am anderen Ende des Platzes fiel ihr auf, dass die Nischen für die Heiligen leer waren. Sie beobachtete, wie sich afrikanische Taschenhändler lachend um einen Brunnen versammelten, in der Hand hielten sie weiße Laken voller Louis-Vuitton- und Chanel-Taschen, ihre Ware, die sie schnell zusammengerafft hatten, als sie vor einer Kontrolle der Polizei flüchten mussten. Jetzt warteten sie entspannt darauf, wieder an ihre Standplätze zurückkehren zu können.

Ihr Telefon vibrierte. Wieder eine SMS von Romano: Venedigs Brücken sind von Ihrer Lieblichkeit erleuchtet.

Sie kicherte. Man soll nie die poetische Ader von Polizisten unterschätzen.

Und wo sind Sie jetzt in Venedig?

Im Restaurant.

Wenn ich jetzt mit Ihnen dort wäre, würde ich unter dem Tisch Ihren Fuß berühren, schrieb er.

Sie suchte nach einer Antwort. Sie entwarf mehrere SMS: *Nur meinen Fuß?* (zu anzüglich). *Nur unter dem Tisch?* (zu kompliziert, klang wie eine Turnübung). *Nur berühren?* (zu missverständlich). Sie hatte sich gerade für ein *Bei Fußfetischisten hatte ich immer schon durchschlagenden Erfolg* entschieden, als schon wieder eine neue SMS eintraf.

Aber nicht von Romano. Sondern von Licata.

Die Mitschnitte müssen sofort vernichtet werden.

15

Ich denke, Sie wissen, worum es geht, sagte Di Salvo und klopfte mit dem Ende seines goldenen Füllfederhalters auf das vor ihm liegende Papier.

Vielleicht können Sie uns aufklären, sagte Serena.

Di Salvo schwieg und klopfte weiter mit dem Füllfederhalter auf das Papier. Serena fragte sich, wie lange das Schweigen dauern sollte.

Unser Staatspräsident ist unser höchstes Gut, zischte Di Salvo in die Stille. Wer den Staatspräsidenten angreift, greift das ganze italienische Volk an.

Der Präsident hat vielmehr das italienische Volk angegriffen.

Wütend warf Di Salvo den Füllfederhalter auf das Blatt, wobei sich ein schwarzer Tintenfleck auf dem Papier ausbreitete.

Vito Licata blickte besorgt auf den schwarzen Tintenfleck und auf Di Salvo, dessen Körper aus dem Chefsessel herausquoll. Der Sessel war mit dunkelrotem Leder bezogen, nahezu die gleiche Farbe wie Di Salvos Gesicht. Mit einer überraschend flinken Bewegung, die man seinem behäbigen Körper nicht zugetraut hätte, sprang er auf, griff nach einem Ordner, ließ sich seufzend wieder in seinen Sessel fallen und schwieg.

Serena schwieg auch. Wenn es sein musste, bis übermorgen. Sie waren zum Rapport gerufen worden, weil ein rechtspopulistisches Hetzblatt in seiner neuesten Ausgabe darüber berichtet hatte, dass Staatspräsident Ugo Fontana von der Staatsanwaltschaft Palermo abgehört worden sei.

Serena blickte auf das Gemälde, das Di Salvos Büro schmückte. Das Werk eines sizilianischen Landschaftsmalers aus dem neunzehnten Jahrhundert, das den Titel »Der Sumpf«, trug, passend für einen Opportunisten wie Di Salvo, denn von Sumpf war keine Spur zu sehen, weder brauner Morast noch grüne Schlingpflanzen, kein einziger vermodernder Baumstumpf, kein Schilf, keine verfaulten Grasbüschel – nur ein goldener Tümpel, über den sich ein fliederfarbener Himmel mit rosa Tupfen wölbte.

Die Büros des Justizpalasts waren mit Leihgaben der städtischen Gemäldegalerie geschmückt, sie wurden zugeteilt wie Reste aus der Klosterküche. Serena war eine aus einer Ackerfurche finster blickende Greisin zugefallen. Um sie wieder loszuwerden, hatte Serena monatelang eine bürokratisch aufwendige Korrespondenz führen müssen. Nachdem es ihr endlich gelungen war, die Greisin ins Museumsdepot zurückzuschicken, hatte sie über den hellen Fleck einen leeren Bilderrahmen aus dem achtzehnten Jahrhundert gehängt.

Staatspräsident Fontana wurde von uns nicht angegriffen, sondern zufällig abgehört. Er ist darüber informiert worden.

Die Bänder müssen vernichtet werden, sagte Di Salvo.

Wir sind verpflichtet, alle Beweismittel bis zum Ende des Prozesses allen Prozessbeteiligten zugänglich zu machen, sagte Serena. Deshalb werden die Bänder, oder besser die Diskette, wie Sie selbst wissen, aufbewahrt.

Di Salvo erstarrte vor Wut. Vito Licata wurde rot. Fast tat er ihr leid. Sie schämte sich für ihn – so wie man sich für Brüder schämt, die mit schrecklichen Frauen verheiratet und zu schwach sind, um gegen sie zu rebellieren.

Es geht um die Würde des Staatspräsidenten, sagte Di Salvo.

Für seine Würde ist Staatspräsident Fontana selbst verantwortlich, sagte Serena. Er hätte das Telefonat auch ablehnen können.

Es steht Ihnen nicht zu, über die Moral des Staatspräsidenten ein Urteil zu fällen. Ich sage Ihnen zum letzten Mal: Die Bänder müssen vernichtet werden.

Dann würden wir uns strafbar machen. Das wissen Sie ebenso gut wie ich.

Es ist strafbar, den Staatspräsidenten abzuhören.

Das ist lächerlich. Staatspräsident Fontana ist zufällig abgehört worden. Sie wissen genauso gut wie ich, dass so etwas nicht zum ersten Mal geschieht. Drei Staatspräsidenten ist das Gleiche passiert. Sie wurden darüber informiert und haben der Veröffentlichung des Abhörprotokolls zugestimmt.

Der Präsident wird dem nicht zustimmen.

Haben Sie ihn schon gefragt? Ich will Ihnen nicht zu nahe treten, aber so schnell wie unsere Ermittlungen in der Presse gelandet sind, sind Sie offenbar nicht der Einzige, der einen guten Draht zu ihm hat.

Das reicht, schrie Di Salvo und sprang von seinem Sessel auf.

Vielen Dank für den Kaffee, sagte Serena.

Sie spürte, wie sorgenvoll Vito Licata blickte, als sie über den Flur zu ihrem Büro gingen, vorbei an einer Gruppe von Journalisten, denen Serena freundlich zulächelte. Wie es nicht ihre Art war. Als sie die Tür ihres Büros hinter sich geschlossen hatten, ließ sich Vito Licata in den Sessel fallen und verdrehte die Augen.

Außer uns wussten nur Russo und Di Salvo von dem Mitschnitt, sagte Serena. Aber nur Di Salvo hatte ein Interesse an einer gezielten Indiskretion, das weißt du so gut wie ich.

Vito winkte ab. Schlimmer konnte es nicht kommen. Du hättest den Mitschnitt vernichten sollen.

Geht das schon wieder los, Vito? Wir können nicht ausschließen, dass der Mitschnitt für andere relevant sein könnte. Und vielleicht wirkt sich Di Salvos Verrat am Ende sogar zu unserem Vorteil aus. Vielleicht frischt er einigen die Erinnerung auf. Vermutlich ist genau das die Befürchtung des Präsidenten.

Wir haben jetzt nicht mehr nur die Rechten gegen uns, sondern auch die Linken, sagte Licata, schnappte nach Luft und lockerte seine Krawatte.

Ich führe keinen Prozess für oder gegen rechts oder links.

Man wird uns vernichten.

Auf welcher Seite stehst du, Vito?

Du bist störrisch, Serena. Du weißt ganz genau, was ich meine. Es ist alles zu lange her.

In der Tat. Zwanzig Jahre danach reden wir immer noch über die gleichen Sachen.

Alle sind gegen uns, Serena.

Wenn Staatspräsident Fontana ein Callcenter für politische Intrigen unterhält und die Auftraggeber für politische Morde deckt – wenn er nicht sogar selbst die Morde in Auftrag gegeben hat, kann das nicht auch noch mein Problem sein.

Es war für ihn sicher nicht einfach.

Vito, was erzählst du denn da? Hältst du den Präsidenten vielleicht für einen gütigen Greis? Für einen Großvater der Nation, der weise die Meinungsverschiedenheiten seiner zänkischen Enkel schlichtet?

Nein, aber in der Politik und für das Wohl des Landes sind manchmal unbequeme Lösungen erforderlich.

Vito, hörst du dir eigentlich zu, wenn du sprichst? Ist Mord für dich eine *unbequeme Lösung*?

Nein, Serena, aber du hast nichts Konkretes in der Hand. Das ist doch alles viel zu vage. Einfach nur so dahergesagt.

Sie wollten uns daran hindern, den Pakt zu erfüllen – das ist einfach nur so dahergesagt? *Die Teufelchen wurden neutralisiert* – das ist dir zu vage? Und *Wir haben damals zueinander gestanden und lassen auch jetzt niemanden im Stich* – das ist dir nicht konkret genug?

Nein, Serena, aber …

Fontana jedenfalls ekelt sich nicht davor, sich die Hände schmutzig zu machen. Dieser sympathische Großvater ist zu allem bereit, wenn es ihm und seinen Spießgesellen nützt.

Hör auf, Serena.

Kurz vor der Tür drehte sich Vito Licata noch einmal um.

Alleine schaffen wir es nicht.

Serena blieb wie benommen in ihrem Büro sitzen. Sie beschloss, zu Fuß nach Hause zu gehen. Sie nahm einen anderen Weg als den üblichen, sie ging an der Kathedrale vorbei, ein kurzes Stück über den Corso Vittorio Emanuele, dann tauchte sie in den Gassen der Kalsa ein. Als ihr eine Gruppe junger Mädchen entgegenkam, alle mit mühevoll glatt gezogenen Haaren und zitterndem Hüftspeck, dachte sie an das Mädchen, das gegen die Mafia in ihrem Dorf ausgesagt hatte, ein pummeliges todesmutiges Mädchen, das den Richter verehrte und eifersüchtig auf Serena war, der einzigen Frau neben ihrem Richter, weshalb das Mädchen ihr bei jeder Gelegenheit zu verstehen gab, dass es sie nicht ernst nahm.

Der Richter hatte dafür gesorgt, dass das Mädchen nach seinen Aussagen in Sicherheit gebracht wurde und nun unter fremdem Namen in Bologna lebte. Es war Serenas Aufgabe gewesen, das Mädchen zu begleiten, wenn es seine Mutter auf Sizilien besuchte – seine Mutter, die sich geweigert hatte, ihrer Tochter zu folgen und immer noch in dem Dorf lebte. Serena holte das Mädchen vom Flughafen ab, brachte es zu seiner Mutter und bot an, vor der Tür zu warten, aber das Mädchen fing an zu weinen, ließ ihre Hand nicht los und zerrte sie mit in das Wohnzimmer, wo die Mutter auf einem Plastikstrippenstuhl hinter verschlossenen Jalousien saß, wie eine Spinne, die auf ihr Opfer wartet. Als sie ihre Tochter zusammen mit Serena sah, zischte sie: Wenn du nicht bleibst, kannst du gleich wieder gehen. Serena versuchte sich von der Hand loszumachen, aber das Mädchen klammerte sich an sie, schrie: Lassen Sie mich nicht mit ihr allein, sie will mich umbringen, sie will mich umbringen – und beruhigte sich erst wieder, als es im Büro des Richters saß und seine Hand hielt. Ihre Mutter würde bald einsehen, versicherte er ihr, dass ihre Tochter die richtige Entscheidung getroffen habe.

Einen Monat nach der Ermordung des Richters sprang das Mädchen in den Tod.

16

Was man hat, das hat man, sagte Wieneke, als Giovanni ein Foto von dem Graffito auf der Mauer im Borgo Nuovo machte. *Vitale buttana brucerai mafiosa sei tu*. Bei dem Wort Mafiosa war die Farbe in roten Schlieren heruntergelaufen. Um sie herum standen kleine Jungs, die sie mit ihren Smartphones fotografierten. Auf der Mitte des Platzes vor der Mauer stand eine Bronzestatue von Padre Pio, zu dessen Füßen frische Blumen abgelegt worden waren. Daneben lag eine fette Oma im Stuhl, die sie misstrauisch beobachtete.

Hat die Vitale jetzt eigentlich Leibwächter gekriegt?, fragte Wieneke.

Keine Ahnung, sagte Giovanni, der damit beschäftigt war, mit einem Wildledertuch die Linse seines Fotoapparats zu reinigen.

Ohne Leibwächter läuft nichts. Jedenfalls als Geschichte. Absolut unverkäuflich.

Habe ich schon verstanden.

Sie fuhren weiter zum Justizpalast. Wienekes Flug ging erst am späten Nachmittag, weshalb er einverstanden gewesen war, als ihm Giovanni vorgeschlagen hatte, sich die Verhandlung anzuschauen. Er war zwar nach wie vor der Meinung, dass weder Serena Vitale noch ihr Prozess eine Geschichte wert waren – aber immerhin wurde diese Vitale ja inzwischen bedroht. Jedenfalls ein bisschen. So weit sich das aus diesem Graffito schließen ließ. Vielleicht ging doch noch etwas.

Die Vitale hat übrigens den Präsidenten abgehört, sagte Giovanni.

Und?

Jetzt ist sie im Arsch. Bis gestern war sie noch die Antimafia-Heilige der roten Brüder, aber seit der Geschichte mit dem Präsidenten haben die sie fallen gelassen. Echt, so schnell konntest du gar nicht gucken, wie die sie fallen gelassen haben. Jede Talkshow, jede Nachrichtensendung, jede Tageszeitung. Alles voll. *Il Giornale* schrieb: Serena Vitale erfindet Prozesse und schiebt dem Staatspräsidenten Wanzen in den Arsch.

Nicht, dass Wieneke die Vitale sonderlich sympathisch gewesen wäre. Aber Giovannis Triumphgeheul war ihm auch nicht geheuer.

Und die kann einfach so den Präsidenten abhören? Das geht?

Klar, Mann, hier halten sich die Staatsanwälte für Götter. *The Untouchables*. Ist ein Riesenproblem. Und seitdem gibt die Vitale keine Interviews mehr.

Echt? Keine Interviews?

Niente, nada, nichts.

Nicht mal den Antimafia-Groupies?

Nicht mal denen.

Cool.

Und du hast bei ihr auf dem Sofa gesessen.

Auf einem Korbstuhl. Auf der Terrasse.

Auf jeden Fall bei ihr zu Hause. Würde für eine Personality-Geschichte auf jeden Fall reichen. Ich habe genug Fotos von ihr. Vitale im Justizpalast, Vitale in Corleone, Vitale bedroht. Denk darüber nach.

Für Wienekes Geschmack versuchte Giovanni etwas zu penetrant, ihm seine Serena-Vitale-Fotos anzudrehen. Die fünftausend Euro Honorar hatten Appetit gemacht.

Don Pace erscheint im neuen Heft. Ich glaube nicht, dass Tillmann kurz danach schon wieder eine Mafiageschichte im Blatt haben will. Außer, es passiert etwas wirklich Spannendes.

Sie hatten das Auto in einer Seitenstraße abgestellt und schlenderten langsam in Richtung Justizpalast.

Du hast mir doch gesagt: Ohne Deutschlandbezug läuft nichts.

Ja, aber dass die Vitale in Dortmund zur Schule ging, reicht als Deutschlandbezug nicht aus.

Da wird sich schon was finden lassen, mach dir keine Sorgen.

Weil sie noch etwas Zeit hatten, rauchten sie eine Zigarette vor dem Hintereingang des Justizpalastes. Giovanni schloss sein Zippo und sog den Rauch so tief ein, dass fast nichts mehr zurückkam, als er ausatmete.

Das Licht war an diesem Morgen nicht so strahlend wie sonst, sondern verschleiert. An Palermo hatte Wieneke vor allem der Himmel beeindruckt, der so blau war, dass es schmerzte. Wie ein gigantisches blaues Auge, das auf sie herabblickte. Und jetzt sah es aus wie eine verschleierte Pupille. Das gleiche blasse Blau, das er aus Deutschland kannte. Auch die Palmen sahen anders aus als sonst, die Palmwedel waren nicht richtig grün, sondern braun, wie vertrocknet. In einem der Palmwipfel hatte sich eine weiße Plastiktüte verfangen.

Ey, da ist die Vitale! Wieneke stieß Giovanni an, der sofort auf den Auslöser drückte.

Serena Vitale stieg die Treppen zum Justizpalast hoch, betrachtete kurz und unauffällig ihr Spiegelbild in der Glastür und ging an Wieneke vorbei.

Mensch, hast du das gesehen? Die hat mich gesehen. Und tut so, als würde sie mich nicht kennen.

Ich sag doch: *The Untouchables*.

Wenig später stand Wieneke in dem Gerichtssaal, der zum Bersten voll war. Die Luft war stickig wie in einem schlecht gelüfteten Klassenzimmer. Organisation war bekanntlich nicht die Stärke der Italiener. Denn es war ja wohl vorauszusehen gewesen, dass nach diesem Abhörskandal hier ein paar Journalisten aufkreuzen würden.

Die Fernsehteams hatten ein Spalier von Kameras aufgebaut, und die Stative der Fotografen verhakten sich ineinander. Die Journalisten saßen wie Schüler beim Turnunterricht auf einer schmalen Bank, die an der Längsseite des Gerichtssaals stand. Einer beugte sein zerfurchtes Gesicht über einen Zeitungsstapel. Wieneke erinnerte sich, ihn bei der Podiumsdiskussion neben dem Generalstaatsanwalt gesehen zu haben. Breitbeinig markierte er sein Revier. Giovanni grüßte ihn freundlich, woraufhin er aufstand und ihn umarmte.

Guter Mann, flüsterte Giovanni, nachdem er sich wieder gesetzt hatte. Kennt alle im Parlament und in den Diensten.

Wieneke suchte nach seinem Notizbuch und war überzeugt, es in die linke Brusttasche seiner Weste gesteckt zu haben, wo er aber nur sein Telefon fand, das er eigentlich in der rechten Seitentasche vermutet hatte. Er war neugierig auf die Verhandlung. Giovanni hatte angekündigt, dass an diesem Morgen die Aussage des Mafiosos Gaetano Pecorella vorgesehen sei. Als er ihn darauf ansprach, hob Giovanni zu einer seiner langatmigen Erklärungen an. Wieneke hatte aber keinen Bock auf ein weiteres Proseminar. Weshalb er ihn unterbrach.

Pecorella ist also praktisch der Boss, mit dem Gambino seit Jahrzehnten zusammenarbeitet.

Ja, obwohl das mehr so …

Ich hab's schon kapiert. Musst mir jetzt nicht auch noch die ganzen Verwandtschaftsverhältnisse erklären. Also dieser Pecorella hat die Fäden in der Hand, richtig? Er war auch der Chef von diesem Abtrünnigen, diesem …

Er blätterte in seinem Notizbuch.

… Marcello Marino.

Richtig.

Und er war damals auch dabei, als dieser Richter in die Luft …

Ja, obwohl man sagen muss, dass …

Siehst du, langsam bin ich im Stoff drin.

Wieneke wischte sich den Schweiß von der Stirn. Obwohl

die Verhandlung noch gar nicht begonnen hatte, war kaum noch Sauerstoff im Saal. Zu den Journalisten kamen noch unzählige Verteidiger: Sowohl der Minister als auch der Boss wurden von einer ganzen Armada von Anwälten verteidigt.

Zwei Carabinieri waren wie eine Leibgarde neben einem blau flimmernden Bildschirm postiert, einem alten ausrangierten Fernsehapparat. Über ihn sollte der Boss aus einem Gefängnis zugeschaltet werden.

Die übliche Wolke von Taschenträgern und Anwälten breitete sich im Saal aus, Minister Gambino mittendrin. Er setzte sich und gähnte. Seine Anwälte sortierten lachend ihre Unterlagen. Kurz darauf betrat die Vitale den Gerichtssaal. Sie legte ein Aktenbündel vor sich, zerrte an ihrem Jabot. Und vertiefte sich in ihre Papiere.

Wenn Wieneke die Augen zusammenkniff, sah er die weißen Köpfe der Verteidiger, das flackernde Blau des Bildschirms, das Rot der mit Leder gepolsterten Rückenlehnen der Richterstühle auf dem Gerichtspodest. Er blickte erst wieder hoch, als er hörte, wie der Richter den Boss begrüßte. Die Journalisten flüsterten und tasteten nach ihren Telefonen, die sich mit ersterbenden Tonfolgen verabschiedeten. Der Richter trug sein Haar gescheitelt wie ein Kind, er sah aus wie einer, der einen rotbraunen Kunststoffkamm in seiner Gesäßtasche stecken hatte, einen Kamm mit sehr feinen Zinken.

Der Bildschirm zeigte einen Mann, der einen fliederfarbenen Pullover trug, vor ihm lag ein Blatt Papier, auf dem er sich Notizen gemacht hatte. Er wirkte nicht wie ein Mafioso, sondern wie ein Gemeinschaftskundelehrer, den man bei seiner Nachmittagslektüre gestört hat. Seine Brillengläser waren dick wie Flaschenböden, die Augen dahinter groß wie Glasmurmeln. Die Journalisten durften ihn weder filmen noch fotografieren.

Er sprach langsam, fast gelangweilt, er nahm sich alle Zeit der Welt, als er die Angaben zu seiner Person machte, *Name, geboren am, geboren in*. Als Giovanni flüsternd übersetzte, blickten ein paar Journalisten strafend zu ihnen herüber. Obwohl es ihm unangenehm war, rutschte Wieneke etwas näher an Giovanni heran.

Der Boss machte eine Pause und sagte: Ich antworte, soweit es mir möglich ist. Daraufhin korrigierte ihn der Richter und forderte ihn auf, die Formel *Eingedenk meiner Verantwortung verpflichte ich mich, die Wahrheit zu sagen* nachzusprechen.

Gambino schaute kein einziges Mal auf, er blickte so interessiert auf die Marmorfliesen, als lese er Botschaften in der Maserung. Serena Vitale schien auf das Zeichen des Richters zu warten, hinter ihr knarrten die Holzbänke. Die Vitale ging im Gerichtssaal nicht nur sparsam mit ihren Worten um, sondern auch mit ihren Gesten. Ein leichtes Kopfnicken, ein kurzes Anheben der Hand, ein Straffen des Oberkörpers. Ihr Gesicht war glatt und kühl und unbeteiligt.

Signor Pecorella, wo waren Sie zusammen mit Marcello Marino inhaftiert? Ihre Stimme klang vertrauenserweckend tief, aber nicht zu tief. Eine Krankenschwesterstimme.

Ich war mit ihm in Terni im Gefängnis, sagte Gaetano Pecorella. Es muss so um das Jahr 2003 gewesen sein. Er machte eine kurze Pause. Und fügte hinzu: Aber wenn Sie mich so fragen, dann sind Sie sicher auch an der Zeit interessiert, als …

Sie sollen nicht interpretieren, sondern antworten, sagte der Richter.

Worüber haben Sie mit Marino gesprochen?, fragte Serena Vitale.

Über Legalität, über den Respekt. Wir sprachen darüber, dass ein bestimmtes unverfrorenes Verhalten zu vermeiden sei.

Was für ein unverfrorenes Verhalten meinen Sie?

Bestimmte Verhaltensweisen, sagte Pecorella gedehnt. Ich bin heute zu einer anderen Person geworden. Früher hat für mich an erster Stelle das Geld gestanden, heute sind es Bildung und Kultur. Ich würde heute andere Entscheidungen als früher treffen.

Bildung und Kultur, natürlich. Was sonst. Die Vitale blickte nicht auf. Pokerface. Sie tat, als ordnete sie die vor ihr liegenden Blätter.

Kommen Sie bitte zum Wesentlichen, sagte der Richter zur Vitale und klopfte mit seinem Kugelschreiber ungeduldig auf den Tisch.

Selbstverständlich, sagte sie und fragte Pecorella: Wenn Sie über die Legalität gesprochen haben, was meinten Sie damit?

Wieneke spürte, wie sich unter den Verteidigern Unruhe breitmachte, eine gewisse Verwirrung, eine Vorahnung. Das ist eine Frage, die ich abgewiesen hätte, flüsterte einer.

Große und kleine Dinge, sagte Pecorella nuschelnd. Respekt vor den Institutionen, so etwas.

Waren Sie über Marcello Marinos religiöse Interessen auf dem Laufenden?, fragte die Vitale. War ja klar, dass jetzt wieder Religion kommen musste.

Ja, aber das war nicht mein Fall. Wir haben nicht besonders intensiv darüber geredet.

Hat er viel gebetet?

Die Videoverbindung begann zu knistern, als würde eine Schelllackplatte abgespielt. Gambinos Verteidiger stützten ihre Köpfe, als seien sie ihnen zu schwer geworden.

Wurden seine Gebete von den Häftlingen als ungewöhnlich betrachtet?, fragte Serena Vitale.

Jetzt übertreibt sie es aber mit der Frömmelei, flüsterte Wieneke.

Können Sie jetzt bitte auf den Punkt kommen, sagte der Richter und klopfte mit dem Kugelschreiber auf den Tisch.

Sofort, sagte die Vitale devot. Wie sah Ihre Bereitschaft zur Legalität genau aus, Signor Pecorella? Können Sie sie uns genauer beschreiben?

Alles Mögliche, sagte Pecorella gereizt. Es ging nicht nur um mich, sondern auch um andere Mitgefangene.

Er räusperte sich.

Wir sind es leid, von den Politikern benutzt und erniedrigt zu werden. Die Hochsicherheitshaft ist barbarisch, sagte er, ein Martyrium für jeden Häftling, eine Menschenrechtsverletzung.

Er klang wie ein Gewerkschaftsboss, der zehn Prozent mehr Lohn fordert. Die Vitale gab sich unbeeindruckt.

Als Sie sagten: Wenn nichts von da kommt, von wo etwas kommen muss, dann müssen auch wir anfangen, mit den Staatsanwälten zu reden – was meinten Sie damit genau?

Gambinos Verteidiger zuckten zusammen, als hätte ihnen jemand mit einer Nadel in den Rücken gestochen. Die Journalisten schreckten auf, als hätten sie einen Schuss gehört. Der Hauptverteidiger protestierte laut und erhob Einspruch. Gambino wich das Blut aus dem Gesicht.

Noch bevor der Richter reagieren konnte, hatte Pecorella die Frage bereits beantwortet. Kühl stellte er fest:

Ich habe diese Worte nie gesagt.

Er streckte sich, gelangweilt, wie eine Katze, die aus dem Schlaf erwacht ist, und fügte an: Ich habe keine Strafminderungen nötig.

Der Richter gab dem Einspruch der Verteidiger statt. Hatten Sie je direkte oder indirekte Beziehungen zu Minister Gambino?, fragte der Richter, der es wohl nicht mehr aushielt, wie die Vitale um den heißen Brei herumschlich.

Pecorella schwieg. Die Journalisten hielten sich an ihren Blocks fest und starrten auf Gambino. Seine Gesichtszüge waren wie in Stein gemeißelt. Niemand scharrte mehr mit den Füßen, niemand hüstelte, niemand raschelte mit Papier. Man hörte nichts anderes als das Knistern der Videoverbindung und das Rauschen der Klimaanlage.

Nein, sagte Pecorella. Sein Schweigen legte sich auf den Gerichtssaal wie ein Nebelschleier.

Kannten Sie Minister Gambino?, fragte der Richter.

Gambino wagte nicht, sich zu bewegen. Er hielt die Augen auf den Boden gerichtet.

Nein, ich kannte den Minister nicht, sagte Pecorella. Gar nicht.

17

Wie oft hatte Serena sich gefragt, ob es das alles wert war. Wäre es irgendein anderer Mafiaprozess gewesen, hätte sie sich sagen können: O. k. Dumm gelaufen. Aber es war nicht irgendein Prozess. Ihr Herz klopfte wie nach einem Hundertmeterlauf. Sie kam sich lächerlich vor. Wie ein Kind, das mit selbst gemachtem Pfeil und Bogen ein Nashorn erlegen will. Scheißdreck. Sie wurde die Wut nicht los. Und sie durfte sie nicht loswerden. Sie war verschont worden. Und musste den Job zu Ende bringen. Sie war es den Toten schuldig.

Vorsorglich bereitete sie sich einen Kräutertee zu, der den schönen Namen *Relaxing* trug. Sie legte sich auf das Sofa ins Wohnzimmer und zwang sich, die Abendnachrichten zu sehen. Die Journalisten klebten an Gambino wie Fruchtfliegen am Zuckerwasser.

Pecorella bereut wirklich!, rief er in die Mikrophone und rühmte Pecorellas Korrektheit, Pecorellas Würde, Pecorellas Rückgrat, seine Fassung, seine Beherrschung, seine Standhaftigkeit. Der heutige Verhandlungstag sei ein Triumph für ihn, den Minister, gewesen – ein Triumph, den er aber nur halb genießen könne, denn Prozesse wie der seinige dienten lediglich dazu, die italienische Politik ihrer Würde zu berauben, sein Prozess sei für ihn so irreal wie ein Film, dessen Ende man noch nicht kennt, und nein, er werde nicht feiern, wenn er am Ende freigesprochen werde, woran er keinen Zweifel habe, nein, er werde nicht feiern, denn er habe seine Strafe bereits in diesem Gerichtssaal abgesessen.

Die Kamera hatte den Minister von oben aufgenommen. Zum ersten Mal fiel Serena auf, dass Gambino lange Wimpern hatte. Zu welcher Vergeudung die Natur doch fähig war.

Zwei Wochen später rief Vito Licata sie an, morgens um neun. Sie saß ausnahmsweise schon im Büro.

Schon gelesen?

Was?

Ah, ich dachte, du wüsstest schon Bescheid. Hätte ich diese Mail gestern Abend gelesen, hätte ich kein Auge mehr zugemacht.

Mach es nicht so spannend, Vito. Was für eine Mail?

Über Pecorella.

Was will Pecorella?

Oh, ich glaube nicht, dass er noch etwas von uns will. Er hat erreicht, was er wollte. Man hat seine Haftbedingungen gelockert. Keine Besuchsbeschränkungen mehr, keine Videokamera in seiner Zelle, keine Briefkontrolle. Regelmäßiger Umschluss mit den anderen Häftlingen und so weiter.

Verstehe, sagte Serena. Am liebsten hätte sie das Telefon aus dem Fenster geworfen. Sie wurde rot vor Wut. Und schämte sich für ihr hämmerndes Herz.

Ja, Pecorellas Rechnung ist aufgegangen. Und dass ausgerechnet du, die Pessimistin, die Skeptikerin, die Fatalistin, an die Möglichkeit einer Wende geglaubt hast – wenn man so will, an das Gute im Menschen, wenn auch nur kurz, das hat mich gerührt. Doch, wirklich, Serena. Es hat mir deutlich gemacht, dass auch du zu menschlichen Regungen fähig bist. Wenngleich auch am Rande der Legalität.

Die menschlichen Regungen?

Nein, das Verhör von Pecorella im Gefängnis.

Es war kein Verhör, Vito, es war ein Gespräch.

Gut. Ich will mich mit dir nicht über Formfragen streiten. Illegal war es trotzdem.

18

Der Kellner führte Wieneke erst an einen Tisch in der Mitte des Saals, schien sich dann aber widerwillig zu besinnen, dass er sich zur Mittagszeit großzügig zeigen konnte, und gab ihm einen Tisch am Fenster, denn das Restaurant mit Blick auf die Elbe war halb leer. Einige Tische waren mit Geschäftsleuten besetzt, in einer Ecke des Saals saß der Lokalchef des Hamburger Abendblatts mit einer blonden Frau, garantiert eine Praktikantin. Auf den Tischen lagen rot-weiß karierte Tischdecken, wie in amerikanischen Mafiafilmen, die Kellner trugen bodenlange weiße Schürzen und servierten mit italienischem Akzent französische Küche.

Francesca liebte dieses Restaurant. Ihr gefiel der Blick auf Containerschiffe, Barkassen und Schleppkähne, auf die bunten Wimpel der Schiffe der Hafenrundfahrt und die tief liegenden Wolken über der Elbe. Für Wieneke waren Wolken ein Zeichen für schlechtes Wetter, für Francesca Kunstwerke. Bei ihrer ersten Verabredung hatte er sie in dieses Restaurant geführt, und sie hatte über die Wolken am Hamburger Himmel wie eine Museumsführerin über Gemälde gesprochen, überhaupt war es Francesca gewesen, die ihn dazu gebracht hatte, einige Dinge im Leben anders zu sehen, eine Wolke war nicht länger eine Ansammlung von Wassertröpfchen und ein Buch mehr als eine Anhäufung von Informationen: Dank ihr hatte er angefangen, etwas anderes zu lesen als *Egorepublik Deutschland* oder *Ärztepfusch – und jetzt?* Francesca hatte ihm eine Literaturliste angefertigt, für sie hatte er sich sogar durch

Krieg und Frieden gequält, seitdem hielt er die Russen für überschätzt. Bis heute lagen bei ihm zu Hause noch ein paar italienische Bücher herum, die er nicht gelesen hatte, weil dann die Geschichte mit dem Komponisten passiert war, diesem Idioten, wegen dem Francesca ihm den Laufpass gegeben hatte. Auch wenn sie das bis heute bestritt.

Während der Zeit mit Francesca hatte er kein einziges Mal seine Lymphknoten abgetastet, er hatte kein Magendrücken verspürt, keine Schluckbeschwerden, keine Rückenschmerzen, kein Stechen in der Brust. Kaum hatte er sich von Francesca getrennt, oder besser: sie sich von ihm, litt er monatelang an einem rätselhaften Husten, von dem drei Ärzte behaupteten, dass er kein Symptom für Lungenkrebs sei, er hoffte, dass sie recht behalten würden. Und neuerdings hatte er einen komischen Leberfleck am Schlüsselbein, nicht größer als ein Stecknadelkopf, kastanienbraun. Der hatte sich verfärbt, da musste unbedingt mal ein Hautarzt draufschauen.

Er zog die Ausgabe von *FAKT* mit seiner Titelgeschichte aus der Tasche, legte sie auf den Tisch, strich das Heft glatt und begann darin zu blättern. Er kannte jede Bildunterschrift auswendig, jeden Satz des Editorials: *FAKT-Redakteur Wolfgang W. Wieneke gelang es, Kontakt zum inneren Zirkel der Mafia aufzubauen und das Vertrauen eines sizilianischen Paten zu erlangen. Lesen Sie seine Reportage auf Seite 18.*

Sonnenstrahlen fielen aus dem Himmel, er sah darin ein Zeichen, umgehend setzte er seine neue Ray-Ban auf, in der Hoffnung, dass sich die Wolkendecke erst wieder schließen würde, wenn Francesca bereits an seinem Tisch sitzen würde. Sonnenbrille, weißes Hemd, dunkles Jackett: Die perfekte Performance. Bis auf den Makel, dass seine Augen tränten und er nicht durch die Nase atmen konnte. Er tastete nach seinem Nasenspray und blickte auf die Uhr. Natürlich würde Francesca sich verspäten. Eine halbe Stunde mindestens, und dann würde sie vor ihm stehen und *Scuuuusami*! gurren.

Tillmann hatte die Don-Pace-Geschichte in der Blattkritik so sehr gelobt, dass den Feuilleton-Knaben jegliche Nörgelei im Hals stecken geblieben war: Enthüllungen, originelle Gedanken, Hintergründe – das ist es doch, was guten Journalismus ausmacht!, hatte Tillmann gesagt. Danach war Wieneke aus der Konferenz geschwebt.

Als der Kellner kam, bestellte Wieneke ein Glas Champagner. Er hatte in den letzten Jahren bei *FAKT* ein tiefes Tal durchschreiten müssen, Tillmann hatte ihn bei jeder Gelegenheit erniedrigt, aber glücklicherweise war Wieneke nicht nachtragend. Am Ende der Freitagskonferenz hatte Tillmann ihn beiseitegenommen und ihm versichert, wie sehr er sich darüber freute, dass seine Serie krasser Fehlschläge nun beendet sei – in einem Ton, als beglückwünschte er ihn dafür, sich endlich von einem nässenden Ekzem befreit zu haben. Wieneke hätte es sich nicht so leicht vorgestellt, mit einem kleinen Interview mit einem Boss so einen Erfolg zu haben.

Wieneke blickte auf die Uhr. Sechzehn Minuten waren verstrichen. Noch keine Spur von Francesca. Ob er ihr eine SMS schicken sollte? Lieber nicht. Einmal hatte er nur kurz angefragt, wo sie bleibe – da war sie eine Stunde überfällig, und er hatte sich wirklich Sorgen gemacht, und sie war zur Furie geworden. Er benehme sich wie ein eifersüchtiger sizilianischer Ehemann, hatte sie gezischt, eine Klapperschlange, der man auf den Schwanz getreten war. Und er hatte sie dafür geliebt.

Seit dem Erscheinen der Geschichte über Don Pace lebte Wieneke auf der Überholspur. Das Bundeskriminalamt hatte sich bei ihm gemeldet und ihn als Referenten zur Jahrestagung eingeladen, ein Verlag hatte ihm eine Mail geschickt und gefragt, ob er sich vorstellen könne, mit dem Boss ein längeres Interview zu führen und es als Buch zu veröffentlichen. Eine Lebensbeichte: ein Mafiaboss, der nichts bereut. Schonungslose Offenheit. Ein ebenso verstörendes wie fesselndes Dokument.

Wir wollen mit so einem Buch natürlich auch provozieren, sagte der Verlagsmensch.

Die Dinge überschlugen sich, es handelte sich nur darum, die Finger auszustrecken und die Gelegenheiten zu pflücken wie überreife Birnen. Die Kollegen erstickten an ihrem Neid, der Flurfunk meldete bereits Verhandlungen über Filmrechte. Schluss mit den Geschichten über den Scheiß-Sachsensumpf oder die Stasi-Brüder. Von ihm aus konnten sie die ganze Republik unterwandern. Er war kein Witwen- und Waisenschüttler mehr, kein Mistkratzer und keine Archivratte, kein Blödmann mit einem Aufnahmegerät. Der Wikipedia-Eintrag über ihn musste überarbeitet werden: *Wolfgang W. Wieneke, Mafiaspezialist: Jahrelang beobachtete Wieneke einzelne Clans, dadurch gelangen bisher unbekannte Einblicke in ihre Familienstrukturen, Verhaltensweisen, Kommunikationsverhalten der archaischen Mafiakultur.*

Inzwischen war Francesca vierundzwanzig Minuten zu spät. Wenn sie nicht bald käme, würde sie mit Giovanni zusammen eintreffen, der gerade in Hamburg auf Akquise war und seine Runde durch die Bildredaktionen machte, und das hätte er lieber verhindert. Er wollte mit ihr erst allein sein, bevor er sie Giovanni vorstellen würde, nicht weil er glaubte, dass Giovanni … nein, Giovanni wäre nicht ihr Typ, viel zu gelackt und dann diese Nadelstreifen. Die fände sie bestimmt pathetisch.

Das war der Augenblick, in dem Francesca das Restaurant betrat, wie immer mit Telefon am Ohr, säuselnd, schnurrend (mit wem?), kichernd – und: blond. Ein Blond, das man zur Zeit überall sah, ein Hanseatinnen-mit-hochgestelltem-Blusenkragen-Blond, das er ihr nicht zugetraut hätte.

Scuuuusami, Wolfgang, *scuuusami!*

Ein Sturzbach von Entschuldigungen fiel auf ihn nieder. Im Wesentlichen ging es um ein rätselhaftes, aus dem Nichts auftauchendes Fieber (Italienerinnen hatten ständig Fieber), aus schwarzen Löchern entsprungene Verabredungen, überfällige Übersetzungen, dichten Verkehr und einen eklatanten Mangel an Parkplätzen.

Kein Thema, sagte Wieneke.

Heute Vormittag hatte ich noch einen Termin im Verlag, hatte ich dir doch gesagt, Wolfgang.

Hatte ich so nicht auf dem Schirm, sagte Wieneke. Oder hat es beim Friseur länger gedauert?

Oh, Madonna, Wolfgang, nicht so buchhalterisch, schnurrte sie und strich kurz über ihre Haare, wie eine Siamkatze, die ihr Fell leckt. Sie zupfte an seinem Jackett: Sehr elegant, *carissimo*.

Er winkte dem Kellner und bestellte zwei Glas Champagner, bei Francesca musste er auf jedes Detail achten, wenn er nicht die Tür aufhielt oder nicht den Kellner für sie rief, war sie beleidigt. Sie wäre auch nie auf die Idee gekommen, die Restaurantrechnung mit ihm zu teilen, in solchen Dingen war sie erstaunlich altmodisch.

Blond scheint wohl gerade Mode zu sein, sagte Wieneke. Die Staatsanwältin, diese Serena Vitale, die ich in Palermo getroffen habe, war auch frisch blondiert.

Tatsächlich, sagte Francesca, interessant.

Schlagartig sank die Raumtemperatur auf null Grad.

Sah bei ihr aber lange nicht so natürlich aus wie bei dir, beeilte sich Wieneke hinzuzufügen. Hatte er den Verstand verloren? Regel Nummer eins im Umgang mit italienischen Frauen: Nie andere Frauen erwähnen, nie, nie, nie! Zur Not sogar die eigene Mutter leugnen.

Glücklicherweise wollte der Kellner nun die Bestellung aufnehmen, was die Situation vorübergehend entspannte. Austern und (sie musste immer übertreiben) Büsumer Krabben für Francesca und ein Steak für Wieneke. Sie redete über irgendwelche Übersetzungen, an denen sie gerade arbeitete, ein Thema, das Wieneke sofort in eine Art Tiefschlaf versetzte, oder besser: in einen Tagtraum. Er blickte verstohlen auf ihre leicht gebräunten Beine, auf die goldenen Härchen auf ihren Armen und träumte davon, Francesca aus ihrer verdammten Ruhe und Überlegenheit zu bringen. Vielleicht sollte er ihr einfach einen Heiratsantrag machen. So ganz nebenbei. Dann wäre sie fertig. Sie war die einzige Frau, der er gerne einen Heiratsantrag gemacht hätte.

Ich habe deine Geschichte gelesen, sagte Francesca. Gestern, zufällig beim Zahnarzt.

Der Satz bohrte sich wie ein vergifteter Pfeil in seine Brust. Deine Geschichte. Gestern. Zufällig. Beim Zahnarzt gelesen.

Und wie fandest du sie?, fragte er, den Mund voller Salatblätter. Eine rein rhetorische Frage, denn er wusste genau, dass sie keine Ahnung hatte. Er liebte sie, wegen ihres großzügigen Dekolletés und ihrer dunklen Augen, und weil sie das R rollte, sie hatte Ahnung von Kunst und Kultur, nur von Journalismus hatte sie keinen blassen Schimmer.

Francesca tropfte etwas Zitrone auf die Auster, beobachtete wollüstig, wie die graue Masse zuckte, schlürfte das Fleisch, löste sogar den Schließmuskel mit der kleinen Gabel und nahm, als es ihr mit der Gabel nicht gelang, den Schließmuskel mit dem Finger aus der Schale, den sie mit durchdringendem Blick auf ihn *ablutschte*. Wieneke fühlte, wie ihm warm wurde, und Francesca legte den Kopf schräg, für ihn das Signal, dass sie ihm zuhörte.

Er fühlte sich wie eine Kugel, die angestoßen worden war und jetzt in die richtige Richtung rollte.

War 'nen Riesending. Kannst dir ja vorstellen, wie schwer es ist, einen echten Boss zu finden, der bereit ist, sich kritischen Fragen zu stellen. Also nicht so ein Abtrünniger, sondern einer, der mitten im Leben steht. Der, ja, wie soll man es sagen, auf eine obszöne Art stolz darauf ist, was er macht.

Francesca schwieg und zerkrümelte etwas Brot.

Ich hab das auch in der Redaktion klargemacht, als die aus dem Kulturressort an meiner Geschichte herummäkelten. Ausgerechnet die spielen sich als Kämpfer für die Pressefreiheit auf, obwohl sie nichts anderes sind als eine PR-Abteilung von Verlagen, Plattenfirmen und Filmverleihen. Ihnen passte es nicht, dass ich den Boss nicht bei seinem Klarnamen, sondern Don Pace genannt habe. Für mich war das eine Frage der

Berufsethik. Journalisten fällen keine Urteile. Ich will nicht die Welt verbessern, ich will sie auch nicht bewerten, ich will sie nur zeigen.

Er nahm einen großen Schluck Wein.

Weißt du, Francesca, um der Wahrheit nahezukommen, muss man sich manchmal die Finger schmutzig machen.

Francesca schwieg immer noch.

Sorry, wenn ich jetzt so ins Plaudern gekommen bin. Aber …

Du sprichst über die Mafia wie über einen Stamm Berggorillas, sagte Francesca. Die Reportage war wohl so was wie ein Abenteuerurlaub für dich und deinen Kumpel?

Wieneke starrte auf das Blut, das aus seinem Steak floss und sich auf dem Teller sammelte. Vielleicht war sie eifersüchtig. War ja auch nachzuvollziehen: Da fuhr einer in ihre sizilianische Heimat, und es gelang ihm, die Dinge ganz anders und, ja, auch viel klarer zu sehen, als jemand, der dort aufgewachsen war. Francesca versuchte, ihre Deutungshoheit zu verteidigen. Er tätschelte tröstend ihre Hand. Sie zog sie weg.

Du bist hoffentlich nicht auf die Idee gekommen, deine Geschichte dieser Staatsanwältin zu schicken, oder sonst jemandem auf Sizilien?

Wieso das?

Weil dich dann keiner mehr ernst nimmt.

Er nahm einen weiteren großen Schluck Wein, um seine aufkommende Wut herunterzuschlucken.

Möchtest du noch ein Dessert, fragte er. Auf der Karte sind Walderdbeeren, die isst du doch so gerne.

Va be', sagte sie spöttisch.

Er machte einen letzten Versuch. Weißt du, Francesca, es ist zwar ehrenvoll, einen gesellschaftlichen Missstand zu beklagen, aber das darf keineswegs bedeuten, subjektiv zu berichten. Berichterstattung darf nie subjektiv sein.

Das war zwar genau genommen Tillmanns Satz, aber deshalb musste er nicht falsch sein. Ein Journalist hat sich nicht gemeinzumachen.

Wer das Böse bekämpfen will, muss es erst mal kennenlernen, sagte Wieneke.

Francesca blickte auf die Elbe, auf Containerschiffe, Barkassen und Wolken und schwieg. Glücklicherweise brachte der Kellner nun die Walderdbeeren, mit Zucker und Zitrone, wie von Francesca gewünscht. Allerdings passte ihr der Zucker nicht. Sie wollte keinen weißen Zucker, sie wollte braunen Zucker. Schon rannte der Kellner wieder zurück.

Wenn du so erpicht darauf bist, das Böse zu bekämpfen, warum schreibst du dann keine Geschichte über die Mafia in Deutschland, fragte sie lauernd. Du hast mir doch dauernd von diesem Sizilianer erzählt, der Altenheime auf verseuchtem Grund baut, warum gibst du dich jetzt für so eine beschissene Mafiapropaganda her – nur weil dein Buddy dich über den Tisch gezogen hat?

Jetzt mach mal halblang.

Wenn er ehrlich war, hätte er ihr jetzt am liebsten eine Ohrfeige gegeben. So weit hatte sie ihn gebracht. Er zwang sich zur Ruhe. Glücklicherweise war das der Moment, in dem Giovanni am Tisch stand und *Ciaaoo* flötete. Francesca betrachtete ihn wie einen zurückgelassenen Regenschirm.

Ein Kaffee gefällig?, fragte der Kellner. Francesca lehnte ab. Sie habe eine Verabredung und sei ohnehin schon zu spät. Sie war noch so unverfroren, sich vor Wieneke und dem lüstern glotzenden Giovanni die Lippen nachzuziehen, bedächtig wie eine Malerin, die an einer Staffelei saß: Erst zog sie die Umrisse nach, dann trug sie die Farbe auf und pinselte schließlich Glanz über das Ganze. Der Kosmetikspiegel knackte beim Schließen.

Zum Abschied tätschelte sie Wienekes Rücken wie einem alten Pferd. Giovanni schickte ihr einen überflüssig anerkennenden Blick hinterher. Als Francesca hinter der Tür verschwunden war, atmete Wieneke auf.

Stress?, fragte Giovanni.

Sizilianerin, sagte Wieneke.

19

Als Serena das Aktenbündel aufknüpfte, fiel ein Briefumschlag heraus. Auf dem Umschlag stand: *Dott.ssa Serena Vitale*. Geistesabwesend legte sie ihn beiseite. Für diesen Morgen war die Vernehmung von drei Carabinieri vorgesehen, die vor Jahren in Gambinos Leibwache gearbeitet hatten. Der Richter war noch mit der Prüfung der Anwesenden beschäftigt. Vito Licata war in Rom. Auf der Pressebank waren weniger Journalisten als sonst versammelt. Gambino saß wie gewöhnlich auf seinem Platz. Einer seiner Verteidiger fehlte. Und einer der drei Carabinieri.

Serena wippte nervös mit dem Knie, der Richter verhandelte seit einer halben Stunde ergebnislos mit den Verteidigern – ob sie bereit wären, die Verteidigung ihres Kollegen zu übernehmen, ob Minister Gambino dem zustimmen würde, und falls ja, ob die entsprechende Vollmacht vorliege. Während das Gericht vor ihren Augen in Verordnungen, Beschlüssen und Sondervorschriften versank, nahm sie den Briefumschlag in die Hand. Kein Absender. Handgeschöpftes Papier. Rau und uneben, mit faserigem Rand. Es erinnerte sie an die Karten mit den handgepressten Blüten, die Tante Melina jedes Jahr zu Ostern verschickte – und bei deren Anblick Serenas Mutter nicht müde wurde zu erwähnen, dass jede einzelne Karte drei Euro fünfzig kostete.

Der Gerichtsdiener gab flüsternd zu verstehen, dass noch eine weitere Anwältin fehlte, die nebenan Fotokopien machte, wodurch es zu einem weiteren Stillstand kam. Serena atmete tief durch und riss den Umschlag auf. Sie zog eine Grußkarte hervor. Auf das Vorderblatt war eine zarte rosa Blüte gezeichnet. Sie klappte die Karte auf. Der Gruß war nur eine knappe Zeile lang. Mit einem schwarzen Kugelschreiber verfasst, in Großbuchstaben. *DU WIRST NICHT ENTKOMMEN.*

Sie warf die Karte erschrocken auf den Tisch. Es war, als hätte sie ein Insekt angesprungen. Sie schob die Karte von sich weg. Nicht mit dem Finger, sondern mit dem Kugelschreiber.

Sie sah sich um. Vermutlich hatte man sie dabei beobachtet, wie sie den Brief öffnete. Zerstreut verfolgte sie, wie die Anwältin, die noch Fotokopien machen musste, schnaufend an ihren Platz zurückkehrte, der Richter feststellte, dass der dritte Carabiniere immer noch nicht da war und die Verhandlung vertagt wurde. Sie wollte sich nichts anmerken lassen.

Die Gerichtsdiener brachten die Akten bereits um acht Uhr morgens auf kleinen Wägelchen in die Gerichtssäle, zu einer Zeit, während der der Justizpalast bereits für die Öffentlichkeit zugänglich war. Jeder, der sich dazu berufen fühlte, hätte Gelegenheit gehabt, ihr eine Drohung zu hinterlassen. Jeder.

20

Sie zog sich Strümpfe an, Seidenglatt 15den, Stilettos mit Zwölf-Zentimeter-Absätzen und ein enges schwarzes Kleid. Dann verließ sie das Haus. Sie fuhr am Hafen und am Gefängnis vorbei und stellte ihr Auto in einer Seitenstraße der Via Calvi ab. Sie drückte auf die Klingel und hörte, wie der Türsummer betätigt wurde. Als sie auf den Aufzug wartete, und sie mit ihrem Telefon spielte, überlegte sie, ob sie auf Romanos letzte SMS antworten sollte.

Seit jenem Abend in Venedig hatten sie sich schätzungsweise dreitausend SMS ausgetauscht, SMS, die immer doppeldeutiger, vielversprechender und anzüglicher wurden. Jedes Komma, jeder Punkt war erotisch aufgeladen. Sie hatten sich erotische Vorlieben und sexuelle Tagträume gestanden, sie hatten sich per SMS entkleidet, und wenn Serena das Telefon ausstellte, weil sie arbeiten musste, fand sie später zwanzig weitere SMS, in denen Romano vorwurfsvoll fragte, warum sie nicht geantwortet habe. Ihr gefiel dieser Sex per SMS. Fast so gut wie echter Sex. Im neunten Stock erwartete sie ein Liebhaber.

Seit einigen Jahren war sie auf merkwürdige Weise treu geworden – einem französischem Fotografen und einem sizilianischen Architekten. Beide waren diskret, stellten keine Fragen und hatten akzeptiert, dass Serena weder mit ihnen in Urlaub fahren, noch das Wochenende verbringen wollte, sie blieb nicht mal über Nacht. Sie kam und sie ging. Oft waren die Männer enttäuscht, wenn sie merkten, dass Serena nicht die Absicht hatte, mit ihnen die ganze Nacht zu verbringen. Männer sind sentimentaler als Frauen. Frauen wissen, dass man sie begehrt, weil sie einen schönen Hintern haben. Männer wollen um ihrer selbst willen geliebt werden. Das macht die Sache kompliziert.

Während der Zeit, als sie Leibwächter gehabt hatte, war die Sache mit dem Sex noch heikler geworden. Einer ihrer Liebhaber sagte, er ertrage das alles nicht: die Verdächtigungen, die Gefahr, der man ausgesetzt sei. (*Man?* Was hieß denn hier *man*? *Ich* soll umgebracht werden, und er findet das zu anstrengend?) Aber wahrscheinlich ertrug er es wirklich nicht. Sie konnte ihm keinen Vorwurf machen. Schlimmer noch waren die Liebhaber, die mehr sein wollten als Liebhaber. Die Sanitäter, die sie retten wollten, die ihr Postkarten mit Schutzengeln schickten und ihre Liebesschwüre mit einem Tropfen Blut unterzeichneten (vermutlich Nasenbluten), sortierte sie sofort aus.

Sie wollte auch nicht geküsst werden, jedenfalls nicht auf den Mund. Sie wollte nur, dass sie mit dem Zeigefinger über ihre feuchten Lippen fuhren. Wenn sie schon keinen *Sex with strangers* mehr haben konnte, dann sollten wenigstens ihre Liebhaber ihr so fremd wie möglich bleiben. Sex war die einzige Möglichkeit, der Wirklichkeit zu entkommen. Sich eine halbe Stunde lang zu vergessen. Sie betrat den Aufzug, stellte ihr Telefon auf lautlos und steckte es in die Handtasche.

Als sie oben ankam, roch sie bereits sein Parfüm. Seitdem sie nicht mehr rauchte, roch sie alles. Die Tür wurde geöffnet und eine Welle von Santos schlug über ihr zusammen. Der Architekt glaubte an die Wirkung seines Parfüms wie an einen Zaubertrank, er küsste nach einer kleinen, ironischen Verbeugung ihre Hand, Serena reichte sie ihm im Vorbeigehen und ging weiter, auf die Terrasse, an die frische Luft. Die nach Benzin roch, selbst hier oben. Von der Terrasse aus konnte man das Meer sehen, den Hafen, mit den Fähren, die nachts beleuchtet wurden und dalagen wie Walfische mit aufgerissenem Maul.

Ihre Strümpfe knisterten, als sie ihre Beine übereinanderschlug.

Ich habe die Nachrichten gesehen, sagte der Architekt.

Dann müssen wir ja nicht weiter darüber reden, sagte Serena.

Vor ihr lagen kleine Aperitif-Häppchen auf einer silbernen Platte. Watteweiches, flaumiges Brot mit Kaviar – vermutlich ein Mitbringsel seiner jüngsten Reise mit der Ehefrau nach Sankt Petersburg. Der Tisch war wie üblich mit Platztellern, Silberbesteck, Leinenservietten und dem Porzellan seiner Mutter gedeckt, altem französischem Porzellan. Der Architekt gehörte zu den Männern, die sich als Student von Ölsardinen aus der Dose ernährt hatten, weil Teller zu bürgerlich gewesen wären. Und heute hätte er keinen Bissen heruntergebracht, wenn vor ihm nicht eine Leinenserviette im silbernen Serviettenring lag. Er deckte so sorgfältig, weil er angeblich nur so den Hauch von *spagnolismo* spürte, jener palermitanischen Extravaganz, mit der ein Essen für fünfzig Personen bereitet wird, obwohl nur fünf Gäste erwartet werden. Vor Serena stand ein runder Teller, vor ihm ein eckiger.

Ich habe diese Teller als Symbole für die Antithese der Geschlechter ausgewählt, sagte der Architekt, während das Santos wieder über ihr zusammenschlug. Sandelholz, Weihrauch, Moschus. Entschieden zu viel Moschus. Aber heute war ihr alles recht, Moschus und Sandelholz und sogar die Antithese der Geschlechter. Hauptsache, sie musste nicht über Gambino reden, nicht über den Prozess, den Justizpalast, nicht über sich. Sie schnippte eine Jasminblüte weg, die der Wind auf ihren Teller geweht hatte, und beobachtete den Architekten dabei, wie er im Vorbeigehen ein trockenes Blatt an einer Geranie abzupfte. Er mochte das Gießen, das Abzupfen der trockenen Blätter, diese ewig gleichen Verrichtungen, in einem anderen Leben wäre er ein guter Gärtner geworden. Er schenkte etwas Champagner ein. Die Gläser waren wie gläserne Hörner geformt. Eigentlich war es völlig unmöglich, daraus zu trinken, ohne sich den Champagner auf das Kleid zu gießen. Wenn man das Glas nicht behutsam anhob, floss der Champagner an den Seiten über den Rand des Glases herunter.

Der Architekt bemerkte, wie sie auf die Gläser blickte. Schönheit geht vor Zweckmäßigkeit, sagte er.

Serena setzte das Glas vorsichtig an ihre Lippen. Der Champagner rann an ihren Mundwinkeln herab in ihr Dekolleté. Der Architekt lief in die Küche, um eine Papierserviette zu holen. Serena zog ihr Telefon aus der Tasche.

Tausend Küsse, schrieb Romano. Die ganze Nacht habe ich von Ihnen geträumt. Konnte nicht mehr schlafen. Habe schon den ganzen Tag an Sie gedacht und nicht mehr arbeiten können. Sehen wir uns heute Abend?

Die Aussicht auf ein danach anschließendes Treffen mit Romano hatte etwas wunderbar Verworfenes, Liederliches, Sündhaftes. *Bored, you thought you'd try a little danger.*

Schon wieder Stress?, fragte der Architekt, als er sah, wie Serena das Telefon wieder in ihre Tasche steckte.

Das Übliche.

Du hast dir mit dem Abhören des Präsidenten eine Menge neuer Freunde geschaffen. Es vergeht kaum ein Tag, an dem nicht über dich berichtet würde.

Wie war das noch, mit der Antithese der Geschlechter?, sagte Serena.

Er ergriff ihre Hand, küsste sie innen auf das Handgelenk und fragte sie nach ihrem Parfüm.

Filles en aiguilles. Du hast mich schon zweimal danach gefragt. Du solltest dir Karteikarten über die Vorlieben deiner Liebhaberinnen anlegen.

Er stand auf und küsste sie auf den Hals. Die neue Haarfarbe steht dir gut. Ich hatte schon Gelegenheit, sie im Fernsehen zu bewundern.

Er ging in die Küche, um die Vorspeisen zu holen. Serena zog ihr Telefon aus der Tasche und las: Ich hätte Sie vor zehn Jahren treffen sollen.

Da war ich noch nicht blond, schrieb Serena, vielleicht hätte ich Ihnen gar nicht gefallen.

Der Architekt war noch nicht wieder an den Tisch zurückgekehrt, da hatte Romano schon geantwortet. Sie hätten mir wegen Ihres Charmes gefallen. Wegen Ihrer Anmut. Wegen Ihrer Bildung. Wir wären ein perfektes Paar gewesen.

Ironie war nicht seine Stärke.

Serena ließ ihr Telefon wieder in die Tasche gleiten. Der Architekt servierte wilden Fenchel mit Oliven und tröpfelte etwas Olivenöl auf den Fenchel.

Man lässt dich nicht zur Ruhe kommen, Serena. Du brauchst etwas Ablenkung. Sex, Drugs and Rock 'n' Roll.

O. k., bei Sex und Rock 'n' Roll bin ich dabei. Nur das mit den Drugs hat bei mir nie so richtig funktioniert.

Nie einen Joint geraucht?

Ein Mal, in einem Partykeller in Deutschland, als ich sechzehn war. Alle hatten schon nach zwei Zügen Visionen und sahen den Partykeller in psychedelischen Farben. Nur ich bin eingeschlafen. Außerdem störte mich das vollgesabberte Mundstück des Joints. Gemeinschaftserlebnisse sind nicht so mein Fall.

Das überrascht mich jetzt nicht.

Gruppensex wäre natürlich etwas anderes.

Damit kann ich leider nicht dienen. Jedenfalls nicht heute Abend.

Er stellte die Teller zusammen, schenkte ihr etwas Champagner nach und stellte die Musik an. Marlene Dietrich. *Ich bin von Kopf bis Fuß auf Liebe eingestellt*. Ich finde es wunderbar, verstehe aber kein Wort, rief er aus der Küche, vielleicht kannst du mir später den Text übersetzen?

Ja, rief Serena. Und las: Sie haben mir versprochen, dass wir uns heute Abend sehen.

Ihr gefiel es, dass Romano sie immer noch siezte. Das erhöhte die Erotik. Später, schrieb sie. Bin noch in einem Verhör.

Pasta oder sollen wir gleich zum Fisch übergehen?, rief der Architekt aus der Küche.

Fisch wäre mir lieber. Ich habe nicht so viel Zeit.

Er stellte einen Teller mit *panelle* vor ihr ab, er kannte Serenas Leidenschaft.

Ich muss später noch ins Büro. Ein Verhör. Einer, der eventuell kollaborieren will. Ich befürchte zwar, dass seine Aussagen wenig Wert haben, aber ich muss es versuchen.

Sie schämte sich, ihn anzulügen. Sie log selten, und wenn, dann schlecht. Aber: Außergewöhnliche Situationen erfordern außergewöhnliche Maßnahmen.

Er setzte sich wieder an den Tisch, trank etwas Champagner und berührte unter dem Tisch ihr Knie.

Letzte Woche war ich auf einem Kongress in Berlin. Du hast mir dort gefehlt.

Hattest du keine Dolmetscherin?

Ja, aber du hast mir aus anderen Gründen gefehlt.

Das war knapp. Gerade noch die Kurve gekriegt.

Du gehörst zu den Frauen, die es schaffen, die Luft zu bewegen. Er streichelte die Innenseiten ihrer Oberschenkel.

Weißt du noch, als wir uns das erste Mal geliebt haben? Tu so, als würdest du mich lieben, habe ich dir ins Ohr geflüstert. Und du hast gesagt: Ich liebe dich. Vielleicht hast du mich in diesem Augenblick wirklich geliebt. Er strich ihr eine Haarsträhne aus dem Gesicht.

Etwas Seezunge?

Er löste die Filets von den Gräten, legte sie auf ihren Teller und träufelte erst Zitrone auf die Seezunge, dann Öl, nicht ohne zuvor etwas Salz auf sie gestreut und Serena bei der Gelegenheit fürsorglich darüber belehrt zu haben, dass die Zitrone das Salz löse, weshalb die Zitrone-Salz-Öl-und-dann-erst Pfeffer-Reihenfolge eingehalten werden müsse.

Nach dem Dessert bat er sie in sein Arbeitszimmer. Er zeigte ihr seine letzten Projekte, einige sahen aus wie schwebende Schiffe, andere wie hängende Gärten, er nahm ihre Hand und legte sie auf sein Geschlecht. Er setzte sie auf den Schreibtisch, vor den Bildschirm und zog ihre Beine nach vorn. Noch Monate später würde sich Serena daran erinnern, wie sie ihn in Ekstase angefasst und an sich gezogen hatte, damit er tiefer in sie dringen würde, sie hatte erst seinen Arm, dann sein Handgelenk und schließlich seine Beine umfasst, was ungewöhnlich war, sie wunderte sich über sich selbst, weil sie es eigentlich vermied, ihre Liebhaber anzufassen, jedenfalls über das notwendige Maß von Anfassenmüssen beim Sex hinaus. Sie war über sich selbst überrascht, das Umfassen seines Handgelenks war ihr wie eine Vertraulichkeit erschienen, die sie sich normalerweise nicht gestattet hätte. Als sie sich wieder anzog, war sein Duft überall, in ihren Haaren, ihren Strümpfen und an ihren Schenkeln.

Du gibst mir deinen Körper, mehr nicht, sagte er, als er sie zur Tür begleitete. Aber ich verstehe dich.

Er küsste ihre Hand. Danach roch sogar ihr Handrücken nach ihm.

Im Aufzug tippte sie eine SMS an Romano: Bin auf dem Weg. Sie fuhr bei geöffneten Fenstern, um die Luft zu spüren, die warm war und nach Glyzinien und Algen roch. Jedenfalls so lange, wie sie am Meer entlangfuhr. In der Via della Libertà stand sie im Stau und musste die Fenster schließen. Seitdem im Olivella-Viertel aus jeder Mauerritze eine Bar quoll, staute sich der Verkehr hier auch nachts.

Im Radio wurde Paolo Conte gespielt, *Via, via, vieni via di qui, niente più ti lega a questi luoghi, neanche questi fiori azzurri, via, via neanche questo tempo grigio, pieno di musiche e di uomini che ti sono piaciuti.*

Romano lebte in einem Viertel am anderen Ende der Stadt, das ausschließlich aus Ausfallstraßen, Verkehrsinseln, vertrockneten Ziersträuchern und von der Mafia hochgezogenen Wohnsilos bestand. Seit der Trennung von seiner Frau sei er hier vorübergehend eingezogen, hatte er entschuldigend gesagt. Serena parkte das Auto, weit und breit war niemand zu sehen außer ein paar streunenden Hunden, die im Schein der Straßenlaternen über die Straße humpelten, bucklig wie Hyänen. Er hatte eine Hausnummer genannt, allerdings stand sein Name nicht an der Tür. Sie war nervös. Sie hatten sich mit erotisch aufgeladenen SMS bombardiert, aber noch nie berührt.

Sie wollte ihn anrufen und musste feststellte, dass die Batterie ihres Telefons leer war. Das Ladekabel lag im Büro. Glücklicherweise hatte sie noch ein zweites Telefon in der Tasche, ihr Diensttelefon, aber darin war Romanos Nummer nicht gespeichert. Sie zog die leere Batterie heraus und legte sie wieder ein, in der Hoffnung, dass sich das Telefon auf diese Weise kurz wiederbeleben ließe, um Romanos Nummer anzuzeigen. Sie sah die Nummer aufleuchten – und bevor sie wieder verlosch, tippte sie sie in das Telefon ein. Aber Romano antwortete nicht.

Wie es sich für einen Polizisten gehörte, meldete er sich nicht auf Nummern, die er nicht kannte. Sie sprach auf Band und war kurz davor, nach Hause zu fahren, als er sie zurückrief. Und sie flüsternd ermahnte, den Flur erst zu betreten, wenn kein Licht mehr brenne, andernfalls würde sie einem Polizeikollegen begegnen, der in der Wohnung nebenan wohnte.

Sie blickte in den Hausflur, er war dunkel. Sie wagte nicht, das Licht anzuknipsen. Es war lächerlich, durch ein dunkles Treppenhaus zu stolpern wie eine Ehebrecherin, auf die zu Hause ein gewalttätiger Ehemann wartet. Wahrscheinlich würde sie gleich mit viel Getöse die Treppe herunterfallen, der Polizeikollege würde die Tür aufreißen und sie nach ihren Personalien fragen.

Minuten später stand sie im kalten Licht von Energiesparlampen, in einer Wohnung, die im Wesentlichen aus Pressspan-Schrankwänden, durchgesessenen Korbstühlen und dreiarmigen Messingleuchtern bestand. Romano schloss die Tür hastig hinter ihr und war etwas verlegen.

Ich hatte nicht damit gerechnet, Sie zu sehen. Nach all dem, was mit Ihnen passiert ist.

Er machte einen Schritt zurück, betrachtete sie von Kopf bis Fuß und fragte: Und was machen wir, wenn wir uns verlieben?

Wir verlieben uns nicht, sagte sie.

Meinen Sie?, fragte er.

Romano verschwand in der Küche, um etwas Wein zu holen, und Serena sah sich in der Wohnung um. In einer Ecke standen Umzugskartons, die er noch nicht ausgeräumt hatte. Über den abgenutzten Polstern des Sofas lag eine geblümte Decke. In einem offenen Schrank hingen stahlgraue, anthrazitfarbene und marineblaue Jacketts, alle mit dem gleichen Schnitt. Neben dem Fernseher stand ein in Silber gerahmtes Foto von zwei kleinen Mädchen. Das einzige Buch in der ganzen Wohnung war ein Kriminalroman, der auf dem Wohnzimmertisch lag. Daneben stand ein Keramikbecher in Form eines Carabiniere, mit Federbusch und Epauletten. Weihnachtsgeschenk des Provinzkommandos.

Romano servierte warmen Weißwein in Plastikbechern, für die er sich entschuldigte. Völlig übergangslos bemerkte er, dass der nebenan wohnende Kollege ihm geraten habe, zu seiner Frau zurückzukehren und ansonsten weiter Affären zu haben. Irgendwann würden sich alle Geschichten gleichen.

Serena nippte an dem Weißwein, ein Inzolia, der, eiskalt serviert, nicht schlecht gewesen wäre. Der Plastikbecher knackte, als sie ihn abstellte. Eigentlich war alles herzzerreißend, der warme Wein, die Plastikbecher, der Kollege nebenan, seine Ehe, die Energiesparlampen, der Mangel an Ironie. Romano sah sie erwartungsvoll an.

Ich finde nicht, dass sich alle Geschichten gleichen, sagte Serena.

So wie sich nicht alle Prozesse gleichen?

Ein aufschlussreicher Vergleich, sagte Serena. Falls Liebe für Sie so etwas wie Krieg ist.

Vielleicht nicht die Liebe, aber die Ehe.

Er runzelte die Stirn und blickte finster in seinen Plastikbecher. Überzogen finster. Er hielt den Kopf gesenkt. Sein

Haaransatz war etwas licht. Aber er hatte ein schönes, männliches Kinn mit einem Grübchen und schöne, volle Lippen. Ein Mund, der einer Frau gut gestanden hätte.

Umso glücklicher können Sie darüber sein, diesen Krieg beendet zu haben. (Warum zum Teufel brachte er sie dazu, wie eine Sozialpädagogin zu dozieren?)

Meine Töchter habe ich seitdem nicht mehr gesehen. Und meine Mutter grüßt mich nicht mehr. Du bist auch nicht besser als die Mafiosi, die du verhaften lässt, sagte sie mir.

Serena seufzte. Da wollte man Sex und bekam Kramer gegen Kramer. Auf Sizilianisch. Sie strich über ihre Strümpfe, die im Licht des Sparbirnen-Kronleuchters bläulich schimmerten. Vielleicht sollte sie ihm tatsächlich raten, zu seiner Frau zurückzukehren.

Ich habe Sie für Ihren Mut bewundert. Für diesen Prozess, für Ihre Rede in Corleone. Ich hätte diesen Mut nicht gehabt. Ich bin feige.

Serena bemerkte, dass von ihren Fesseln eine kleine, schmale Laufmasche hochlief. Wahrscheinlich war sie mit einem Fingernagel an den Strümpfen hängen geblieben. Seidenglatt 15den war extrem anfällig für Laufmaschen.

Gibt es Dinge, die Ihnen Angst machen?, fragte Romano.

Serena schwieg. Vielleicht hatte er es gut gemeint. Ja, es stand zu befürchten, dass er es gut gemeint hatte. Die Laufmasche war inzwischen fast an ihrem Knie angelangt.

Wie alt sind Sie eigentlich?

Unfassbar, dieser Mann. Es gehörte nicht viel dazu, zu vermuten, dass Serena zu den Frauen gehörte, die ihr Alter selbst nach einem Monat Waterboarding nicht verraten würden. Sie lachte.

Ich berufe mich auf mein Aussageverweigerungsrecht.

Kein Problem. Teil meiner Ausbildung war es, das Alter von Leichen am Zustand ihrer Füße und Hände abzulesen.

Oh, ich weiß aber nicht, ob von mir überhaupt noch Hände oder Füße übrig bleiben werden.

Als Serena noch darüber rätselte, wie sie jetzt vom Tod, den Ängsten und der Ehe zum Sex kommen sollte, fragte Romano schon: Hatten Sie viele Männer?

Das konnte nicht sein Ernst sein. Serena beschloss, einfach nicht mehr zu antworten, sondern ihn zu küssen. Erst auf den Mund, ausnahmsweise. Und dann woanders.

Sie liebten sich auf seinem Bett, das mit dunkelblauer Bettwäsche bezogen war wie in einem Kinderzimmer. Es war guter Sex, sehr angenehm, vielleicht nicht unbedingt unvergesslich. Am meisten beeindruckte sie sein glatter Körper. Keine Achselhaare, kein Haar auf der Brust, keine auf den Schultern, kein Haar auf den Waden – und keine Intimbehaarung. Das hatte sie noch nie gesehen. Er war weich und glatt und faltenlos. Als sie ihn fragte, warum er sich enthaarte, sagte er in einem Ton, als handele es sich um eine längst überfällige Maßnahme zum Erhalt der Volksgesundheit, dass er es hygienischer finde, keine Haare am Körper zu haben.

Später lag er auf dem Bett und beobachtete sie beim Anziehen. Serena rollte ihre Strümpfe hoch, befestigte sie am Mieder, stieg in ihr Kleid und bat ihn darum, den Reißverschluss hochzuziehen – als kleines, intimes Zugeständnis. Er musterte sie schweigend.

Und die Geschichte mit dem Präsidenten macht Ihnen auch keine Angst?

Welche Geschichte um welchen Präsidenten sollte mir Angst machen?

Sie wich seinem Blick aus und hängte ihre Tasche um die Schulter.

Entschuldigung, sagte er. Ich wollte Ihnen nicht zu nahe treten. Er warf sich einen dunkelblauen Morgenrock über. In die Brusttasche war sein Monogramm gestickt.

Kurz vor der Tür fragte er sie: Bereuen Sie, dass Sie zu mir gekommen sind?

Ich bereue nie etwas, sagte Serena.

21

Es war noch nicht fünf Uhr, ein milchig rosafarbener Morgen, als Vito Licata in ihrer Wohnung stand, unrasiert, leicht außer Atem, ohne Krawatte. Sie hatte ihn noch nie ohne Krawatte gesehen. Serena führte Vito Licata durch ihre Wohnung und zeigte ihm, woran sie gemerkt hatte, dass jemand eingebrochen war: Im Wohnzimmer lag eine Schublade auf dem Tisch, eine Buchstütze war umgefallen, die CDs auf ihrem Schreibtisch waren durcheinander, der Buddha, der eigentlich rechts von ihrem Computer gestanden hatte, stand nun links.

Ich bin erst vor einer Stunde nach Hause gekommen. Gegen vier Uhr. Ich habe mich gewundert, dass die Tür nicht richtig zugeschlossen war und war mir unsicher, ob ich es vergessen haben könnte. Dann wollte ich das Licht anschalten, aber der Strom funktionierte nicht. Als ich in den Hausflur ging, sah ich, dass die Tür des Sicherungskastens nicht richtig geschlossen war. Sie wollten sichergehen, dass sie keine Alarmanlage auslösen und haben deshalb den Strom abgeschaltet.

Ihr Arm zitterte, als würde er ihr nicht gehören.

Als ich in die Wohnung kam, war es so, wie wenn man einen Aufzug betritt, der gerade benutzt wurde. Man riecht, dass jemand da gewesen war. Keine große Unordnung, nichts. Nur der Stick. Der ist weg.

Was war auf dem Stick?

Ein paar Notizen zum Prozess, eine Akte des *Sisde*, eine Erklärung von Marcello Marino.

Bist du sicher, dass du ihn nicht verlegt hast?

Ganz sicher, Vito.

Geklaut wurde nichts?

Nicht mal mein Ring, du weißt schon, der mit der Schlange, die sich um einen schwarzen Malachit ringelt.

Dieser Totschläger? Das Riesending aus Gold?

Er lag mitten auf dem Schreibtisch. Sie haben ihn dahingelegt, damit ich merke, dass jemand da war. Sie wollten, dass ich verstehe, wer sie sind, Vito.

Kurz darauf saß Serena in der *Questura* vor einem Carabiniere, an dessen Kieferknochen dünne Koteletten wie schwarze Farbnasen herabliefen. Er tippte mit zwei Fingern ein Protokoll in den Computer.

Ein roter Stick, Geschenk des Provinzkommandos der Carabinieri, richtig?

Richtig.

Und sonst wurde nichts geklaut?

Nichts. Nicht mal Schmuck, nichts.

Sind Sie sicher?

Ganz sicher.

Und was macht Sie so sicher, dass es nicht Zigeuner waren? Oder Drogenabhängige? Die vielleicht gestört wurden?

Weil es dann anders ausgesehen hätte. Vor Jahren haben Zigeuner bei mir eingebrochen und meinen ganzen Schmuck geklaut. Sie haben alle Schränke durchwühlt, alle Schubladen herausgezogen und in der Küche sogar die Zuckerdose geleert.

Und Sie sind sicher, dass Sie den Stick nicht verlegt haben?

Ganz sicher.

Er blickte auf ihre Tasche.

Vielleicht in Ihrer Handtasche? Wenn ich nur daran denke, was meine Frau da alles reinsteckt. Und nie wiederfindet. Ständig sucht sie ihren Lippenstift, ihren Schlüssel, sie kramt und flucht und findet nichts. Erst recht nicht so einen winzigen Stick.

Serena legte ihren Kopf schräg. Und lächelte.

Ist Ihre Frau auch Staatsanwältin?
Nein.
Also.
Entschuldigung. Ich wollte Sie aufheitern.

22

Während sich die Beamten von der Spurensicherung in ihrer Wohnung wie in einer Isolierstation bewegten – Schutzanzüge, Kohlefaserpinsel und Folien für Schuhabdruckspuren, Rußpulver, Phasenprüfer und Wasserwaagen – hatte der Erkennungsdienst die handgeschöpfte Postkarte in ihre Einzelteile zerlegt: kalligraphisches Gutachten, Abgleich der Fingerabdrücke, Abgleich der DNA-Spuren. Ermittlungen gegen unbekannt. Danach rief das *Komitee für Ordnung und Sicherheit* – ein Name, der klang wie von Bulgakow erfunden – zur Besprechung der Sicherheitslage.

Serena saß in einem lichtlosen Raum im Polizeipräsidium, zusammen mit fünf Beamten, die über sie sprachen wie über ein schwer zu transportierendes Möbelstück: Sie war jetzt *Die Schutzperson*. Die *abgeholt* und *verbracht* werden musste und sich in einem *sondergeschützten Fahrzeug* bewegen würde – wenn die *Gefährdungsanalyse* abgeschlossen und die *Sicherheitsstufe* von allen Verantwortlichen abgesegnet wäre. Es fühlte sich an, als sei sie unheilbar krank und müsste jetzt ihre Totenfeier vorbereiten. Die Grabrede besprechen. Sich zwischen Erd- und Feuerbestattung entscheiden.

Schließlich drehte sich einer der Beamten um, ein junger Mann, so auffällig korrekt, vertrauenswürdig und mustergültig (wenig Haar, dunkler Anzug und schmaler Schlips), als würde er am Wochenende Scientology-Jünger rekrutieren.

Dottoressa Vitale, Sie wissen, dass es keine Ausnahme von der Regel gibt.

Das heißt?

Das heißt, dass Sie von nun an keinen Schritt ohne Personenschutz machen dürfen. Und damit meine ich: keinen einzigen Schritt.

Schon verstanden, sagte Serena.

Sie sagen: schon verstanden, aber Sie glauben gar nicht, wie viele Ihrer Kollegen uns Probleme machen. Die allein ins Kino gehen oder einfach mal abends einen Spaziergang …

Ich weiß …

Sind Sie bei Facebook?

Nein, natürlich nicht.

Natürlich? Was heißt hier natürlich? Was glauben Sie, wie viele Ihrer Kollegen bei Facebook sind und Fotos von ihrem letzten Wochenende am Meer posten? Ich bin von Rechts wegen verpflichtet, Sie darauf aufmerksam zu machen.

Ich hatte schon …

Und dass Sie natürlich auch, falls Sie privat eingeladen werden, sich zuvor eine Liste der eingeladenen Gäste schicken lassen müssen, damit die Namen in den Polizeicomputer eingegeben und geprüft werden können.

Ich hatte schon mal Personenschutz. (Und zwar zu einer Zeit, in der Sie noch ein Spermium auf der Suche nach einer Eizelle waren.)

Wurde Ihre Wohnung bereits sicherheitstechnisch geprüft?

Ja, aber das ist schon länger her.

Kurz darauf stand der Sicherheitsberater in ihrer Wohnung. Er trug Schuhe mit Gummisohlen, die bei jedem Schritt quietschten. Beherzt klopfte er auf das dünne Holz der Eingangstür, rief: Hier geht doch jeder Schuss glatt durch!, empfahl die Anschaffung einer gepanzerten Tür, und riet Serena, sich nicht hinter den Spion zu stellen, falls jemand klingeln würde. Außerdem gab er den Ratschlag, die Post nur noch postlagernd zu empfangen und machte darauf aufmerksam, dass die Videokamera im Flur bei den Bewohnern des Hauses zu datenschutzrechtlichen Problemen führen könne, falls die Nachbarn ihre Privatsphäre verletzt sähen. Am Ende seines Rundgangs durch die Wohnung schlug er vor, Panzerglas vor die Fenster zu hängen. Es gebe sehr praktische und auch kostengünstige mobile Panzerglasscheiben, passend für jedes Fenster. Er legte ein Prospekt auf den Tisch: GORILLAGLAS FÜHREND BEI DER HERSTELLUNG VON BESCHUSSHEMMENDER VERGLASUNG. LEICHT UND DENNOCH DURCHSCHUSSHEMMEND.

Tage vergingen. Untersuchungen wurden abgeschlossen, Gutachten verfasst und Analysen erstellt. Ohne Ergebnis. Serena war davon überzeugt, dass ihre Angelegenheit irgendwo im bürokratischen Orkus verlorengegangen war. Aber dann bat der Scientologe wieder in den lichtlosen Raum im Polizeipräsidium.

Er kniff die Augen zusammen, als er sie sah. Wahrscheinlich würde er jetzt ankündigen, dass für sie ein Tunnel zum Justizpalast gegraben worden sei. Dass Armeehubschrauber eingesetzt würden. Und Mehrzweckpanzer.

Das Komitee hat die Sicherheitsstufe vier beschlossen.

Oh, sagte Serena.

Vier bedeutete: ein von der Finanzpolizei ausrangierter Dienstwagen (ein verrosteter Lancia, in dessen Kotflügel man mit bloßem Finger ein Loch hätte bohren können – gepanzerte Wagen standen nicht mehr zur Verfügung, sagte der Scientologe mit Verweis auf die *spending review*), zwei bewaffnete Leibwächter (Mimmo, flachbrüstig und dünn, der sich mit einem Pykniker namens Paolo abwechselte) und vier Videokameras (eine auf ihrer Terrasse, eine im Flur vor ihrer Haustür, eine vor dem Aufzug, eine vor dem Hauseingang).

Immerhin war beruhigend, dass Mimmo sie begleitete. Er hatte sie bereits vor einigen Jahren bewacht. Sie hatte mit ihm mehr Zeit verbracht als mit ihren Liebhabern und Exfreunden, da hatte sich eine gewisse Vertrautheit eingestellt.

Mimmos Kollege Paolo hatte zuvor als Carabiniere in der Sucheinheit für Saruzzo Greco gearbeitet – bis er auf die verwegene Idee gekommen war, von Hausdurchsuchungen zu sprechen, die keine waren, von Observierungsmaßnahmen, die kurz vor dem Höhepunkt abgeblasen wurden, und zwar von seinem Chef, der fragte: Hast du immer noch nichts begriffen? Oder willst du weiter den Bekloppten spielen? Sag, was du willst – du kriegst es. Einen Job für deine Schwester? Gleich morgen.

Paolo hatte seine Vorgesetzten angezeigt. Und war in Serena Vitales Leibwache strafversetzt worden.

Es war Tag vier ihres Lebens als *Schutzperson*. Di Salvo hatte sie in den Justizpalast *einbestellt* – wie das der Büroleiter nannte. Mimmo fuhr. Serena kontrollierte ihre Mails, und Mimmo erzählte wie immer eine seiner zahllosen Mädchengeschichten. Während er von Norwegerinnen, Spanierinnen und Jungfrauen sprach, über die er so fachmännisch urteilte wie ein Hundezüchter über Hunderassen – Norwegerinnen und Schwedinnen nehmen alles total ernst und sind extrem anhänglich, Spanierinnen sind lustiger, aber am schlimmsten sind Jungfrauen, bloß keine Jungfrau, sage ich immer, für die bleibst du für alle Zeiten der Mann ihres Lebens, die vergessen dich nie, und wenn du abends ausgehen willst, dann stehen sie vor dir und machen eine Szene –, las Serena eine Solidaritätserklärung: *Wir von der Redaktion von Antimafia Palermo möchten Dottoressa Serena Vitale unsere Solidarität aussprechen und hoffen, dass die zuständigen Behörden so schnell wie möglich Maßnahmen zu ihrem Schutz ergreifen*. Einige befreundete Kollegen hatten ebenfalls unterschrieben. Vito Licata war nicht darunter.

Sie passierten die Piazza San Domenico, auf der Bänke mit Kissen aufgestellt worden waren, der Platz sah aus wie eine gigantische Lounge, bereit für das, was man in Palermo neuerdings die *movida* nannte, die Partymeile rund um das Olivella-Viertel.

Um Mitternacht wartet hier eine Norwegerin auf mich, sagte Mimmo. Er zog ein Foto hervor, das ein Mädchen mit blauschwarz gefärbten Haaren zeigte, unter denen man die Kopfhaut hell schimmern sah.

Süß, oder?, fragte Mimmo.

Erstaunlich, diese schwarzen Haare. Jedenfalls für eine Norwegerin.

Sie hat italienische Wurzeln.

Ach ja?

Skeptisch betrachtete Mimmo das Bild und steckte es wieder zurück in seine Brieftasche. Serena starrte wieder auf das Display ihres Telefons. Sie hätte nie damit gerechnet, dass Solidaritätsadressen sie eines Tages glücklich machen würden. So tief war sie gesunken. Als Studentin hatte sie sich darüber lustig gemacht. Solidarität mit Palästina! Solidarität mit den Hausbesetzern! Solidarität mit Nicaragua! Damals hatte Solidarität nach Bürgersöhnen in K-Gruppen gerochen, nach Ponchos und Panflöten und Gewerkschaftsgefasel. Und heute war Solidarität ihr ein Trost. Der einzige. Schweres Krankheitsbild.

Im Rückspiegel konnte sie sehen, dass an Mimmos Kinn vereinzelte schwarze Haare zu einem mickrigen Ziegenbart sprossen. Mimmo bemerkte ihren Blick und sagte: Ich verstehe nicht, warum man Ihnen nicht einen gepanzerten …

Lassen wir das, sagte Serena und blickte aus dem Fenster in den Himmel, der wolkenlos war wie immer.

Wenig später saß sie in Di Salvos Büro und versuchte, durch den Generalstaatsanwalt hindurchzublicken. Di Salvo blätterte durch die Akten, blickte hin und wieder auf und betrachtete Serena wie eine schwer erziehbare Jugendliche, die zum dritten Mal beim Diebstahl von Nagellack erwischt worden ist. Als ein Sonnenstrahl in den Raum fiel, schillerte das Gemälde über Di Salvos Schreibtisch wie ein Gemälde von Klimt. Di Salvo hatte sich gerade warm geredet. Er schlug mit dem Handrücken auf den Bericht des Erkennungsdienstes.

Man hat in Ihrer Wohnung keine Fingerabdrücke gefunden. Jedenfalls keine fremden.

Das wundert mich nicht, sagte Serena und fixierte einen Punkt rechts unter dem Fenster, an dem der Putz etwas abblätterte, darunter schimmerte ein grünlicher Fleck, der bereits dreimal überstrichen worden war. Vermutlich müsste man die ganze Wand einreißen und neu mauern, um diesen feuchten Fleck zu beseitigen.

Das wundert Sie nicht?

Von Profis habe ich nichts anderes erwartet.

Wir haben in unserer Pressemitteilung natürlich klargemacht, dass die Staatsanwaltschaft auf Ihrer Seite steht.

Er lächelte. Und Serena fragte sich, warum sie es auch nach vielen, vielen beschissenen Jahren neben diesem Wurm nicht schaffte, sich endlich *strategisch* zu verhalten. Den Wurm zu benutzen. Ihm *nicht* zu verstehen zu geben, dass sie ihn für ein opportunistisches Arschloch hielt. Sondern sich zu verstellen. Der Zweck heiligt die Mittel. Es war schließlich nicht so, dass sie nicht auch in der Lage wäre zu heucheln. In Verhören schaffte sie es sogar, freundlich gegenüber Massenmördern zu sein. Aber sobald sie gegenüber von Di Salvo saß, wurde sie bockig. Versprühte Hass aus jeder Pore. Und hätte am liebsten türenknallend das Büro verlassen. Besonders jetzt, als Di Salvo ihr erklärte, dass das Verfassungsgericht mit der Aufgabe betraut worden war, festzustellen, ob die abgehörten Gespräche des Staatspräsidenten vernichtet werden müssten oder nicht – was als *Kompetenzstreit* durch die Medien geisterte und für Nicht-Juristen wie eine Abhandlung zum Dreiphasenwechselstrom klang. Außerdem hatte ein findiger Staatssekretär im Justizministerium ein Gesetz vorgeschlagen, das vorsah, Staatsanwälten, gegen die ein Disziplinarverfahren eingeleitet wurde, den laufenden Prozess zu entziehen.

Praktisch ein Anti-Serena-Vitale-Gesetz, sagte Serena.

Oh, da überschätzen Sie sich etwas, sagte Di Salvo und kicherte wie über einen guten Witz.

Wenn das Verfassungsgericht in dem Verfahren um den

Kompetenzstreit dem Staatspräsidenten recht gibt, müssen die Disketten zerstört werden, sagte Di Salvo.

Er presste die dünnen Lippen zusammen, schüttelte den Kopf und schaffte es doch nicht, seine Genugtuung zu verbergen. Er leuchtete geradezu vor Glück. Als er es bemerkte, hielt er sich die Hand vor den Mund und starrte auf die Akten.

Sie haben sicher die Zeitungen gelesen, sagte er.

Serena kannte die Schlagzeilen auswendig. Sie lauteten: *Die irrsinnigen Anklagen einer wahnsinnigen Staatsanwältin*. Oder: *Vitale: Nichts als eine karrieregeile Staatsanwältin*. Wer freundlich sein wollte, schrieb: *Palermos Staatsanwaltschaft bläst zum Sturm auf die demokratischen Institutionen* oder titelte: *Palermo: Angriff auf die Immunität des Staatspräsidenten*. Die sizilianischen Tageszeitungen hatten auf der Titelseite auch noch ein Foto von dem Graffito veröffentlicht, das jemand auf eine Mauer im Borgo Nuovo gesprayt hatte.

Ich hatte noch keine Zeit, mich der Presselektüre zu widmen, sagte Serena.

Das Kesseltreiben gegen Sie ist skandalös, keine Frage, aber das ist nun mal der Preis, den wir in einer Demokratie für die Pressefreiheit zahlen müssen! Passen Sie auf sich auf, Dottoressa Vitale. Sagen Sie mir Bescheid, wenn es wieder irgendwelche Probleme gibt. Er begleitete sie zur Tür und legte ihr dabei väterlich die Hand auf die Schulter.

Auf dem Flur wartete Mimmo auf sie. Als sie im Aufzug standen, wischte sich Serena über die Schulter.

Auf dem Rückweg fuhr Mimmo einen Umweg an der Porta Felice, vorbei am botanischen Garten, so wie er es auf der Polizeischule gelernt hatte: Nie denselben Weg fahren! Es war heiß, und die Klimaanlage funktionierte nicht. Serena drehte das Fenster herunter (der Wagen war so alt, dass er nicht mal elektrische Fensterheber hatte), und der Geruch von Pferdeäpfeln drang herein – von den Kutschpferden, die im Schatten vor dem Teatro Massimo auf Touristen warteten. Sie fuhren über die Via Roma, als ein Elektrorad so pfeilschnell vorbeijagte, dass Mimmo eine Vollbremsung machen musste und Serena gegen den Vordersitz knallte.

Mimmo verfluchte den Radfahrer als *testa di minchia*. Und Serena fragte sich, ob es irgendwann schnell gehen würde, ein Sturz in ein großes Nichts, ein Filmriss, eine Stichflamme oder so, wie wenn man aus dem Dunkeln kommt und plötzlich in die Sonne blickt.

23

Wieneke!, rief Tillmann. Jetzt aber mal ein Gruppenfoto! Er legte die Arme um Giovanni und Wieneke und lächelte in die Objektive. Überspannt wie immer. Aber egal.

Die Lokalpresse hatte gute Arbeit geleistet, von der Hamburger Morgenpost bis zum Abendblatt – alle machten Werbung für Giovannis Fotos, die von diesem Nachmittag an im Foyer des Verlagshauses von *FAKT* in der Fotoausstellung zu sehen waren: *FAKT präsentiert »Die Gesichter der Mafia«, 96 Fotografien des sizilianischen Fotografen Giovanni Mancuso.* Fotos von Beerdigungen, von Männern mit schwarzen Sonnenbrillen, goldenen Halskettchen und Gel im Haar. Schwarz gekleidete Witwen. Prozessionen. Polizeisperren. Das Übliche.

Wieneke fand den Hype um die Bilder zwar übertrieben (im Grunde hätte Giovanni jeden x-beliebigen Sizilianer fotografieren und in Hamburg als Mafioso verkaufen können. Keine Sau hätte es gemerkt. Und vermutlich war es auch genau so gelaufen), aber ihm sollte es recht sein. Was für Giovanni gut war, war auch für ihn gut: Der Verlagsmensch, für den Wieneke das Buch über Don Pace schreiben sollte, war auch da, er unterhielt sich angeregt mit Giovanni, der im Nadelstreifenanzug angetreten war und wie üblich kurz vor Beginn der Ausstellung auf die Toilette verschwunden war. Als er wieder herauskam, zog er die Nase hoch und tigerte durch das Foyer – in die Richtung von zwei blonden Volontärinnen, die ihn für das Hamburger Abendblatt interviewen wollten. Wieneke stellte sich neben Giovanni an den Tisch.

Sicher, wer Mafia hört, denkt zuerst an Mord und Totschlag, diktierte Giovanni den Mäusen in den Block, wobei er so ernst blickte, als hätte er vor zwei Minuten erfahren, dass seine Mutter gestorben sei. Die Mädchen blickten mitfühlend. Auf seine Lippen. Und auf seine schwarzen Haare, die mit dem Gel wie lackiert wirkten.

Und deshalb sind die meisten Leute auch erstaunt, wenn sie hören, dass die Mafia eine eigene Kultur haben soll, sagte Giovanni, während sich seine Augen wie Tentakeln an dem Dekolleté der einen Blondine festsaugten. Er riss sich erst von ihr los, als sich Tillmann dem Tisch näherte. Daraufhin drängelte sich die andere Blondine etwas näher an Giovanni heran.

Es ist in Deutschland nahezu unbekannt, dass die Mafia in Süditalien als Kultur akzeptiert ist, hauchte sie, woraufhin Giovanni weitertrommelte: Natürlich geht es um Rache und Stolz, um Blut und Verschwiegenheit, aber vor allem geht es um Kultur. Ich wollte mit meinen Fotos die Bedeutung dieser Mafiakultur verdeutlichen.

Alter Heuchler, dachte Wieneke.

Wieder etwas dazugelernt, sagte Tillmann. Dafür liebe ich unseren Beruf.

Giovanni wurde von zwei weiteren jungen Journalistinnen der Morgenpost zu einem Interview am Nebentisch abgeschleppt. Tillmann flüsterte Wieneke etwas zu. Wieneke hörte aber auf dem rechten Ohr schlecht, besonders jetzt in diesem Trubel. Er hielt seine Hand an das linke Ohr.

Es gab im Netz so einen Protest.

Protest? Wogegen?

Gegen die Bilder. Irgend so ein Antimafia-Dings. Ich habe mir den Text ausdrucken lassen. Hier.

Wieneke setzte seine Brille auf. Und las: *Giovanni Mancuso verharmlost und glorifiziert die italienische Mafia. Er zeigt nur die Täter und blendet die Opfer der italienischen Mafiagruppen aus. Dies ist angesichts des massiven Leids und der immensen Gefahren, die das Erstarken der italienischen Mafiaorganisationen für die rechtsstaatliche Ordnung, für das Funktionieren von Wirtschaftsordnungen und für die Funktionsfähigkeit des politischen Systems und damit der Demokratie mit sich bringt, nicht zu tolerieren.*

Gähn, sagte Wieneke.

Ich nehme so ein Online-Dings natürlich nicht ernst, sagte Tillmann.

Ist schon klar, dass man das Thema Mafia in Italien viel emotionaler diskutiert als in Deutschland, sagte Wieneke und steckte seine Brille langsam zurück in die Brusttasche seines Jacketts. Er hätte nie gedacht, was alles in diesem bedeutsamen Auf- und Zuklappen der Brille steckte, ja, das Alter hatte manchmal auch seine Vorteile.

Wahrscheinlich steckt hinter diesem Online-Dings so eine kleine Italienerin, die mal in der Dok von *FAKT* ein Praktikum gemacht hat, sagte er. Sie glaubt, als Sizilianerin die Mafia besser einschätzen zu können. Ist für sie so etwas wie eine Frage der Ehre.

Er kicherte, nahm einen großen Schluck Weißwein und prostete Tillmann zu, der erneut den Arm um Wieneke legte (eine körperliche Nähe, die Wieneke, ehrlich gesagt, etwas irritierte), um sich mit ihm fotografieren zu lassen.

Frauen bilden sich immer ein, alles besser zu wissen, sagte Tillmann.

Wieneke zwinkerte einer Kollegin aus dem Sportressort zu. Die ihn heute, auf dieser Ausstellung zum ersten Mal irgendwie anders ansah.

Wegen der Geschichte über Don Pace hat diese Sizilianerin schon einmal versucht, Giovanni in die Nähe der Mafia zu rücken, sagte Wieneke. Sie hat ihm vorgeworfen, Sprachrohr der Bosse zu sein. Sie hat sogar versucht, ein paar Kollegen gegen mich aufzuhetzen. Ich habe ihr klargemacht, dass sich Giovannis Kritiker die Sache zu einfach machen. Giovanni wagt eben nur mehr als die anderen.

Mut ruft immer auch Neider auf den Plan, sagte Tillmann. Unsere Branche ist voll davon. Egal. Ich muss jetzt los. Genießen Sie den Abend, lieber Widukind! Ist ja schließlich auch Ihr Verdienst, diese Ausstellung!

Langsam leerte sich das Foyer. Wieneke wollte gerade zu der Sportkollegin gehen, um seine Chancen zu testen, als sich Giovanni neben ihn drängelte. Riesige Pupillen. Zu viele Komplimente.

Ich hab jetzt die beiden Mädchen vom Abendblatt eingeladen, ich habe einen Tisch in der Rosa Rossa für uns bestellt, okay? Aber vorher wollte ich dir noch …

Die Sportkollegin schmachtete Wieneke an. Diese Augen. Geradezu Greta-Garbo-Augen.

Tut mir leid, habe heute Abend schon was vor.

Giovanni schnalzte kurz mit der Zunge und deutete mit dem Kinn Richtung Sportkollegin.

Verstanden. Kein Problem. Ich kriege das auch alleine hin.

Er spielte wieder mit seinem Zippo herum. Und flüsterte Wieneke etwas ins Ohr. In das falsche.

Was nuschelst du so? Zu viel Wein oder was?

Giovanni blickte sich um, und Wieneke ging diese sizilianische Geheimnis-Geheimnis-Nummer auf den Geist. Er blickte zum Nebentisch, die Sportkollegin war in ein angeregtes Gespräch mit einem Kollegen aus dem Auslandsressort versunken.

Spuck's aus, Mensch.

In den nächsten Wochen wird in Palermo was passieren. Was Großes. Halt dich bereit. Mehr kann ich nicht sagen.

Wieneke lachte. Meinst du, Tillmann zeichnet mir einen Reisekostenvorschuss ab, wenn ich ihm sage: In den nächsten Wochen passiert was in Palermo?

Entweder vertraust du mir oder nicht.

Ja, klar, aber …

Ich werde dich anrufen und dir sagen: Komm runter. Mehr nicht, okay?

24

Von der Straße drang Gelächter, Gläserklang und Geschirrklappern hoch. Sie hatte keine Lust zu kochen. Wenn sie sich bei der Focacceria Essen bestellte, würde das mindestens eine Stunde dauern. Sie ging in die Küche, um ein Cannolo mit süßer Ricotta zu füllen, als ihr Telefon klingelte. Es war Romano.

Zuletzt hatten sie sich ein paar Tage nach dem Einbruch gesehen, sie war mit einer Flasche eisgekühltem Champagner samt Gläsern zu ihm gefahren. Sie hatte Strümpfe mit Spitzen getragen, auf die Romano wie auf eine persönliche Beleidigung reagiert hatte. Serena hatte gelacht, schließlich war doch alles nur ein Spiel, der Sex, die Strümpfe, die Heimlichkeit, er aber war ernst geworden, hatte die Augen zusammengekniffen und gezischt: Ich hatte Ihnen doch präzise Angaben gemacht! Sie zögerte. Dann drückte sie auf grün.

Ich hatte es schon übers Festnetz versucht.

Bin gerade erst nach Hause gekommen, sagte Serena und leckte etwas Ricotta vom Finger.

Ich bin in Rom.

Dienstlich?

Ja, dienstlich. Er machte eine Pause.

Etwas Dringendes?

Mehr oder weniger.

Wieder eine Pause. Eine so bedeutungsschwangere Pause, als warte er nur darauf, dass sie ihn endlich nach seinem Befinden fragen würde. Romano war in den letzten Monaten sehr erfolgreich gewesen, er hatte einen sizilianischen Europaparlamentarier und einen linken Bürgermeisterkandidaten wegen Unterstützung der Mafia festgenommen, er hatte neun Ärzte, drei Unternehmer und zwei Stadträte wegen Mafiazugehörigkeit, Beihilfe und illegalen Waffenbesitzes verhaftet und eine Verbindung zwischen Mafia und Freimaurern aufgeklärt, die bis in den römischen Kassationshof reichte.

Ob er mit dem Seufzen am Ende die üblichen Ränkespiele unter Polizisten meinte, die für diesen Beruf normale Verschlagenheit? Na ja. Man musste nicht nach Rom ins Innenministerium fahren, um zu begreifen, dass nur diejenigen Karriere machten, die das Machtgefüge respektierten.

Er seufzte wieder.

Und wo sind Sie jetzt?, fragte sie, weil ihr nichts Besseres einfiel.

Im Hotel. In der Nähe von Cinecittà. Pause.

Sie war sich unsicher, wie sie reagieren sollte. Sie wollte weder etwas über seine Ehekrise wissen, noch die Schlechtigkeit der Welt beklagen. Sie wollte eigentlich über gar nichts Ernstes reden. Sie wollte lachen. Und etwas Telefonsex mit ihm haben. Und dann hörte sie, wie er anfing zu weinen.

Er weinte wie ein Kind. Verzweifelt, untröstlich, er wimmerte, schluchzte und stöhnte wie jemand, dem gerade mitgeteilt worden ist, dass er in drei Monaten sterben würde. Spätestens.

Was ist passiert?, fragte sie. Er aber antwortete nicht, sondern weinte weiter, weshalb sie auf ihn einzureden begann wie auf ein Kind. Ein Kind, dem man sagt, dass alles nicht so schlimm ist, dass es keine Angst haben muss, weil da nichts ist, das es bedrohen könnte, dass es in Wirklichkeit weder Drachen noch feuerspeiende Lindwürmer gibt, und am Ende des Flurs keine schwarze Bestie lauert, sondern nur ein Mantel, der an der Garderobe hängt und im Licht der Flurbeleuchtung einen Schatten wirft.

Er schluchzte weiter.

Sie machte mit dem Telefon in der Hand ein paar Schritte

auf die Terrasse. Blickte in die Videokamera. Ging wieder zurück ins Wohnzimmer. Sie hörte, wie er sich langsam beruhigte. Und sagte: Es tut mir alles so leid.

Sie holte Luft. Aber bevor sie ihn fragen konnte, hatte er schon aufgelegt.

25

Mein Mann …, sagte die Frau. Sie sprach mit venezianischem Akzent, diesem seltsam knochenlosen Italienisch, in dem die Konsonanten weichgespült worden waren. Sie hörte die Frau wimmern, ächzen und fluchen, und es klang wie ein Stück von Goldoni. Das Einzige, was Serena schließlich verstand, war *Wasser* und *Koma* und *Krankenhaus*.

Es dauerte fast eine Viertelstunde, bis Serena begriffen hatte, dass Marcello Marino einen Unfall gehabt hatte. Sie blickte auf die Uhr. Sie hatte am Nachmittag ein Verhör. Gemeinsam mit Licata. Der Sohn eines Mafiosos. Um drei Uhr. Der nächste Direktflug nach Venedig ging um zwei. Sie rief Mimmo an. Eine Stunde später saßen Serena und Licata im Flugzeug.

Sizilien war noch nicht unter ihnen verschwunden, da bestellte sich Vito Licata schon einen Tomatensaft. Und sagte: Du hättest Marino nicht ohne Leibwächter rumlaufen lassen sollen. Das war verantwortungslos.

Serena blickte aus dem Fenster. Auf dem Meer feine weiße Linien. Wolkenfetzen flogen vorbei, wie zerrupftes Plastik.

Marino hat mir mehr als deutlich gemacht, dass er seine Aussagen sofort zurückziehen würde, wenn jemand in seiner Familie von seiner wahren Identität erfahren hätte.

Ein Erpressungsversuch.

Den ich ihm nicht verübeln konnte.

Licata riss zwei kleine Papiertütchen auf und streute Salz und Pfeffer in den Tomatensaft. Serena versuchte durch den Mund zu atmen, um den Tomatensaft nicht zu riechen.

Am Flughafen von Venedig erwartete sie der Chef des mobilen Einsatzkommandos. Er stand in der Ankunftshalle, ein kleiner, beleibter Neapolitaner mit Dreitagebart, neben ihm zwei hünenhafte Polizisten in Uniform, die Serena und Licata Richtung Ausgang eskortierten. Die an den Gepäckbändern stehenden Touristen beobachteten die Szene argwöhnisch. Wahrscheinlich halten sie uns für Verbrecher, die abgeführt werden, dachte Serena. Oder für zwei Politiker, die vor dem Volk geschützt werden müssen.

Der Neapolitaner wirkte, als sei er glücklich darüber, endlich gebraucht zu werden. Unermüdlich betonte er, wie er umgehend dafür gesorgt hatte, dass zwei Polizeibeamte vor Marinos Krankenbett wachten.

Wassertropfen krochen schräg an der Scheibe vorbei, als sie durch die graugrüne Lagune nach Castello fuhren, dem Stadtviertel, in dem Marino gewohnt hatte. Serena sah eine Möwe, die eine Taube jagte, sie sah Brücken, halb verfallenes Mauerwerk und abgezehrte Fundamente, an denen das Wasser nagte wie ein gefräßiges Tier.

Der Kanal, in den Marino gefallen war, befand sich unweit seiner Wohnung. Es sei sein Sohn gewesen, der in der Gasse gespielt und seinen im Wasser treibenden Vater entdeckt hatte. Das Boot legte an, und der Polizist zeigte die mit Algen bewachsene Stufe, auf der Marino ausgerutscht und mit dem Kopf aufgeschlagen war.

Ein in Venedig geradezu klassischer Unfallhergang, befand der Polizist. Fast täglich werden hier Touristen aus dem Wasser gefischt, weil sie, anders als die Venezianer, nicht wissen, dass man auf den mit Algen bewachsenen Marmorstufen ausrutscht.

Aber Marino war kein Tourist, versuchte Serena einzuwenden. Er konnte nicht mal schwimmen.

Der Beamte zuckte mit den Schultern. Mehr wissen wir noch nicht. Es gibt hier keine Videokameras, und die Nachbarn haben nichts gesehen.

Sie fuhren weiter zum Krankenhaus, das direkt gegenüber von der Friedhofsinsel lag. Man sah Totenbäume, magere Zypressen, marmorne Engelsflügel und die Kuppeln der Friedhofskapellen. Als sie an dem Anleger ausstiegen, bemerkte Serena, wie Vito Licata hinter seinem Rücken Zeigefinger und kleinen Finger zum Blitzableiter gegen das Unheil nach unten abspreizte.

Die Intensivstation befand sich im obersten Stock. Serena blickte durch die Glasscheibe in das Zimmer, von Marcello Marino war nicht mehr als ein verbundener Kopf zu sehen, inmitten von Schläuchen, Monitoren, Beatmungsmaschinen, Absaugkathetern und Infusionsflaschen.

Vom anderen Ende des Flurs näherte sich der Chirurg, der Marcello Marino operiert hatte. Er trug noch einen blauen Chirurgenkittel und pinkfarbene Gummischuhe. Das Neonlicht ließ in seinem Gesicht rote Äderchen hervortreten.

Er habe ein Blutgerinnsel aus Marinos Hirn entfernt, wisse aber noch nicht, wie es sich ausgewirkt habe – ob, und wenn ja, welche neurologischen Ausfallerscheinungen einträten, Sehstörungen oder motorische Probleme, Beeinträchtigungen des Langzeit- oder Kurzzeitgedächtnisses. Um den Heilungsprozess zu verbessern, sei der Patient in ein künstliches Koma versetzt worden. Eine Prognose könne er noch nicht abgeben.

Marinos Frau und ihr Sohn saßen auf einer Bank im Flur. Die schwarzen Kohleaugen der Frau waren rot gerändert. Sie blickte erst auf, als Serena sie begrüßte und ihr Vito Licata vorstellte. Maikel spielte mit seiner Playstation.

Wissen Sie, warum Ihr Mann die Stufen zum Kanal heruntergegangen ist?

Sie schüttelte den Kopf und fing an zu weinen. Sie putzte sich die Nase. Serena nahm ihre Hand. Licata hielt sich etwas abseits, unangenehm berührt.

Mein Mann wusste, dass ihm etwas zustoßen würde, flüsterte Marinos Frau. Wenn etwas passiert, dann ruf sofort die

Vitale an, sagte er, niemand anderen, hörst du. Er hatte Angst vor dem Wasser.

Als sie wenig später wieder im Flugzeug saßen, starrte Serena aus dem Fenster. Unter ihnen verschwand gerade der schmale Streifen des Lido. Das Meer schimmerte graublau, wie verwaschen. Während das Flugzeug die dicke Wolkendecke durchquerte, die über Venedig lag, ging die Sonne unter. Es sah aus, als täte sich am Horizont eine Kluft auf, ein glutrot lodernder Abgrund, wie ein Eingang zur Hölle.

Ich bin kein Mediziner, aber es sieht nicht gut aus, sagte Vito Licata.

Man muss kein Mediziner sein, um zu verstehen, was passiert ist.

Vito Licata seufzte. Ich weiß. Du denkst an fehlgeleitete Geheimdienste.

Serena stöhnte auf. Wenn du noch einmal *fehlgeleitet* sagst, erschlage ich dich. Wenn es die Aufgabe der *fehlgeleiteten* Geheimdienste ist, unbequeme Zeugen umzubringen und mafiöse Politiker zu schützen, dann möchte ich mir gar nicht vorstellen, wozu die Geheimdienste fähig sind, wenn sie richtig geleitet werden.

Zehn Minuten bis zur Landung. In der Ferne tauchten Lichter auf. Sizilien sah von hier oben aus, als bewegte sich die Insel unter einem glitzernden Umhang.

Am Flughafen erwartete sie Mimmo in dem verrosteten Lancia. Die Autobahn war wie üblich stark befahren, schweigend fuhren sie an den marmornen Stelen mit den Namen der Toten vorbei, die Fahnen wehten auf Halbmast. Oleanderbüsche wogten im Fahrtwind, ein Motorrad überholte sie auf dem Seitenstreifen. Hinter den Leitplanken türmte sich der Müll aus den Ferienhäusern der Palermitaner, eingeschossige Häuser mit Wänden aus rohem Mauerwerk, aus den Dächern ragten rostige Stahlstäbe aus dem Beton. Die Berge rings um Palermo waren schon nicht mehr grün, hier und da sah man verdörrte Grasbüschel inmitten einer Mondlandschaft. Betonsilos und Flachbauten tauchten auf, Supermärkte, Baumärkte, Technikmärkte, dahinter Palermos Häusermeer.

Licata erinnerte daran, dass Di Salvo für den nächsten Tag eine Besprechung angeordnet hatte.

Ohne mich, sagte Serena.

Wenn wir die Diskette vernichtet hätten, stünden wir jetzt nicht so unter Druck.

Geht das schon wieder los, Vito? Wir können nicht einfach Beweismaterial vernichten.

Beweis wofür?

Beweis für einen Mordauftrag.

Aber Serena, es ist doch alles sehr vage. Wir wissen nicht mit letzter Sicherheit, was der Präsident wirklich gemeint hat.

Ich scheiße auf die Sicherheit, Vito.

26

Ihre Wege: Justizpalast–Wohnung. Wohnung–Justizpalast. Höhepunkt ihres Lebens in der letzten Woche: ein Ausflug an das Krankenbett eines Kronzeugen im Koma. Ihre einzigen Vertrauten: zwei Carabinieri. Der eine davon schlicht, der andere im Visier der *Dienste*. Nächtliche Abenteuer: null. Sie lebte, als hätte sie ein Keuschheitsgelübde abgegeben.

Serena saß im fensterlosen Reich von Madame Cinzia, die aussah wie die Wahrsagerinnen im Nachmittagsfernsehen: hüftlanges ebenholzschwarzes Haar und olivbraune Haut – was Serena daran erinnerte, dass sie vor kurzem eine Beamtin der Squadra Mobile als Wahrsagerin eingesetzt hatte, um einen Boss in Borgo Vecchio zu beschatten. Es war eine aufwendige Geschichte gewesen, sie hatten die Observation so in die Länge gezogen, bis der Boss sie zu einem anderen geführt hatte. Sie hatten ihn erst festgenommen, als die Wahrsagerin ihm zum dritten Mal die Karten legte.

Madame Cinzia hatte gerade angefangen, ihre Nagelhaut zu entfernen. Serena blickte auf ihre Hände (Gott sei Dank noch fleckenlos. Falls jemals ein verdammter Fleck auftauchen würde, würde er umstandslos weggelasert), als das Telefon vibrierend den Eingang einer SMS von Romano ankündigte.

Ich möchte Sie ganz für mich haben, ich möchte Sie in einer Wohnung einschließen, wo Sie für mich allein da sind, in Mieder und Strümpfen und hochhackigen Schuhen.

Ob er das bizarre Telefonat vergessen machen wollte, das er von Rom aus mit ihr geführt hatte? Als sie noch überlegte, ob sie ihm jetzt oder später antworten sollte, rief Romano schon an. Serena zögerte. Madame Cinzias Kosmetikstudio war nicht unbedingt der richtige Ort für Telefonsex. Andererseits: egal.

Dottoressa!, rief er. Hoffentlich störe ich nicht?

Nein, sagte sie ausweichend.

Konferenz?

So etwas Ähnliches.

Dann fasse ich mich kurz. Ich würde Sie heute Abend gerne … sehen.

Oh, sagte Serena.

Nein, nein, keine Sorge, ich verstehe schon … der Personenschutz … nein, nein, ich will Ihnen nicht zumuten, zu mir zu kommen. Ich würde zu Ihnen nach Hause kommen. Falls Ihnen das recht ist.

Serena hasste die Vorstellung, Liebhaber in ihrer Wohnung zu empfangen. Während sie auf Madame Cinzias Fingernägel starrte – sie waren lang, so lang, dass sie damit eine Tür hätte aufbrechen können, sie sahen aus, als führten sie ein geheimnisvolles Eigenleben: ganz leicht und aus Versehen einen Handrücken zu streifen, wie ein Krokodil scheinbar ruhig und gelangweilt dazuliegen, die Blicke auf sich zu ziehen und im entscheidenden Augenblick anzugreifen –, fragte sich Serena, ob Romano am Ende auch noch die Absicht hatte, die Nacht mit ihr zu verbringen? Andererseits: Vermutlich lag es auch in seinem Interesse, nicht morgens von den Leibwächtern beim Verlassen ihrer Wohnung gesehen zu werden. Also sagte sie: Ja. Und weil die Finger der rechten Hand gerade im Wasserbad eingeweicht wurden und Madame Cinzia die Finger der linken Hand bearbeiten wollte, fügte sie an: Ich muss jetzt leider Schluss machen. Ich schicke Ihnen später noch eine SMS.

Sie blickte wieder auf Madame Cinzias Fingernägel. Und war voller Neid. Denn ihre Fingernägel führten garantiert kein geheimnisvolles Eigenleben, sie blickten kaum über den Rand ihrer Fingerkuppe hinaus. Und das, obwohl sie so viele Nagelaufbautabletten geschluckt hatte, dass sie eigentlich knirschen müsste. Der Not gehorchend, hatte sie versucht, ihre zu kurz geratenen Fingernägel ideologisch zu verbrämen. Wer will schon lange? Nur Pornostars, moldawische Putzfrauen oder Escorts.

Die Lösungsmittel, mit denen falsche Fingernägel angeklebt werden, die sind doch sicher giftig, oder?

Das war früher so, sagte Madame Cinzia sanft, heute benutzen wir nur noch natürliches Kalkgel.

Das war die Absolution. Zwei Minuten später passte Madame Cinzia Serena zehn Zentimeter lange Nägel an, Serenas Finger schwebten in der Luft und sahen aus wie die eines chinesischen Mandarins.

Etwas kürzen wir, nicht wahr?, fragte Madame Cinzia, wobei ihre Finger den Eindruck erweckten, als ließen sie sich nur ausnahmsweise zu dieser dienenden Tätigkeit herab.

Während Madame Cinzia die Plastiknägel abknipste, versuchte Serena eine SMS an Romano zu tippen, was sich mit den neuen, langen Fingernägeln etwas schwierig gestaltete, da sie die Tasten nicht mehr mit der Fingerkuppe drücken konnte.

Ist halb zehn o. k. für Sie?

Keine Antwort. Auf jeden Fall würde der Abend ein Erfolg werden, angesichts dieser Fingernägel.

Sie stellte sich vor, wie jede Bewegung ihrer Finger zu einem vollkommenen dramatischen Akt gerinnen würde, das Blättern in den Akten, das Einschalten des Mikrophons im Gerichtssaal. Wenn auch das Schreiben etwas kompliziert werden würde, praktisch war es unmöglich, die Computertastatur allein mit den Nagelspitzen zu betätigen – aber es sah auf jeden Fall sehr gut aus. Derart beschwingt beschloss sie, Romano gegenüber Nachsicht zu üben und schrieb eine weitere SMS: Soll ich etwas zu essen bestellen oder reicht Champagner?

Wieder keine Antwort. O. k. Die Arbeit hat Vorrang. Wer, wenn nicht sie, hätte dafür Verständnis.

Madame Cinzia trug Gel auf die Nägel auf, das in einem

bläulichen kosmischen Licht gehärtet wurde. Um dann abgefeilt zu werden. Kein Mann kann sich vorstellen, wie viel Arbeit in einem einzigen Fingernagel steckt.

Pling. Eine SMS von Romano.

Tut mir leid, bin im Dienst, kann nicht kommen, wg. Einsatz.

Irgendwie lag kein Segen auf dieser Affäre.

Serena zog ihre Finger aus dem silbernen Apparat, in dem das Gel gehärtet wurde und schrieb: Dann muss ich den Champagner mit einer Freundin trinken.

Madame Cinzia hatte ihre Feile noch nicht wieder angesetzt, da fragte Romano schon:

Was für eine Freundin?

Eine gute Freundin.

Seine Antwort ließ nicht auf sich warten.

Ich möchte, dass wir uns immer die Wahrheit sagen.

Serena seufzte. Immer dieser Hang zur Dramatik.

Ich bin nicht der Meinung, dass man sich immer die Wahrheit sagen sollte. Die Wahrheit ist der Erotik nicht unbedingt zuträglich.

Alles, was Ihnen recht ist, ist auch mir recht. Aber Sie müssen wissen, dass ein Teil Ihres Herzens immer mir gehören wird. Ich bin sehr eifersüchtig.

Sogar auf Frauen?

Gefallen Ihnen Frauen?

Wem gefallen Frauen nicht?

Ich könnte mich als Frau verkleiden. Angeblich soll das faszinierend sein.

Offenbar langweilte er sich. So einen Dialog führte man nur, wenn man die Zeit totschlagen wollte. Vermutlich saß Romano in seinem Büro im Polizeipräsidium und blickte auf die Wände voller Zeitungsartikel – vergilbte Erfolgsmeldungen, die vergessen machen sollten, wie schnell die Anwälte der Bosse ihre Anträge auf Haftverschonung durchgesetzt hatten. Da sehnt man sich nach Abwechslung.

Mit Strümpfen und Stilettos? Geschminkt und parfümiert? Lippenstift, enger Rock und Geisha-Schritte?

Sie oder ich?

Sie natürlich, ich sehe immer so aus.

Zwei Sekunden später schrieb er: Kein Problem für mich. Hab's schon mal gemacht, Sie müssen mich nur schminken, habe alle Schminksachen.

Ungläubig tippte Serena: Was haben Sie?

Alles. Schuhe, Strümpfe, Bustier, Perücke. Wimpern etc.

Serena starrte auf das Display und versuchte sich Romano mit Perücke vorzustellen.

Haarfarbe?

Kastanienbraun mit roten Highlights. Außerdem habe ich auch falsche Nägel und ein Mieder.

Ob das ernst gemeint war? Vielleicht eine Undercover-Recherche? Polizisten verkleideten sich als Gemüsehändler, als Straßenarbeiter, als Elektriker, als Automechaniker, als Regenschirmverkäufer, als Klempner – warum also nicht auch als Frau? Obwohl das natürlich auch ohne falsche Nägel und Mieder ginge.

Ziemlich viel Aufwand, um einen Boss festzunehmen, schrieb Serena – diesmal mit links, weil rechts gerade wieder in Arbeit war.

Keine Festnahme. Ich war mit einem Kollegen und einer Kollegin in einem Nachtlokal, um den Boss zu observieren.

Gibt es ein Foto davon?

Kann sein. Wenn nicht, machen wir eins.

Unbedingt! Und wie haben Sie das mit den Brüsten gelöst?

Silikon.

Klar. Hätte sie ja draufkommen können.

War es nicht schwierig, auf hohen Absätzen zu laufen?

Immerhin war Romano unter seinen Kollegen als Perfektionist bekannt.

Etwas. Aber die paar Meter bis an einen Tisch habe ich hingekriegt.

Serena kicherte. Madame Cinzia blickte kurz von ihren Nägeln auf.

Eine solche Selbstironie hätte Serena Romano nicht zugetraut. Geradezu tollkühn. Sie versuchte sich auszumalen, wie der hochgewachsene, breitschultrige Romano in Frauenkleidern an einen Tisch gewankt war.

Und niemand hat Ihnen den Hof gemacht?

Eine von den Diensten wollte mich danach immer zum Abendessen zu sich nach Hause einladen.

Serena kicherte nicht mehr. Sie versuchte, sich in einen Witz zu retten. In diesem Zusammenhang klang *Die Dienste* mehr als doppeldeutig. Sie schrieb: Was für Dienste? Vielleicht eine Lesbierin?

Geheimdienst. Nicht lesbisch. Es hat sie erregt, mich als Frau zu verkleiden.

Sie starrte auf das blau schimmernde Display. Und fragte sich, welchen Boss Romano zusammen mit einer Frau vom Geheimdienst observiert hatte. Und wie Romano das Wort *erregt* im Zusammenhang mit dem Wort Geheimdienst gemeint haben könnte. Sie versuchte sich einzureden, dass er sich einfach nur vertippt hatte.

Schade, dass Sie sich nicht für mich als Frau verkleidet haben.

Kann ich gerne tun.

Besuchen Sie mich morgen Abend als Frau.

Das Display verdunkelte sich. Madame Cinzia feilte gerade den letzten Fingernagel mit dem im UV-Licht gehärteten und völlig natürlichen Kalziumgel glatt, als das Display eine neue SMS anzeigte.

Das würde ich nicht wagen.

Warum nicht? Weil Sie auf hohen Absätzen nicht laufen können?

Nein, weil ich mich schäme. Aber wenn ich dazu ermutigt würde, könnte ich es versuchen. Wer weiß.

Langsam wurde Serena des Spiels überdrüssig, das Romano

mit heiligem Ernst betrieb. Sie schrieb: Wir wären ein schönes lesbisches Paar. (Passender Schlusssatz.)

Keine Ahnung. Auf jeden Fall erregt es mich, wenn Sie wünschen, dass ich mich als Frau verkleide.

Schon wieder dieses *erregt*. Wohl doch kein Tippfehler. Sie hatte mit Romano bereits sehr intensiven Telefonsex praktiziert, das Wort *erregt* war also nicht völlig unangebracht, aber in diesem Zusammenhang doch extrem beunruhigend.

Als Mann gefallen Sie mir besser. Obwohl ich natürlich neugierig darauf wäre, Sie einmal als Frau verkleidet zu sehen. Könnte mir vorstellen, dass Ihre Lippen mit Lippenstift sehr schön aussähen.

Die Antwort kam umgehend.

Mein Mund sieht geschminkt sehr gut aus.

Ich fände es lustig, wenn Sie als Frau verkleidet mit mir ausgehen würden.

Er antwortete in Echtzeit: Wenn Sie darauf bestehen, gerne.

Wenn ich Sie als meine Freundin ausgebe, verrät Sie natürlich Ihr Adamsapfel.

Am Abend könnte ich ihn mit einem Seidenschal kaschieren. Und wenn ich mit Ihnen allein wäre, würde ich mir sogar eine Federboa umlegen.

Romano nackt mit Federboa. Zu komisch.

Das Problem ist vor allem: Das Material ist sehr teuer.

Oh, wem sagen Sie das. Erst recht ein Kleid für Ihre breiten Schultern! (Das letzte Kleid von Dolce & Gabbana hatte Serena die Kleinigkeit von tausend Euro gekostet. An der Kasse hatte sie kurz ein schlechtes Gewissen gehabt. Aber wirklich nur ganz kurz.)

Ich würde gerne ein Doppelleben als Frau führen.

Das konnte nicht sein Ernst sein. Serena starrte auf das Display, auf die beiden Punkte ohne Leerzeichen am Satzende. Eigentlich müssten es drei sein, sagte sie sich. Und ein Leerzeichen fehlt auch.

Das ist Ihr Traum?

Ja. Das ist mein Traum.

Scheiße. Es war nur zu hoffen, dass sie als Einzige von Romanos Traum wusste.

Madame Cinzia cremte ihr zum Abschluss die Hände ein und kassierte sechzig Euro – ohne Quittung. Serena hatte gerade bezahlt und ihr Telefon weggesteckt, als eine weitere SMS von Romano eintraf.

Schönes Spiel!

Am Morgen wurde Serena vom Straßenlärm geweckt, Lieferwagen hupten, Getränkekisten wurden scheppernd angeliefert, Möwen stritten sich kreischend um Beute. Sie tastete nach dem Telefon, das neben ihrem Bett lag. Pling. Sie haben eine neue Nachricht. Vito hatte sie angerufen. Noch mal Pling. Russo hatte angerufen. Er hatte ihr Computermodem untersucht, das neuerdings schlecht funktionierte. Und eine Wanze gefunden.

Sie sprang aus dem Bett. Und versuchte Russo zurückzurufen. Vergeblich. Er hatte keinen Empfang. Scheißdreck.

Als sie in das Badezimmer lief, hörte sie, wie ein Radiosprecher eine Sondersendung ankündigte: In der Nacht war der Boss Saruzzo Greco in Palermo festgenommen worden. In einer Wohnküche in Bagheria, nachdem er dreiunddreißig Jahre, sieben Monate und drei Tage lang flüchtig gewesen war. Ein Wäschepaket sei ihm zum Verhängnis geworden, frische Wäsche, die ihm seine Frau zukommen ließ. Die Operation sei von Antonio Romano, dem Chef des Mobilen Einsatzkommandos geleitet worden – dessen grenzenloser Opfermut und Leidenschaft im Dienst seiner Mission von Innenminister Gambino gerühmt wurde.

27

Wieneke gähnte. Er machte verschlafen einen Schritt zur Seite und wäre fast in ein Schlagloch im Bürgersteig getreten. Er hatte zwar acht Stunden geschlafen, fühlte sich aber dennoch gerädert wie nach einem Transatlantikflug. Aber es war die Mühe wert gewesen. Kein anderer ausländischer Journalist außer ihm hatte in der Nacht draußen vor der *Questura* gestanden. Er hatte mit Giovanni drei Stunden im feuchten Morgengrauen ausgeharrt, um schließlich mitzuerleben, wie Saruzzo Greco aus dem Polizeiwagen gezerrt und unter dem Jubel der Polizisten abgeführt worden war. Es war ein komisches Gefühl. Als Wieneke in der Menge der Schaulustigen gestanden hatte, hatte er ein mulmiges Gefühl gehabt. Menschenmengen machten ihn immer etwas beklommen, in Afrika hatte er einmal miterlebt, wie die Stimmung in einer Schlange für Lebensmittel blitzartig umgeschlagen war, und hier war man ja nicht weit von Afrika entfernt.

Wieneke zündete sich eine Zigarette an. Neben ihm eine Gruppe Männer, die vor einer Autowerkstatt standen. Und ihn beobachteten. Oder vielleicht auch nicht. So genau konnte man das in Palermo nie wissen. Wenn er allein irgendwo stand, hatte er immer das Gefühl, angestarrt zu werden. Als würde um seinen Hals ein Schild mit der Aufschrift *Ich bin ein deutscher Journalist* hängen.

Er stand auf dem Bürgersteig und wartete auf Giovanni. Das Hotel hatte Giovanni für ihn gebucht, es hieß *Ucciardhome,* weil es gegenüber vom Ucciardone lag, Palermos Mafiaknast. Eine

Bourbonenfestung. Super Location. Vom Zimmer aus blickte man auf gelbe Tuffsteinmauern, auf Wachen hinter Panzerglas und auf Stacheldraht. Das Hotel warb mit dem Slogan *Gefangene der Entspannung*.

Endlich kam Giovanni.

Wieneke warf seine Tasche hinter den Sitz – und wurde von Giovanni ermahnt, die Tasche nach vorne zu nehmen, niemand in Palermo wäre so blöd, in einem Cabrio eine Tasche hinter den Sitz zu legen, das sei eindeutig eine Aufforderung zum Diebstahl. Wieneke klopfte Giovanni auf die Schulter und ließ sich auf den Beifahrersitz fallen.

Fronteinsatz?, fragte Giovanni und zupfte an Wienekes Weste.

Immer schön vorsichtig, Alter, sagte Wieneke grinsend.

Er trug eine Khakihose, die im Schritt etwas durchhing, Trekkingschuhe und seine Einsatzweste. Die er nun zum dritten Mal ergebnislos nach seinen Vanillezigaretten absuchte. Bis ihm Giovanni wortlos sein silbernes Zigarettenetui reichte. Ächzend zündete sich Wieneke eine Zigarette an und inhalierte so tief, bis er das Nikotin in den Lungenspitzen spürte.

Habe gerade mit der Redaktion telefoniert. Stell dir vor, die Romkorrespondentin hat Tillmann angeboten, etwas über Grecos Verhaftung zu machen.

Echt?

Die war natürlich fertig, als sie hörte, dass ich schon nach Palermo geflogen bin, als über die Agenturen noch gar nichts gelaufen war.

Und wem hast du das zu verdanken, du Sack?

Jetzt sag mir mal, wie es kommt, dass du schon vorher Bescheid wusstest?

Man hat so seine Quellen, sagte Giovanni und lachte.

Als ihm die Sonne ins Gesicht schien, sah Wieneke zum ersten Mal, dass auch Giovanni sich die Augenbrauen zupfte. Obwohl er gar nicht aus Neapel stammte. Italienische Männer. Immer etwas schwuchtelig.

Nee, Ehre, wem Ehre gebührt, sagte Wieneke. Ich hab da kein Problem mit. Die Tusse wird schön weiter über den Vatikan schreiben. Sizilien, das ist mein Beritt.

Interview mit Romano um fünf, sagte Giovanni. In der *Questura*. Wieneke tätschelte gönnerhaft Giovannis Schulter, streckte die Beine aus, gähnte und fuhr mit dem Finger über den Staub, der sich auf dem Armaturenbrett des Cabrios gesammelt hatte.

Saharasand?

Kennst dich ja schon gut in Palermo aus, sagte Giovanni, ließ den Wagen an und fuhr los. Der Wind vom Meer legte sich wie ein warmes, feuchtes Handtuch auf die Haut. Sie fuhren über die breite Ausfallstraße am Wasser entlang. Mit Blick auf die im Nachmittagslicht dümpelnden Boote sagte Wieneke beiläufig: Die Bildredaktion wollte mir übrigens einen anderen Fotografen aufs Auge drücken. Irgend so eine Worldpress-Wurst, irgendeinen Antonio, aber ich habe denen nur gesagt: *Never change a winning team.*

Manchmal musste man eben klarmachen, wo der Hammer hing. Wieneke hatte sich zwar dafür eingesetzt, dass Giovanni im Editorial für die Don-Pace-Geschichte lobend erwähnt worden war und dass seine Fotos im Foyer des Verlagshauses zu sehen waren, aber man musste es nicht übertreiben. Viele Fotografen schnappten über, wenn sie kurz hintereinander zwei Aufträge von *FAKT* erhielten.

Nee, jetzt mal echt. Bin froh, dass wir die Geschichte machen.

Ach ja, sagte Giovanni spitz und stellte das Radio lauter, in dem von nichts anderem die Rede war als von Grecos Verhaftung. Giovanni übersetzte: Endlich könne Sizilien wieder frei atmen. Die Verhaftung von Saruzzo Greco sei das außergewöhnliche Ergebnis eines verschwiegenen und geduldigen Einsatzes gewesen, der mit Entschlossenheit und unvergleichlicher Professionalität von den sizilianischen Polizeikräften ausgeführt worden sei, denen besonderer Dank gebühre. Der

Generalstaatsanwalt, der Chef der parlamentarischen Antimafia-Kommission, der Ministerpräsident, der Oppositionsführer – alle gratulierten zu der Festnahme. Die Nachrichtenagenturen meldeten, dass dies ein Sieg des italienischen Staates sei, der glücklichste Tag Siziliens. Der Staatspräsident stellte fest, dass nun ein Mühlstein von Siziliens Brust genommen worden sei.

Und dabei war der Greco eigentlich nur so ein hutzeliges Männchen, sagte Wieneke. Ich hatte mir den ganz anders vorgestellt.

Tja, sagte Giovanni, raste in eine Unterführung und überholte halsbrecherisch auf der engen Fahrspur. Wieneke fasste sich im Dunkeln an die Eier, das sollte auf Sizilien ja Glück bringen. Erst als sie die Umgehungsstraße verließen und Palermos dichter Verkehr Giovanni dazu zwang, das Tempo zu drosseln, atmete er auf. An einer Ampel stand ein Mann in grüner Fantasieuniform mit goldenen Tressen, der sich dem Wagen näherte, weil er Karten für den Zirkus verkaufen wollte. Er war so dünn, dass die Uniform an seinen Beinen schlotterte.

Verpiss dich, zischte Giovanni, als der Mann näher kam.

Wir haben hier schon genug Zirkus, rief Wieneke und kontrollierte auf Google, was in der Zwischenzeit in Deutschland über die Festnahme Grecos gelaufen war. Viel war es nicht, die meisten Redaktionen hatten einfach nur die Meldungen der italienischen Nachrichtenagenturen und Tageszeitungen abgekupfert.

Hatte gar nicht auf dem Schirm, dass dieser Greco so lange flüchtig war, sagte Wieneke. Was meinst du, wer wird ihn jetzt ersetzen? Vielleicht Don Pace? Er kicherte.

Giovanni antwortete nicht sofort. Er schwieg und zündete sich eine Zigarette an. Das satte Geräusch des Zippo verhieß Wieneke, dass es auf seine Frage keine einfache Antwort geben konnte. Giovannis pädagogische Ader konnte einen manchmal rasend machen. Dieser Pathos, dieses tiefe Einatmen, dieses Den-Rauch-durch-die-Nase-Ausstoßen, dieser bedächtige Ton, in dem er jetzt sagte: Alles ist jetzt möglich. Es kann zur Anarchie kommen. Zum Kampf um die Macht. Zum Krieg zwischen der Mafia draußen und der Mafia drinnen: Draußen ist die junge, aufstrebende Mafia, und im Gefängnis sitzt die alte Mafia.

Wieneke dachte an Don Pace und dessen erstaunliche Ähnlichkeit mit seinem Cousin Andy. So sah also die neue Mafia aus. Wieder mal ein Beweis dafür, dass man sich von Äußerlichkeiten nicht beeinflussen lassen sollte.

Aber diese Wäschespur, das ist doch echt ein Ding, oder? Wieneke versuchte, sich das Wäschepaket vorzustellen, ein paar Altherrenunterhosen drin, Doppelripp mit seitlichem Eingriff.

Es ist doch eigenartig, wenn einem Boss nach über dreißig Jahren Flucht ein solcher Fehler unterläuft. Dass er nur deshalb festgenommen wird, weil ihm seine Frau ein paar saubere Unterhosen zukommen ließ? Ich meine: Ist doch irre, oder?

Manchmal steckt der Teufel eben im Detail, sagte Giovanni gleichmütig und erklärte, dass sie jetzt in Brancaccio angekommen seien, dem Viertel, in dem Don Greco festgenommen worden war.

Hier bestand alles aus Beton, Hochhäuser wie Gefängnistürme, überwuchert mit Satellitenschüsseln, Sozialbauten, von denen der Zement abbröckelte und in denen man für siebzig Euro im Monat hauste, wie Giovanni erklärte. Wieneke klopfte seine Taschen ab, endlich fand er sein Notizbuch, um umgehend *70 €* und *Sozialwohnungen* zu protokollieren. Dicht neben den Häusern führten Bahngleise vorbei, daneben türmten sich von Unkraut überwucherte Schuttberge. Mittendrin stand eine mittelalterliche steinerne Brücke, unter deren Bögen kein Wasser rauschte, sondern Gras wuchs und Grillen zirpten. Wieneke notierte: *sinnl. Brücke.*

Die Wohnküche, in der Greco festgenommen worden war,

befand sich in einem unscheinbaren zweistöckigen Haus, mit den üblichen schmiedeeisernen Balkons und Fliegenvorhängen, die im Licht flirrten. Schon verrückt, sagte Wieneke. Obwohl sich Greco eine Villa auf den Bahamas hätte leisten können, hatte er in dieser Wohnküche gehaust.

Und in einem dunkelblauen Schlafsack geschlafen, ergänzte Giovanni, auf einem Klappbett.

Polizisten hatten alles abgesperrt, Signalband flatterte vor dem Hauseingang. Wieneke notierte: *unsichtbare Polizeiaktion* und versuchte sich vorzustellen, wo die Mikrokameras verborgen gewesen waren, die alle verdächtigen Bewegungen aufgenommen hatten, vor allem den Boten mit dem Wäschepaket. Auf der anderen Straßenseite saßen drei ältere Herren auf Plastikstühlen.

Kannst du sie mal fragen, ob sie Saruzzo Greco kannten?

Klar, sagte Giovanni, schlenderte zu den drei Herren, bot ihnen Vanillezigaretten an und kam mit ihnen ins Gespräch. In sizilianischem Dialekt, der in Wienekes Ohren wie Arabisch klang. Sie redeten und redeten, fielen sich gegenseitig ins Wort, und am Ende sagte Giovanni: Sie haben im Fernsehen von Grecos Verhaftung erfahren.

Mehr haben sie nicht gesagt?, fragte Wieneke, ihr habt doch ewig lange gequatscht.

Nee, mehr nicht, sagt Giovanni, der Rest war unwichtig, ging nur um die Zigaretten.

Übl. sizil. Schweigegebot. Wer spricht, stirbt, notierte Wieneke.

Mehr war nicht los in Brancaccio. Inzwischen war es halb fünf. Also beschlossen sie zum Polizeipräsidium zu fahren, wo Antonio Romano sie zum Interview erwartete. Auf dem Weg dorthin fuhren sie an der Piazza Indipendenza vorbei, Giovanni hatte hier einen guten Freund, der Wieneke etwas zu Saruzzo Greco sagen sollte, aber komischerweise nicht auftauchte. Also fuhren sie weiter durch die Porta Nuova in den Corso Vittorio Emanuele, vorbei an vier Riesen mit Schnauzbart und Turban, die das Stadttor bewachten, das aus dem gleichen Stein geschnitten schien wie die Tuffsteinmauern gegenüber seinem Hotel.

Als ich heute Morgen endlich im Bett lag, dachte ich die ganze Zeit daran, dass Greco im Grunde jetzt bei mir gegenüber wohnt, sagte Wieneke.

Wie meinst du das?

Na, in dem Knast. In diesem Ucciardone. Sie werden ihn doch von der *Questura* aus in den Knast gebracht haben.

Giovanni schüttelte den Kopf. Nee, der ist nicht im Ucciardone.

Sondern?

Im Krankenhaus.

Im Krankenhaus? Wie das? Der sah doch ganz fit aus.

Der hat Krebs.

Wieneke fing an zu kichern.

Giovanni zog die Augenbrauen zusammen. Was ist daran komisch, wenn jemand Krebs hat?

Nee, es ist nur … erstaunlich.

Was ist daran erstaunlich, wenn einer Krebs hat?

Nein, es ist nur ein, wie soll ich sagen, komischer … ein komischer Zufall eben.

Auch im Polizeipräsidium kannte Giovanni wieder jeden. Er klatschte ein paar von den im Eingang stehenden Beamten ab, küsste einen Polizeireporter auf die Wangen, mit dem er zur Schule gegangen war, und bahnte sich den Weg durch ein Fernsehteam, das mit seinen Kisten und Kameras den Weg versperrte.

Ein Beamter öffnete eine Glastür, auf der *Squadra Mobile* stand. Drinnen ließ der warme Wind Zeitungsartikel zittern, eine ganze Wand hing voller Erfolgsmeldungen von Festnahmen: »UND DER BOSS SAGTE: GEBT MIR EINEN STRICK, DAMIT ICH MICH AUFHÄNGEN KANN«, war zu lesen und »FLÜCHTIGER CLANCHEF VERSTECKTE SICH IM WANDSCHRANK«. Daneben hingen Fahndungsfotos, auf denen die Gesuchten aussahen wie Wachsfiguren.

Das kommt dabei raus, wenn Bullen am Computer herumspielen, bemerkte Giovanni. Er tippte auf das Fahndungsfoto von Saruzzo Greco, dem nicht nur Geheimratsecken angehängt worden waren, sondern auch schwammige Konturen. Er war dreißig Jahre lang untergetaucht, und die Ermittler waren davon ausgegangen, dass er ein paar Kilo zu viel herumschleppen und seit Jahren kein Tageslicht mehr gesehen hatte. Als sie ihn festnahmen, mussten sie jedoch feststellen, dass vor ihnen ein älterer Herr mit vollem Haar stand, sorgfältig rasiert und mit frisch gebügeltem Hemd.

Wieneke und Giovanni saßen auf dem Besuchersofa und waren in die Displays ihrer iPhones versunken (Giovanni hatte auf Facebook dreimal mehr Freunde als er), als die Tür aufging und Romano federnd den Raum betrat, zusammen mit dem Polizeipräsidenten, einem untersetzten, dicken Typen mit rotem Gesicht, doppelt so breit wie Romano. Wieneke hätte dem nicht mal zugetraut, eine entlaufene Katze einzufangen, so schwerfällig wirkte er. Jovial klopfte der dicke Polizeipräsident erst Giovanni und dann auch Wieneke auf die Schulter, obwohl er ihn zum ersten Mal sah.

Beflügelt von der Schulterklopf-Arie versuchte auch Wieneke, Romano auf die Schulter zu klopfen, worauf Romano etwas zurückzuckte. Also gratulierte Wieneke ihm nur per Handschlag und fragte sich, ob Romano sich wirklich nicht an ihn erinnerte oder nur so tat.

Romano legte eine CD ein und zeigte ihnen ein Video von Grecos Festnahme, Aufnahmen von der Observation, von Polizeihubschraubern, von der Wohnküche, in der Greco festgenommen worden war, von vermummten Polizisten, die mit Maschinenpistole durch das Haus liefen, zwei anderen im Bett liegenden Mafiosi Handschellen anlegten, und ihnen danach beruhigend den Rücken tätschelten, so wie man das bei Kindern macht, damit sie schneller einschlafen.

Drei Monate lang haben meine Männer das Haus observiert, sagte Romano, einige waren als Zigeuner verkleidet, andere als Straßenarbeiter oder als Regenschirmverkäufer. Nach Wochen der Beschattung waren wir endlich sicher, dass Greco dort war und wir das Haus stürmen konnten.

Er hat keinen Widerstand geleistet, betonte der Polizeipräsident.

Frag sie mal, warum sich Greco seine Unterhosen bringen ließ, wenn es da, wo er sich versteckt hielt, auch eine Waschmaschine gab, flüsterte Wieneke. Giovanni übersetzte errötend.

Das ist eben der menschliche Faktor, sagte Romano.

Manchmal haben auch Bosse Pech, echote der Polizeipräsident.

Romano ließ die CD weiterlaufen. Man sah, wie er Greco die Handschellen anlegte und Greco kaum aufblickte. Erst als Romano ihn ansprach, flog ein spöttisches Lächeln über Grecos Gesicht.

Frag ihn mal, was er gesagt hat, flüsterte Wieneke.

Ich habe gesagt: Kein Schmerz ist größer, als sich der Zeit des Glückes zu erinnern, wenn man im Elend ist, sagte Romano.

Ah, sagte Wieneke. Denn Saruzzo Greco machte keineswegs den Eindruck, sich im Elend zu befinden. Selbst als er in einem Triumphzug in das Polizeipräsidium gebracht wurde und die Kollegen von der Fahndungseinheit grölend und jubelnd auf die Dächer der Einsatzwagen geklopft hatten, hatte er keine Miene verzogen.

Wieneke sah, wie Greco sich wortlos in das Präsidium führen und fotografieren ließ. Würdevoll und Achtung gebietend blickte er in die Kamera, er ließ sich keine Minute aus der Ruhe bringen, es schien, als würde er am Ende sogar dem Polizeipräsidenten gratulieren, mehr als eine Verhaftung schien es ein Tennisturnier zu sein: Greco in drei Sätzen unterlegen, zertrümmerte aber nicht den Schläger, sondern beglückwünschte seinen Gegner zum Sieg.

Und das mit dem Schmerz und dem Elend, war das irgendein Code?, fragte Wieneke. Wegen seiner Krankheit?

Was für eine Krankheit?, zischte der Polizeipräsident jetzt überhaupt nicht mehr jovial, sondern irritiert.

Ich meine: Hat Greco sich gestellt? Wegen seiner Krankheit?

Romano blickte ihn finster an. Giovanni fixierte Wieneke wie ein exotisches Insekt.

Ich meine, du hast mir doch gesagt, dass er nicht ins Gefängnis gebracht wurde, sondern ins Krankenhaus.

Ja, schon, sagte Giovanni verlegen. Aber das heißt nicht, dass Greco sich gestellt hat.

Romano wandte sich an Giovanni. Wieneke verstand nur das Wort *Ospedale*, das während eines langen Palavers immer wieder fiel. Plötzlich schienen alle ziemlich genervt zu sein.

Jetzt drehte sich Giovanni zu ihm. Dottor Romano (vorher hatte er immer nur Romano gesagt, warum jetzt plötzlich so unterwürfig?) sagt, dass in Italien die Menschenrechte respektiert würden, und das gilt natürlich auch für soeben inhaftierte Bosse. Deshalb wurde Greco nach seiner Verhaftung sofort ins Krankenhaus gebracht. Völlig normal. Usus. Zumal Greco über dreißig Jahre lang auf der Flucht war und wohl kaum Gelegenheit dazu hatte, seinen Gesundheitszustand zu überprüfen.

Und was den Satz betrifft, den Dottor Romano bei der Verhaftung sagte, das war Dante, belehrte ihn der Polizeipräsident.

Verstehe ich nicht, sagte Wieneke.

Es handelt sich um ein Zitat. Dottor Romano kennt sich in vielen Dingen aus, die man nicht von ihm erwartet. Er hat eine Schwäche für Literatur.

Auf dem Bildschirm sah Wieneke, wie Greco seinen Daumen und seinen Zeigefinger erst auf ein Stempelkissen, dann auf ein Blatt drückte und alles unterzeichnete. Er malte seine Unterschrift mit der Sorgfalt eines Kindes.

Der Anti-Staat trifft auf den Staat, sagte der Polizeipräsident ergriffen.

Romano beendete das Programm, ließ die CD auswerfen

und reichte sie Wieneke, der sie ungläubig in den Händen hielt.

Das wird der Hit auf der Webseite von *FAKT*, sagte Wieneke und steckte die CD in eine Tasche seiner Weste.

Das wird eine Klickrate, von der die Konkurrenz nur träumen kann, sagte Giovanni.

Auf jeden Fall hatte es sich gelohnt, nach Palermo geflogen zu sein, sagte Wieneke schließlich versöhnlich. Darmkrebs hin oder her. Deal hin oder her. Es war echt spannend, so eine Verhaftung mal aus der Nähe zu sehen.

In der Tat war es eine exzellente Aktion, sagte der Polizeipräsident, als er sie zusammen mit Romano zum Ausgang begleitete. Ein Sieg der Verschwiegenheit, betonte er. Wir waren in den letzten Wochen alle sehr angespannt, besonders der Kollege Romano, auf dessen Schultern die ganze Verantwortung lag. Ein falsches Wort, und die ganze Sache wäre aufgeflogen.

Ja, sagte Romano, wir wären alle aufgeflogen.

28

Die römischen Freunde von Saruzzo Greco haben beschlossen, dich zu beseitigen. 15 Kilo Sprengstoff für dich sind bereits angekommen. Cosa Nostra hat ihre Zustimmung gegeben, aber ich bin nicht einverstanden. Du bist mit den falschen Personen auf einer alten Dschunke unterwegs. Damit du nicht vom Orkan verschlungen wirst, gebe ich dir ein paar Informationen. Der Feind spioniert dich aus, wo er will und wann er will. Pass auf, wenn du sprichst, mit wem du sprichst, es ist, als hätte man dir einen Mikrochip implantiert.

Serena steckte den Brief weg, als würde sie sich schämen. Er erinnerte sie daran, wie sie in Deutschland einmal gehört hatte, wie zwei Kinder stritten und das eine Kind zu dem anderen verächtlich *Du Opfer* sagte. Sizilianer sagten nicht *Du Opfer*, sondern *Du Schlachtvieh*. Jedenfalls wurden Leibwächter von Staatsanwälten so genannt. Was man anderswo als zynisch bezeichnen würde, nannte man auf Sizilien fatalistisch. Es mochte daran liegen, dass die Farben hier stärker und das Licht erbarmungsloser war.

Nein, nicht in den Justizpalast. Zu den Giardini Zisa, wir fahren in Russos Büro, sagte Serena.

Sie war erleichtert gewesen, als sie endlich Mimmos dünne Barthaare auf dem flimmernden Videoschirm gesehen hatte. Als sich die Fahrstuhltür öffnete, erwartete sie, dass sie jemand niederschlagen würde. Als Mimmo den Schlüssel im Zündschloss umdrehte, schloss sie die Augen. Als sie an der Ampel standen und sich in dem Auto neben ihr das Fenster öffnete, hatte ihr Herz erst wieder normal geschlagen, als sie sah, dass die Hand, die aus dem Fenster gestreckt wurde, eine Zigarettenkippe auf die Straße schnippte.

Endlich rief Vito Licata zurück.

Natürlich habe ich den Brief schon angefasst, Vito, wie hätte ich ihn sonst lesen sollen? In der Tat ist es kein Zufall, dass Russo erst gestern die Wanze in meinem Modem entdeckt hat. Ja, wir sehen uns direkt bei ihm.

Obwohl Russo wieder im Polizeidienst war, traute er dem Frieden nicht und hatte sein Ermittlungsbüro behalten, eine digitale Kommandozentrale, ein Bunker mit PC-Türmen, Beamern, Camcordern und der Raumtemperatur eines Kühlschranks.

Vito wartete auf sie, an einem Glastisch sitzend, hinter ihm stand ein Fernseher, auf dem das Programm von *Rai uno* lief, Gott sei Dank ohne Ton. Serena legte den Brief auf den Tisch und steckte die Hände in die Taschen, um zu verbergen, dass sie zitterte.

Eins ist klar, sagte Russo. Der das geschrieben hat, ist kein Verrückter. Und kein *punciuto*. Das ist einer von den Diensten.

Fehlgeleitete …, sagte Licata.

Nicht schon wieder, Vito.

Serena blickte auf das Einstecktuch in seinem Jackett, eine welke, schlaffe lila Blüte, wie immer passend zur Krawatte. Im Neonlicht von Russos Kühlraum wirkte Licatas Gesicht noch blasser als sonst.

Es gehört nicht viel dazu, um zu kapieren, dass es einer von den Diensten ist und kein Mafioso, sagte Serena. Allein diese pompösen Metaphern: *alte Dschunke, Orkan*.

Auf jeden Fall ist der Zeitpunkt interessant, sagte Russo. Jetzt, wo Greco festgenommen worden und die Welt davon überzeugt ist, dass die Mafia besiegt wurde, interessiert sich keiner für die Drohung. Vor allem nicht, wenn sie einer Staatsanwältin gilt, die es gewagt hat, den Staatspräsidenten abzuhören.

Serena ertrug es nicht, sitzen zu bleiben, und sich an der Fachsimpelei über diesen Drohbrief zu beteiligen, als säßen sie bei einer juristischen Tagung. Nervös sprang sie von ihrem Stuhl auf, es war, als müsste sie sich versichern, dass wenigstens ihr Körper noch auf ihr Kommando hörte. Sie lief auf und ab, aber in diesem Bunker gab es keine Fenster, dessen Aussicht sie abgelenkt hätte. An der Wand hing nur der obligatorische Nachdruck einer antiken Karte des normannischen Königreichs Sizilien, mit dem sich Dienststellen, Amtszimmer, Schreibstuben, Kanzleien und Behörden schmückten. Je entfernter die Vergangenheit, desto tröstlicher war sie.

Di Salvo hat das Komitee für Ordnung und Sicherheit informiert, sagte Vito Licata. Sicherheitsstufe zwei oder vielleicht sogar eins. Zwei gepanzerte Autos, vier Männer. Die Kanaldeckel vor deinem Haus werden versiegelt.

Gut wäre ein Störsender, um die Fernzündung von Bomben zu verhindern, sagte Russo.

Kostet zweihunderttausend Euro, sagte Licata.

Deine Mutter muss auch informiert werden. Gibt es noch irgendetwas, was wir wissen müssten? Irgendwelche besonderen Kontakte in der letzten Zeit?

Serena schwieg lange. Sie dachte an Romano. An seinen glatten, unbehaarten Körper. An sein Weinen. Und sagte: Nein.

29

In der Küche lief das Fernsehen, eine Dokumentation mit dem Titel *Schachmatt dem König*, man hörte die Polizeisirenen und den Jubel der Polizisten bis ins Wohnzimmer.

Hast du gestern die Sendung über die Verhaftung gesehen?, fragte Serenas Mutter. Die Direktübertragung von *Rai uno* aus Grecos Versteck?

Nein, Mamma.

Warum nicht? Interessiert dich das etwa nicht? Noch ein Apostelfinger, Signor Paolo?

Ohne seine Antwort abzuwarten, lud ihre Mutter ihm ein weiteres mit Ricotta gefülltes Stück Biskuit auf den Teller. Schamlos, wie katzenfreundlich sie sein konnte, sobald ein Mann in ihrer Nähe war. Seitdem sie wusste, dass Signor Paolo die Apostelfinger aus der Pasticceria Scimone liebte, stand für ihn bei jedem Besuch ein ganzes Tablett bereit. Seinen Kollegen Mimmo beglückte sie mit Cannoli, die sie in der Pasticceria Oscar gekauft hatte.

Willst du nicht auch ein Stück, Serena?

Serena antwortete nicht, sondern verdrehte nur die Augen.

Ihre Mutter wandte sich Paolo zu und deutete auf Serena.

Sie isst sie wegen ihres Namens nicht.

Sie erinnern mich daran, dass Saruzzo Greco einem Jungen, den er für einen Dieb hielt, zwei Finger abgeschnitten hat, bevor er ihn erwürgte.

Ihre Mutter warf Serena einen bösen Blick zu. Und redete weiter.

Also, ich fand wirklich beeindruckend, wie diese Moderatorin von *Rai uno mattina*, diese hübsche Brünette, wie heißt sie noch, sag mal schnell …

Keine Ahnung.

… Teresa Landini?, warf Paolo ein.

Ja, genau! Wie sie in der Wohnküche unter der Wäscheleine stand und alles erklärte. Die Heiligenbilder und den Hausaltar und die Bücher von Edith Stein, die der Ermittler, wie hieß er noch, der von der *Squadra mobile*?

… Romano, sagte Paolo.

… ja, dieser Romano, und dann war auch noch der Generalstaatsanwalt Di Salvo im Studio, zusammen mit dem Polizeipräsidenten.

Serena tat so, als blickte sie interessiert aus dem Fenster. Als hätte sie noch nie etwas Spannenderes gesehen als einen parkenden Lieferwagen, schlafende Straßenhunde und den Gemüsehändler gegenüber.

Ja, ein großer Tag … besonders für Romano, sagte Paolo mit Seitenblick auf Serena. Und ich hatte ihn immer für integer gehalten.

Ich auch, sagte Serena.

Wieso? Ist er das etwa nicht?, fragte ihre Mutter.

Mamma, bei Grecos Festnahme wurden dreihundert Zettelchen gefunden, die nur von kleinen, niedlichen Erpressungsdelikten handelten und von denen kein einziger einen Hinweis auf einen einzigen Politiker enthielt, der mit ihm zusammengearbeitet hat.

Ja, und?, fragte Serenas Mutter.

Porca Miseria, Mamma. Ist das so schwer zu verstehen?

Sehen Sie, Signor Paolo, das ist der Dank, wenn man dafür sorgt, dass es den Kindern besser geht. Am Ende verlieren sie den Respekt.

Zu Serena gewandt, sagte sie: Also, ich verstehe wirklich nicht, warum du dich so aufregst.

Serena wich ihrem Blick aus und starrte angestrengt auf ihr

Telefon. Schon wieder hatte der deutsche Journalist angerufen. Er hatte sogar im Justizpalast angerufen und der Sekretärin ausgerichtet, dass er auf einen Rückruf warte. Er hatte ihr auch eine SMS geschickt. Und jetzt hatte er ihr auf Band gesprochen.

Ja, hallo, hier ist der Wieneke, sagte er und korrigierte sich, hier ist Wolfgang Wieneke, rufen Sie mich bitte dringend zurück.

Dringend. Für Journalisten war immer alles dringend. Wahrscheinlich wollte er die herzbewegende Geschichte eines Schlachtopfers schreiben. Sie löschte seine Nachricht. Stand auf und ging ins Badezimmer. Verriegelte die Tür hinter sich, ließ kaltes Wasser über ihre Unterarme laufen, setzte sich auf den Badewannenrand und versuchte tief durchzuatmen.

Als sie wieder zurück ins Wohnzimmer ging, hörte sie, wie Paolo ihrer Mutter geduldig zu erklären versuchte, dass Greco seit Jahren das *Phantom der Oper* genannt wurde, weil viele Polizisten Zeugen von spektakulär gescheiterten Festnahmen Grecos geworden waren – nicht zuletzt Paolo selbst. Er schilderte ihr ausführlich den Ablauf einer missglückten Verhaftung, als einer seiner Informanten mit Greco verabredet gewesen war, Greco aber nicht auftauchte, weil es eine undichte Stelle gegeben hatte und der Informant kurz darauf in einen fingierten Selbstmord getrieben wurde. Und am Ende seiner Ausführungen lächelte ihre Mutter Paolo so zu, wie man einem lieben, aber etwas zurückgebliebenen Kind zulächelt, dessen Horizont nicht ausreicht, um die Tragweite der Wirklichkeit zu verstehen.

Sie zeigte auf eines der in Silber gerahmten Kinderfotos, die im Wohnzimmerschrank standen, Serena mit kinderblondem Haar und einem riesigen roten Ledertornister auf dem Rücken.

Das war, als wir in Deutschland lebten. Mein Mann wurde sogar einmal in die Schule gerufen, weil meine Tochter, wie die Lehrer meinten, von einem exzessiven Gerechtigkeitssinn getrieben wurde. Sie hatte auf dem Schulhof einen Mitschüler verprügelt, weil der ihrer besten Freundin angeblich ein Büschel Haare herausgerissen hatte.

Mamma, ich bin eigentlich vorbeigekommen, um dir zu sagen, dass dich morgen ein Kollege von der Sicherheit besuchen wird.

Mich? Warum mich? Noch einen Espresso, Signor Paolo?

Ohne eine Antwort abzuwarten, ging ihre Mutter in die Küche, schraubte die Espressomaschine auf, füllte etwas Wasser und etwas Kaffeepulver ein und setzte sie auf den Gasherd. Dann zischte sie Serena zu: Was hat das denn zu bedeuten? Dass die Sicherheit zu mir nach Hause kommt?

Ich habe eine Drohung bekommen. Die werden hier vor dem Haus Halteverbot einrichten. Und die Kanaldeckel versiegeln. Ich wollte dich nur informieren, damit du es nicht aus der Zeitung erfährst.

Aber sind das nicht immer solche Verrückte? Du hast mir doch selbst gesagt, dass es meistens Größenwahnsinnige sind, die man nicht ernst nehmen muss.

Ja, aber ein Größenwahnsinniger hätte nicht mit dieser Präzision meine Gewohnheiten beschreiben können, er hätte nicht gewusst, wie oft und wann ich meine Mutter besuche, in welchem Restaurant ich mir mein Essen bestelle, mit welchem Flug ich neulich aus Venedig zurückgekommen bin, und welchen Weg Mimmo gestern Morgen zum Justizpalast genommen hat. Außerdem hätte er nicht geschafft, in mein Modem eine Wanze einzubauen.

Serena sah, wie ihre Mutter anfing, nervös an den Knöpfen ihrer Bluse zu drehen. Ihre Nasenspitze wurde weiß.

Das Modem hat mit dem Computer zu tun, fügte Serena hinzu.

Und was ist aus dem komischen Einbruch bei dir geworden? Bei dem nichts geklaut wurde?

Doch, mein Computerstick wurde geklaut.

Ja, aber es wurde doch nichts von Wert geklaut, kein Schmuck, nichts.

Der Stick war mehr wert als alles andere.

Und hat man nichts gefunden? Ich meine: keine Spuren?

Nichts. Nicht mal Fingerabdrücke. Es heißt, ich hätte mir den Einbruch eingebildet.

Kein Wunder, wenn du dich mit dem Präsidenten anlegst.

Serena zuckte zusammen wie nach einem Schlag in die Magengrube. Sie versuchte sich einzureden, dass ihre Mutter es einfach nur gut meinte. Sie versuchte überlegen zu sein. Nachsichtig. Tolerant. Wahrscheinlich erwarteten alle von ihr, dass sie sich wie eine heroische Todgeweihte verhielte, wie eine Märtyrerin, die noch in der Stunde ihres Todes bescheuerte Ermutigungen von sich gibt, solche wie Zia Melina sie in Kissen zu sticken pflegte: *Ohne Leid würden wir nicht wissen, was Freude ist.*

Aber sie schaffte es nicht. Sie fing an zu schreien. Ich lege mich mit niemandem an, verdammte Scheiße. Mir wäre es lieber, wenn auch nur einer dieser erbärmlichen Figuren gestanden hätte. Wenn auch nur einer von ihnen einmal gesagt hätte: Ja, ich bereue! Ich gestehe, diejenigen aus dem Weg geräumt zu haben, die sich unseren Interessen in den Weg stellten! Ich bekenne, dass an meinen Händen Blut klebt!

Schschsch, nicht so laut. Mein Gott, was ist denn in dich gefahren? Du bist in letzter Zeit so aggressiv. Ich verstehe wirklich nicht, warum du dich so aufregst.

Du fragst, warum ich mich aufrege? Weil ich Angst habe, in die Luft zu fliegen, wenn Mimmo den Wagen anlässt. Weil ich vierundzwanzig Stunden am Tag beobachtet werde. Weil ich nicht mehr weiß, wem ich trauen kann.

Ihre Mutter blickte sie an, als sei sie verrückt geworden. Die Espressomaschine begann zischend zu brodeln, etwas Kaffee lief heraus und löschte die Gasflamme.

30

Die Geschichte über Grecos Festnahme war im Heft, zwei Doppelseiten. Gerade hatte Wieneke noch mit dem Dokumentar von *FAKT* darum ringen müssen, ob es sich um Zikaden oder um Grillen handelte, die unter der sinnlosen Brücke in Brancaccio gezirpt hatten. Die Grille sägt und die Zikade singt!, hatte der Dokumentar triumphierend festgestellt und hinzugefügt: Die Details müssen sitzen! Mit so einem Stuss musste man sich herumschlagen.

Giovanni fuhr in einem kleinen Fiat Panda vor, den er sich für die Fahrt geliehen hatte, weil der Mercedes zu auffällig war. Kaum hatte sich Wieneke auf den Sitz geworfen, fuchtelte Giovanni schon wieder mit der Kapuze herum. Und das, obwohl sie jetzt zum dritten Mal Don Pace trafen.

Pass mal auf, es ist ja wohl ein Vertrauensbeweis, dass mir Don Pace seit Tagen sein Leben erzählt, da erübrigt sich das mit der Kapuze doch, sagte Wieneke.

Vertrauen ist gut, Kontrolle ist besser, sagte Giovanni.

Er gestand Wieneke nur zu, dass er die Kapuze erst später aufsetzen müsste, wenn sie Palermo bereits verlassen hätten.

Tatsächlich versuchte Wieneke anfangs, sich wenigstens die Richtung zu merken, er notierte, dass sie an einem orientalisch anmutenden Innenhof mit Katzenkopfpflaster vorbeifuhren, an Palmen, die sich leicht im Wind bewegten, an Pferdekutschen und an Betonbauten, die aussahen wie gestrandete Ozeandampfer, aber bald gab er es auf. Und setzte sich resigniert die Kapuze auf.

Don Pace begrüßte Wieneke wie einen alten Bekannten. Er schüttelte ihm die Hand und tätschelte ihm dabei vertraulich den Oberarm. Auch seine Bodyguards wirkten etwas weniger feindselig. Dieses Mal fand das Treffen in einer Lagerhalle statt, in der nichts anderes stand als drei Stühle und ein Resopaltisch. Wieneke hatte seine Fragen ausgedruckt und legte sie auf den Tisch, einige Fragen hatte er bereits abgehakt, wie wird man ein Pate, wie steigt man auf, wie verdient man sich eine Beförderung. Giovanni führte wie immer das Gespräch, er gab hin und wieder eine Zusammenfassung, damit Wieneke ungefähr wusste, was Don Pace geantwortet hatte. Die Feinarbeit kam später. Giovanni würde das Interview transkribieren und übersetzen. Für fünftausend Euro.

Wieneke stellte das Aufnahmegerät an und dachte darüber nach, ob er Don Paces Lebensgeschichte in Rückblicken schildern oder besser doch linear erzählen sollte, als er bemerkte, wie sich Giovanni, der bislang für seinen Geschmack etwas zu zerstreut übersetzt, beziehungsweise zusammengefasst hatte, plötzlich straffte und anfing, Wort für Wort zu übersetzen.

Ich kannte Serena Vitales Vater gut, sagte Don Pace und lächelte. Ich kenne ein paar Sizilianer in Dortmund, mit denen Serena Vitales Vater zusammengearbeitet hat.

Das war in der Tat interessant.

Und was hat Serena Vitales Vater gemacht?

Er war erst Stahlarbeiter, danach hat er versucht, ein paar krumme Geschäfte zu machen, sagte Don Pace.

Wann?

Vor dreißig Jahren.

Wahnsinn, sagte Giovanni.

Die Sizilianer in Dortmund sind gute Freunde von mir. Wenn es Sie interessiert, kann ich Sie mit ihnen in Verbindung bringen.

Und was soll daran die Geschichte sein?, fragte Wieneke, jetzt schon wieder etwas abgekühlt. Er war immer skeptisch, wenn Laien ihm eine Geschichte anzudrehen versuchten. Und die hier war dreißig Jahre alt. Nicht alles, was interessant ist, ist auch eine Geschichte.

Vitale kam in Dortmund ums Leben. Damals gab es einen Prozess. Es hieß, dass Vitale Opfer einer Schutzgelderpressung geworden sei. In Wahrheit war er nicht Opfer, sondern Täter. Aber niemand war daran interessiert, sie an den Tag zu bringen. Wir auch nicht. Serena Vitales Vater war tot, Friede seiner Seele.

Woran ist er gestorben?

An einer Rauchvergiftung. Infolge eines Wohnungsbrands. Ich hätte nicht darüber gesprochen, wenn Serena Vitale in ihrer Arbeit nicht ständig über das Ziel hinausschießen würde. Verstehen Sie mich nicht falsch, es geht mir nicht darum, auf das Rote Kreuz zu schießen, aber eine Staatsanwältin, die einen Minister wegen seiner angeblichen Zusammenarbeit mit der Mafia anklagt, ist wenig glaubwürdig, wenn man ihre Familiengeschichte kennt.

Wieneke saß etwas benommen da. Mit so einer Entwicklung hatte er nicht gerechnet. Er versuchte seine Gedanken zu ordnen. Die Vitale musste ja nicht unbedingt eine schlechte Staatsanwältin sein, nur weil ihr Vater … Andererseits. Vielleicht könnte so endlich eine Geschichte über die Mafia in Deutschland herausspringen. Don Pace stand auf und machte mit den Fingergelenken knackend klar, dass die Sitzung beendet war.

Später im Hotel telefonierte Wieneke mit ein paar Kollegen aus seinem Ressort in Hamburg, er wollte sich kurz beraten, von Vitales Vater erzählen, aber dann gab er es auf. Niemand interessierte sich für Geschichten, alle faselten nur noch von frischem Content, mit Betonung auf der ersten Silbe, Content, die Redaktion war keine Redaktion mehr, sondern ein *house of content*, und wer überleben wollte, musste sich den Gegebenheiten anpassen. Er rief einen Kollegen in Dortmund an, aber der klang schwer depressiv und gestand ihm, dass er seit einem Monat in Rente war, Vorruhestand, weil die *Ruhrnachrichten* siebzig Leute entlassen hatten. Immerhin erinnerte er sich noch an die Geschichte mit dem Brand. Und gab ihm die Telefonnummer von einem Polizisten, der sich damals mit dem Fall beschäftigt hatte.

Wieneke ließ ein Taxi rufen, um Giovanni in einem Restaurant zu treffen. Jedes Mal, wenn er in Palermo in ein Taxi stieg, hatte er den Verdacht, dass der Taxifahrer seine mangelnde Ortskenntnis ausnutzte und einen Umweg fuhr. Das Lokal befand sich irgendwo in den Eingeweiden von Palermo, der Taxifahrer musste die Spiegel einklappen, um die Gassen passieren zu können. Als Wieneke das Restaurant betrat, stellte er überrascht fest, dass es auch irgendwo in London, Paris oder New York hätte sein können. Ein Loft mit unverputzten Wänden, rechteckigen Kirschholztischen, Plexiglasstühlen und weißen Ledersofas und einer Raumtemperatur wie in Hamburg im November.

Giovanni saß bereits am Tisch, in der Hand die Speisekarte. Die Preise waren nicht so minimalistisch wie die Einrichtung, aber Wieneke würde den Abend als Bewirtung abrechnen. Wobei es ihn ärgerte, dass Giovanni nie, aber wirklich nie auf die Idee kam, auch mal die Rechnung zu übernehmen. Oder zumindest so zu tun.

Sicher, auch Wieneke war der Meinung, dass *FAKT* ihm ein Abendessen in Palermo finanzieren konnte, zumal diese Vorstandswurst, die den Verlag in den letzten Jahren vor die Wand gefahren hatte, vor kurzem mit fünf Millionen Euro abgefunden worden war. Wenn man das bedachte und Wienekes Spesensatz danebenstellte (Tagessatz Italien: vierunddreißig Euro, wäre es Rom gewesen, zweiundfünfzig Euro, am Ende zahlte er bei jeder Dienstreise drauf), dann war dieses Abendessen das Mindeste, was man erwarten konnte.

Ich schlage vor: Erst Spaghetti mit Seeigel und dann gegrillte Scampi, sagte Giovanni.

Ich steh nicht so auf Fisch.

Seeigel und Scampi sind kein Fisch, sagte Giovanni und orderte eine Flasche Chardonnay.

Wenn es kein Fisch sein soll, wie wäre es dann mit Gänseleber als Vorspeise?

Ich bin kein Tierquäler, sagte Wieneke.

Ja, was denn jetzt, sagte Giovanni, kein Fisch, kein Fleisch, willst du vielleicht ein Ei?

Noch bevor Wieneke antworten konnte, bestellte Giovanni für ihn. Und ehrlich gesagt, war ihm das auch das Liebste.

Prego, sagte der Kellner, der mit der typisch sizilianischen Kellnergeste, dieser kleinen affektierten, an eine Schwuchtel erinnernden Drehung, den Teller vor ihm abstellte. Zwischen Dekoblüten und aus Soße gezeichneten Violinschlüsseln lag etwas, das aussah wie Kalbsleber, nur etwas kleiner. Er probierte vorsichtig einen Bissen, er kaute mit den Schneidezähnen, so wie als Kind, wenn er einer Sache nicht traute. Aber dann stellte er fest, dass die Gänseleber nicht nur aussah wie Kalbsleber, sondern auch so schmeckte. Vielleicht etwas weicher. Und darum wurde so ein Gewese gemacht.

Giovanni rollte die Spaghetti auf, aß mit gespitztem Mund und tupfte sich die Lippen mit der Leinenserviette ab.

Das mit der Vitale ist nicht uninteressant, sagte Wieneke. Ich hab mit ein paar Kollegen aus Dortmund telefoniert. Die erinnern sich alle noch an den Brand.

Mich wundert bei der überhaupt nichts mehr, sagte Giovanni.

Die Frage ist nur, wie ich die Geschichte in Hamburg verkaufe. Italienische Staatsanwälte interessieren in Deutschland keine Sau. Außer sie sind tot. Oder kurz davor. Alles andere ist zu kompliziert.

Mensch, das ist eine Geschichte, mit der kommst du nicht nur in Deutschland groß raus, sondern auch in Italien, sagte Giovanni.

Ich habe versucht, die Vitale anzurufen.

Giovanni fing an zu husten. Er schien sich an seinen Nudeln verschluckt zu haben.

Du hast *was* gemacht?

Ich habe versucht, sie anzurufen. Was ist daran so erstaunlich? Sie wird ja wohl etwas dazu zu sagen haben, wie ihr Vater gestorben ist.

Was soll sie schon sagen? Dass ihr Vater ein Opfer war, was sonst? Den Anruf hättest du dir sparen können.

Wieneke lehnte sich etwas zurück, soweit das auf dem harten Plexiglasstuhl möglich war. Und atmete tief durch. Man sollte mit Fotografen einfach nicht über Geschichten sprechen.

Schon mal was von Presserecht gehört, du Spast?

31

Serena Vitale:
Antimafia-Heilige auf dem Sündenpfad
Von *FAKT*-Reporter Wolfgang W. Wieneke

Jeder Prozess gegen die Mafia ist ein guter Prozess? Nicht unbedingt. Die palermitanische Antimafia-Staatsanwältin Serena Vitale stilisiert sich mit unsauberen Methoden zur Antimafia-Jägerin.

Der träge Puls der Stadt zittert. Wie aus einem Raumschiff blickt Serena Vitale von ihrer Wohnung hinunter auf die Altstadt von Palermo. Die Antimafia-Staatsanwältin lebt unweit der Piazza San Francesco in einer luxuriösen Dachwohnung, auf deren Terrasse edle Korbstühle und exotische Grünpflanzen stehen. Vitale empfängt Journalisten am liebsten zu Hause.

Wenn es um den Kampf gegen die Mafia geht, nimmt die Staatsanwältin der Direzione Distrettuale Antimafia di Palermo, eine mediterrane Mittvierzigerin mit blondgefärbten Haaren, den Mund gerne voll: Ihre Terrasse entspreche nicht den Sicherheitsstandards, weil sie hier angeblich von hundertneunundachtzig Stellen aus erschossen werden könnte – ein Eindruck, den die Behörden, die Vitale um Schutz bat, allerdings nicht teilen.

Serena Vitale ist für ihren missionarischen Eifer bekannt,

der sie dazu drängt, sich selbstverliebt in eigene Einschätzungen und Betrachtungen zu verlieren. Eins ihrer Opfer ist kein Geringerer als der italienische Innenminister, Enrico Gambino, den die Staatsanwältin wegen seiner angeblichen Nähe zu Mafiabossen angeklagt hat. Prozessbeobachtern zufolge beruht die Anklage lediglich auf zweifelhaften Aussagen einiger Mafia-Abtrünnigen, weshalb der Prozess, der den italienischen Steuerzahler Unsummen kostet, vermutlich mit einem Freispruch für Minister Gambino enden wird.

Vitale ist in italienischen Justizkreisen dafür berüchtigt, ihre sehr persönlichen Eindrücke mit Ermittlungsergebnissen zu verwechseln – wobei sie auch nicht davor zurückschreckt, zu unsauberen Methoden zu greifen: Zuletzt wurde kein Geringerer als der italienische Staatspräsident Ugo Fontana ihr Opfer, dessen Telefon sie abhörte. Seitdem rauscht eine Welle der Empörung durch Italien: »Wer den Staatspräsidenten angreift, greift das ganze italienische Volk an«, heißt es, und kaum ein Tag vergeht, an dem die italienischen Medien nicht über Vitales Angriff auf die Immunität des Staatspräsidenten berichten.

Aufgrund des Fanatismus von Antimafia-Staatsanwälten wie Serena Vitale ist in Italien der Überwachungsstaat längst Wirklichkeit. Unter dem Vorwand der Mafia-Bekämpfung werden bürgerliche Rechte missachtet und die Demokratie ausgehöhlt. Antimafia-Extremisten wie Serena Vitale sind Zauberlehrlinge der NSA, es ist nur eine Frage der Zeit, bis die Überwachungstechniken der italienischen Antimafia-Staatsanwälte auch in Deutschland Schule machen. Wie man hört, gibt es bereits Bestrebungen, die totalitäre italienische Überwachungspraxis europaweit durchzusetzen – eine beängstigende Perspektive.

Zuletzt führte Vitales Selbstdarstellungszwang bei einer Podiumsdiskussion in Corleone zu einem Eklat, als Vitale behauptete, an den Gedenkfeiern für die von der Mafia ermordeten Kollegen nicht teilnehmen zu wollen: »Weil ich nicht ertrage, wenn in der ersten Reihe sogenannte Autoritätspersonen sitzen, samt ihrer Lakaien, die alle nach moralischem Kompromiss stinken«, sagte Vitale. Danach wurde sie für ihre respektlosen Äußerungen gegenüber den Vertretern des italienischen Parlaments gerügt: Der Oberste Richterrat Italiens leitete ein Disziplinarverfahren gegen sie ein – wegen ihrer Rede und wegen des Lauschangriffs gegen den italienischen Staatspräsidenten. »Unvereinbarkeit mit der Umwelt« heißt der Strafbestand, es droht ihr die Versetzung.

Anders als Serena Vitale und andere Antimafia-Fanatiker ist Palermos Generalstaatsanwalt Corrado Di Salvo, 59, für seinen Realismus und seine Bodenständigkeit bekannt. Er lebt seit Jahrzehnten mit Leibwächtern, was ihm in Italien den Heldenstatus eingebracht hat. Er beklagte, dass der Kampf gegen die Mafia zu Exzessen geführt habe: Der italienische Staat hält mutmaßliche Mafiosi unter menschenunwürdigen Haftbedingungen in einer Spezialhaft, einer Art Guantánamo – und schreckt nicht davor zurück, sie zu foltern, damit sie andere denunzieren. Ein Skandal, der von europäischen Gerichtshöfen stets ignoriert wird. Darüber hinaus äußerte sich Di Salvo auch besorgt über die italienische Praxis des hemmungslosen Abschöpfens der Daten, die mit dem, was wir unter einem Rechtsstaat verstehen, nichts mehr gemein hat.

Ungeachtet der drohenden Disziplinarstrafe will Vitale sich aber nicht beirren lassen, trotz der von ihr verursachten Lauschaffäre sucht die selbst ernannte Antimafia-Heilige weiterhin das Licht der Öffentlichkeit. Doch auch so wird aus einer Vitale kein Di Salvo.

Serena Vitale begann ihre Selbstinszenierung als Mafia-Verfolgte bereits Ende der Achtzigerjahre als Antimafia-Staatsanwältin im sizilianischen Marsala: Damals war das Thema Mafia en vogue, und Vitale roch ihre Chance. Heute allerdings gibt es keine Mafia-Toten mehr in Palermo. Was Serena Vitale verdrießt: »In den Augen vieler Palermitaner sind wir die Einzigen, die noch an die Existenz der Mafia erinnern«, gestand sie dem *FAKT*-Reporter während des Interviews auf ihrer Dachterrasse.

Weil es keine Mafia-Toten mehr in Palermo gibt, versucht Vitale nun auf Deutschland auszuweichen. So bemühte sie sich, dem *FAKT*-Reporter darzulegen, dass die Mafia in Deutschland geradezu ideale Bedingungen vorgefunden habe, um hinter der Fassade freundlicher Gastronomen Geld zu waschen. Viele erfolgreiche italienische Unternehmer haben bereits versucht, sich gegen derartige Verleumdungen zu wehren.

Vitales verquerer Blick auf Deutschland mag an ihren familiären Ursprüngen liegen, die den italienischen Medien weitgehend entgangen sind: Serena Vitale ist in Dortmund aufgewachsen. Und hier muss Vitales Anspruch, die moralische Integrität und fachliche Autorität zu besitzen, unvoreingenommen Mafia-Ermittlungen zu leiten, endgültig für null und nichtig erklärt werden: Denn Serena Vitale verschweigt, dass es ihr Vater selbst war, der schmutzige Geschäfte in Deutschland betrieb. Wiederholte Versuche, Vitale zu diesem dunklen Kapitel zu befragen, scheiterten: Sie antwortete weder auf telefonische noch auf schriftliche Anfragen des *FAKT*-Reporters. Aufklärung brachten jedoch einige Anrufe in Dortmund, darunter einer bei der Dienststelle für Organisierte Kriminalität in Dortmund. Der Dienstleiter bestätigt, dass der italienische Stahlarbeiter Vincenzo Vitale, Vater der Staatsanwältin, im Jahr 1977 bei einem Wohnungsbrand ums Leben kam: Im Erdgeschoss des Hauses befand sich die Pizzeria »O sole mio«, in der in der Nacht ein Brand ausgebrochen war. Ermittler hatten schon damals den Verdacht, dass der Besitzer der Pizzeria »O sole mio« – ein ehemaliger Arbeitskollege von Vincenzo Vitale – Opfer einer Schutzgelderpressung war, die sich hinter einer angeblichen Spende für krebskranke Kinder verbarg.

Dass es Vincenzo Vitale selbst war, der den Besitzer der Pizzeria »O sole mio« jeden Monat um zweitausend Mark erpresste, wussten nur wenige Sizilianer, die aus Angst jahrzehntelang schwiegen, bis sie, auch als Akt der Solidarität mit dem italienischen Staatspräsidenten, endlich den Mut fanden, dieses Schweigen zu brechen.

32

Als sie im Auto saß, hörte sie im Radio, wie der Staatspräsident die Italiener ermahnte: zu mehr Zusammenhalt, zu mehr konstruktiver Kritik und zu weniger Widerstand. Serena saß im Fond und blickte auf den Lancia vor ihr, der auf der Autobahn in Richtung Trapani fuhr. Seit dem letzten Drohbrief wurde sie anstatt von zwei Polizisten von vier bewacht, in zwei Autos. Die beide nicht gepanzert waren. Bei hoher Geschwindigkeit rasselte der Lancia wie eine alte Kaffeemühle.

Niemand wagte etwas zu sagen. Alle hatten den Artikel des deutschen Journalisten gelesen, der am Morgen auf Italienisch in *Il Giornale* erschienen war. Serena blätterte in den Tageszeitungen, die ganze Regimenter von Verfassungsrechtlern, Kommentatoren und Staatsrechtlern aufboten, um klarzumachen, dass die verfickte, karrieregeile etc. pp. Antimafia-Staatsanwältin Serena Vitale das höchste Gut Italiens, den Staatspräsidenten und damit überhaupt alle Italiener angegriffen habe. Sie öffnete ihr iPad, klickte auf einen Link und sah, wie Gambino aus den weißen Ledersesseln einer Talkshow über sie herzog.

Ich bin der Meinung, sagte er, dass diesen subversiven Kräften Einhalt geboten werden sollte – im Interesse eines Italien, das ich liebe und immer geliebt habe, als Staatsmann und als Patriot.

Sein Gesicht war braun gebrannt und gepudert, er sah aus wie ein mumifizierter Pharao. Serena klappte das iPad wieder zu. Vielleicht sollte sie auf ihre Mutter hören und es tatsächlich mal mit Gebeten versuchen. Auf dem Weg nach San Vito kam sie immer an dem Berg vorbei, den man »betender Mönch« nannte, jedes Mal, wenn sie hier entlangfuhr, versuchte sie vergeblich, etwas zu entdecken, das aussah wie ein dicker Mönch, der sich demütig auf den Boden geworfen hatte, mit gefalteten Händen. Aber sie sah nur Felsen und Weinberge, die sie daran erinnerten, dass sie hier in einem Brunnen ein Waffenlager wie aus einem Krieg gefunden hatte: Granatwerfer, wie sie die Mudschaheddin in Afghanistan schätzten, die sie *Allahs Hammer* nannten, Semtex und TNT, Pistolen jeden Kalibers, halbautomatische Gewehre, Kalaschnikows und Pumpguns und eine alte Thompson-Maschinenpistole, die Sammlerherzen höher schlagen ließ.

Hinter einer kleinen Biegung, kurz vor einem Ort, der *Purgatorio* hieß, Fegefeuer, tauchte die Kuppel der kleinen rosaroten Moschee auf. Ihre Mutter hatte sie darauf aufmerksam gemacht, dass es keine Moschee, sondern eine Kapelle war, der Heiligen Crescenzia gewidmet, einer tugendhaften Märtyrerin, die zusammen mit dem heiligen Vito auf der Flucht vor den Ungläubigen war. Ihnen sollte die Flucht glücken, falls sie sich nie umdrehten. Crescenzia aber drehte sich um und erstarrte zu Stein. Ende der tugendhaften Märtyrerin.

Die Wolken hatten sich zusammengezogen. Kurz vor San Vito entlud sich ein Gewitter, Regentropfen dick wie Wachteleier fielen gegen die Windschutzscheibe, das Wasser schlug Blasen auf dem Asphalt. Am Horizont tauchte mitten auf der schmalen Landstraße eine Schafherde auf. Sie fuhren im Schritttempo hinter den durchnässten Schafen her. Die Scheibenwischer hinterließen bei jedem Wischen Schlieren und quietschten so laut, dass Serena beinahe ihr Telefon nicht gehört hätte. Sie konnte die Nummer nicht entziffern. Brille ohne Weitsicht. Nicht, dass es am Ende Romano war. Sie hatte ihn seit dem bizarren SMS-Austausch nicht mehr gehört. Sie nahm die Brille ab und las: Vito Licata.

Wo bist du, Serena?

Kurz vor San Vito. Kommst du nicht auch zu dem Essen?

Nein, ich musste kurzfristig nach Rom, ein dringender Termin. Ich bin heute Abend wieder zurück in Palermo. Tut mir leid übrigens, das Gesudel von diesem deutschen Reporter ist wirklich eine Schande.

Schon o. k., Vito.

Du musst eine Klage einreichen. Wegen Verleumdung.

Danke für den Tipp, Vito.

Jetzt etwas ganz anderes: Hast du schon vom Urteil des Verfassungsgerichts gehört?

Nein, was?

Ach, ich dachte, du wüsstest es schon. Wir haben verloren. Die Disketten müssen vernichtet werden.

Die Schafe trotteten an ihr vorbei. Ihre Leiber waren enorm im Verhältnis zu den dünnen, über den Asphalt stöckelnden Hinterläufen, ihr Fell war grau und zottelig, einige hatten einen roten Fleck auf dem Hinterteil. Es sah aus wie eine Markierung: für die Schlachtung bestimmt.

Hast du mich gehört, Serena?

Ja, Vito, ich habe dich gehört. Die Disketten müssen vernichtet werden.

Und?

Was und?

Was du davon hältst.

Wir machen weiter. Auch ohne die Bänder.

Va bè, sagte Licata spöttisch. Wir sprechen uns am Montag.

Es regnete immer noch, schwarz-weiße Hütehunde drängten die Schafe weiter über die Straße, jetzt zog auch der Schafhirte am Auto vorbei, ein vom Wetter gegerbter Zwerg, der einen breitkrempigen Hut trug, von dem das Wasser troff.

Das Urteil des Verfassungsgerichts, der Befehl, die Disketten zu zerstören, erschien ihr so weltfremd, so archaisch wie diese Schafherde. Wie konnte in Zeiten der unbegrenzten Reproduzierbarkeit etwas zerstört werden? Wie sollte die Vernichtung aussehen? Ein drakonischer Löschbefehl? Ein kleines Feuerchen? Die ganze Anlage zertrümmern? Wie hatte Russo doch so schön gesagt: Es gibt keinen Unterschied mehr zwischen Original und Kopie, auch die millionste Kopie ist so gut wie die erste.

Das Gewitter war vorbei. Als die Schafe auf dem Feld verschwunden waren, riss der Himmel auf. Rechts und links standen Olivenbäume, auf die nun gleißender Sonnenschein fiel. In der Ferne leuchtete das Meer wie eine Verheißung.

Weiße, würfelförmige Häuser, türkisfarbene Gitter vor den Fenstern: San Vito sah aus wie ein arabisches Dorf, das auf dem Weg nach Mekka verlorengegangen war. Auf den Straßen und den Autos lag gelber Saharasand, den das Gewitter hinterlassen hatte. Es war immer ein Höhepunkt ihrer Sommerferien gewesen, wenn sie mit ihren Eltern nach Capo San Vito fahren durfte, das Ganze musste heimlich geschehen, konspirativ, denn keiner der Verwandten hätte Verständnis dafür gehabt, dass ihre Eltern nach San Vito fahren wollten, obwohl dort niemand aus der Familie wohnte. Die Sommerferien auf Sizilien waren keine Sommerferien, sondern einziger Verwandtenbesuch, bei dem sie ihre Schuld abbüßen mussten, weggegangen zu sein, die Heimat im Stich gelassen, Sizilien betrogen zu haben – mit *La Germania*.

Auf der Straße nur ein paar Afrikaner auf klapprigen Fahrrädern, Küchenhilfen auf dem Weg von der Arbeit. Keine Autos, keine kreischenden Kinder am Strand, keine Schwimmringe, keine Luftmatratzen, nichts als blendend weißer Sand. Das Meer: kobaltblau, ultramarinblau, veilchenblau, grünblau, türkis. Die Uferwellen rosarot. So wie in Marcello Marinos Träumen.

Der Sommer war an ihr vorbeigegangen. Man war ans Meer gefahren und hatte sich darum gesorgt, ob die Preise für die Strandliegen erhöht worden waren. Und nicht, ob der Staatspräsident zusammen mit Gambino Morde in Auftrag gegeben hatte, um der Mafia einen Gefallen zu tun. Oder ob der

Prozess gegen Gambino in neuen Gesetzen, eben erlassenen Dekreten und eilig durchgepeitschten Verfügungen wie in einer Sanddüne versank.

Serena war froh, als sich das Tor hinter ihr schloss. Jedes Mal, wenn sie mit den Leibwächtern irgendwo ankam, spürte sie, wie man sie durch die schräg gestellten Jalousien der Fensterläden hindurch beobachtete – und das Verschleudern öffentlicher Gelder beklagte, für das Schlachtvieh und für die Staatsanwälte, wandelnde Bomben, die man eigentlich nicht unkontrolliert herumfahren lassen durfte.

Die Villa Cala Rossa war ein renoviertes Herrenhaus und gehörte ihrer Freundin Anna. Serena hatte hier gelegentlich die Wochenenden verbracht – mit dem Gefühl, die Blicke der adeligen Ahnen auf sich zu spüren, der Großtanten und Großcousinen in Silberrahmen, die auf der Anrichte aufgereiht waren. Die Haushälterin kam ihr entgegen, im blau-weiß gestreiften Dienstmädchenkleid, mit weißer Schürze. Auf Sizilien nahm sich der Adel noch ernst. Sie ermahnte die Leibwächter, nicht auf die frisch gepflanzten Sukkulenten zu treten und begrüßte Serena mit misstrauischem Respekt. Als würde sie sich mit einem Verwandtschaftsgrad schmücken, der ihr gar nicht zustand.

Aus unsichtbaren Lautsprechern zwischen Palmen und Kakteen erklang Buddha-Bar-Musik – Anna verbrachte den Winter in Indien, woran Unmengen um die Terrasse hängender Glöckchen, Bimmeln und Klangkugeln erinnerten. Serena betrat die Terrasse und hörte, wie jemand ihren Namen rief. Ein distinguierter grau melierter Herr zog sie an die Brust wie ein Kind und drückte ihr feuchte Küsse auf die Wangen.

Santuzza mia! Fifina!

Zu Fifina zärtlich verkleinert, klang Crocefissa gar nicht schlecht. Domenico legte den Arm um Serena und führte sie zu einem Tisch im Schatten, wo alle anderen mit Sektgläsern in der Hand warteten. Dario, Teresa, Piero, Anna. In dieser Villa hatten sie sich kennengelernt, als sie Studenten waren. Anna hatte sich mit dreiundzwanzig überraschend verlobt, mit einem lombardischen Adeligen. Anna hatte sich während der Verlobungsfeier mit Whisky betrunken, die Verlobung ebenso schnell gelöst, wie sie sie geschlossen hatte, und danach noch dreimal geheiratet.

Sangu meu, sagte Dario, als er Serena umarmte.

Ich werde mich nie daran gewöhnen, dass wir Sizilianer es selbst bei den Kosenamen blutig halten, sagte Serena.

Natürlich gefällt es dir nicht, »mein Blut« genannt zu werden, ich wette, dass in deinem Blut etwas Deutsches schwimmt.

Bedda, bedda, rief Anna, machte Serena Komplimente zu ihrer neuen Haarfarbe und erinnerte daran, dass das Blondieren der Haare für die Gesundheit so schlecht war wie Kettenrauchen und Alkoholismus: Wenn man Pech hat, ist man blond und hat Blasenkrebs.

Oder ist dir vielleicht *zuccareddu* als Kosewort lieber?, fragte Piero und schenkte ihr ein Glas Prosecco ein.

Oh, die Zuckersüße kommt zur Zeit sehr schlecht an, sagte Serena. Das letzte Schimpfwort, mit dem ich bedacht wurde, lautete *institutioneller Dreck*.

Ich finde es toll, dass du immer noch so kämpferisch bist, so ungebrochen, sagte Teresa. Ich habe den Artikel dieses deutschen Journalisten in *Il Giornale* gelesen …

Teresa, du liest *Il Giornale*?, rief Piero lachend.

Der Schirokko wehte durch die Palmen, zwei livrierte philippinische Hausdiener schenkten mit weißen Handschuhen Wein ein und stellten die Vorspeisen auf den Tisch: süßsaurer Thunfisch, marinierter Schwertfisch, Omelett aus winzigen Sardinen. Auf dem Weg zurück in die Küche zuckten sie erschreckt zusammen, als sie zwischen den Palmen neben der Terrasse die vier mit Maschinenpistolen bewaffneten Männer bemerkten. Alle anderen taten so, als sei es die normalste Sache der Welt. Wer sich in den Krieg begibt, kommt darin um.

Der Einzige, der uns heute hier fehlt, ist Vito, sagte Anna.

Ich habe auf der Fahrt kurz mit ihm gesprochen, sagte Serena.

Bin gespannt, ob es klappt, sagte Anna.

Ob was klappt?

Seine Versetzung nach Rom. An den Kassationshof.

Seine was?

Wusstest du nicht, dass Vito die Versetzung nach Rom beantragt hat?

Ungeachtet der Wärme wurde ihr kalt. Serena zog die Jacke enger um sich herum.

Ach, er hat sich doch schon lange da beworben, sagte Anna zerstreut, weil sie sich nicht zwischen Schwertfisch und Sardinen entscheiden konnte. Ich dachte, du wüsstest das.

Haltung verkauft sich heute nur noch als Buchtitel gut, sagte Piero.

Oder, besser noch: als Facebook-Gruppe, fügte Anna lachend hinzu.

Während die Vorspeisenteller abgeräumt wurden, machten sich die Freunde darüber lustig, dass die *Repubblica* Unterschriften gegen Korruption gesammelt hatte. Man hätte genauso gut Unterschriften gegen schlechtes Wetter sammeln können, fand Dario.

Aber dich, Serena, bewundere ich wirklich für deinen Mut, sagte Anna. Sie nahm ihr Glas und forderte die anderen auf, auf Serenas Mut anzustoßen. Dass du nach so vielen Jahren immer noch so engagiert bist, finde ich beeindruckend. Hast du nie daran gedacht, aufzuhören?

Das, was wir für außergewöhnlich halten, ist für Serena einfach nur Routine, stellte Piero amüsiert fest.

Eine Zeit lang hast du doch etwas anderes als Mafiaprozesse gemacht, wenn ich mich recht erinnere, sagte Dario. Fingierte Konkurse, solche Sachen müssen für dich doch auch eine gute Abwechslung gewesen sein, oder?

Saruzzo Greco machte einen ganz gefälligen Eindruck, als man ihn verhaftete, sagte Domenico. Irgendwie … tut mir leid, Serena, wenn ich das jetzt sage … aber irgendwie wirkte er sympathisch.

Ach nein, wahrscheinlich ist es auch für Serena eine Erleichterung, es mal mit intelligenten Verbrechern zu tun zu haben, sonst wird es doch auf Dauer langweilig, sagte Anna.

Oh, über Langeweile kann ich mich nicht beklagen. Vielleicht solltet ihr es auch mal mit fünfzehn Kilo Sprengstoff versuchen.

Mit einem Mal blickten alle auf Serena wie auf ein renitentes Kind, das sich gerade vor Wut auf den Boden geworfen hat. Teresa zog eine Augenbraue hoch, Anna steckte sich umständlich eine ihrer Bidis an, Piero tippte in seinem Telefon herum, Domenico legte den Kopf in den Nacken und schloss die Augen wie eine schläfrige Katze in der Sonne. Als der Couscous kam, waren alle erleichtert. Und tauschten sich darüber aus, ob Couscous mit Safran besser schmecke, das langsame Kochen dem sizilianischen Phlegma entspreche, und die Zubereitung von Couscous Meditation sei.

33

Es blitzte grün, und Wieneke rannte los. Er hatte sein Lauftraining wiederaufgenommen. Dreimal pro Woche rannte er um die Außenalster, nicht einfach so, sondern als Mitglied von *alsterrunning*. Ein Chip an seinem Schuh registrierte seine Geschwindigkeit, seine Runden und seine Gesamtkilometer im Monat.

Bislang waren seine Zeiten noch unterdurchschnittlich, beim letzten Mal war er die Runde in siebenundfünfzig Minuten gelaufen, die Durchschnittszeit lag bei achtundvierzig. Für Frauen. Aber er war zuversichtlich. Bald würde er sich steigern. Das Blatt hatte sich für ihn gewendet. Drei Geschichten in fünf Monaten, davon eine Titelgeschichte, das war bei *FAKT* so etwas wie ein Royal Flush. Seitdem hatte er das Gefühl, dass ihm von jetzt an alles gelingen würde: Tango zu tanzen, zu fliegen und die Außenalster in weniger als einundvierzig Minuten zu umrunden.

Er hatte sich vorgenommen, bis Ende des Jahres zehn Kilo abzunehmen, keinen Alkohol mehr zu trinken, das Buch zu schreiben und vielleicht sogar mit dem Rauchen aufzuhören. Nicht sofort, erst musste er mit dem Buch über Don Pace durch sein, aber danach würde er es versuchen. Auf jeden Fall war er schon mal umgestiegen, von Vanillezigaretten auf elektrische Zigaretten, die den Vorteil hatten, dass er sie auch in der Redaktion ungestört rauchen konnte.

Die Luft fing an herbstlich zu riechen, auf den Wegen hatte sich bereits etwas Laub angehäuft. Wenn der Wind über die

Alster wehte, klimperten die Metallseile gegen die Masten der Segelboote, die an Bodos Bootssteg lagen. Er hoffte die Frau wiederzusehen, die er neulich auf der Krugkoppelbrücke bemerkt hatte. Sie hatte ihn überholt, und da war ihm aufgefallen, dass sie zu den wenigen Frauen gehörte, deren Brüste nicht von einem Sport-BH festgezurrt waren, sondern frei und weich auf und ab schwangen, so wie bei Anna Magnani in *Wilder Reis*. (Wehmut durchzog ihn: Es war Francesca gewesen, die ihn gezwungen hatte, die italienische Filmnacht im Abaton-Kino mitzumachen.) Die Frau war mit schwungvollen Schritten an ihm vorbeigelaufen, daraufhin hatte er auf der Stelle die Richtung geändert, versucht, sein Tempo zu steigern und mit ihr mitzuhalten, vielleicht hundert Meter lang war er dicht hinter ihr hergelaufen, mit Blick auf ihren kleinen, festen Hintern und ihre blonden Haare, die in der Hamburger Dämmerung leuchteten, es war, als fließe Silber um sie herum, aber dann bekam er Seitenstiche, und sie war ihm davongelaufen.

Er tastete nach seinem Telefon. Hatte es nicht gerade vibriert? Seitdem seine Geschichte über Serena Vitale vor zwei Tagen in Italien nachgedruckt worden war, klingelte sein Telefon unentwegt. Alle italienischen Nachrichtenagenturen hatten seine Enthüllung über Serena Vitales kleines, schmutziges Familiengeheimnis gemeldet, italienische Journalisten hatten ihn in schlechtem Englisch interviewt (das war wirklich ein Trost: dass es Leute gab, die noch schlechter Englisch sprachen als er), Talkshows hatten ihn eingeladen, und seine italienische Fernsehkarriere war lediglich an seinen mangelnden Italienisch-Kenntnissen gescheitert.

Kurz vor dem Feenteich verspürte er leichte Schmerzen in den Waden, er hatte die Dehnung vergessen. Puls 157. Er verringerte sein Tempo. Und jetzt klingelte das Telefon tatsächlich. Giovanni.

Pronto, keuchte er.

Vitale kaputt, rief Giovanni lachend.

Das heißt?

Dein Artikel hat ihr den Gnadenstoß versetzt. *Incompatibilità con l'ambiente.*

Heißt?

Unvereinbarkeit mit der Umwelt.

Klingt wie Sondermüll.

Das heißt, dass man sie garantiert für befangen erklären wird. Ihr Prozess ist so gut wie tot. Im Parlament wird auch noch ein Gesetz durchgedrückt, das dafür sorgt, Staatsanwälten den Prozess zu entziehen, wenn gegen sie ein Disziplinarverfahren eingeleitet wurde. Die Vitale hat übrigens Klage gegen *Il Giornale* eingereicht, wegen deines Artikels, ist wohl bei *FAKT* nicht angekommen.

Selbst wenn. Sie wird nichts erreichen. Ich kann alles belegen. Hätte die Vitale sich eigentlich denken können, dass *FAKT* keine Geschichte druckt, die nicht wasserfest ist. Unser Justiziar hätte mir den Arsch aufgerissen.

Reine Verzweiflungstat. In Italien dauern Prozesse zehn Jahre. Bis es zu einem Urteil kommt, bist du schon längst in Rente.

Wieneke atmete auf und suchte nach einer geeigneten Stelle, um ein paar Dehnungsübungen zu machen. Er stellte sich auf den Rasen, der überraschend nass war, verlagerte das Gewicht auf sein gebeugtes linkes Bein und streckte ächzend das rechte.

Und gestern ist ihre Mutter auch noch in Palermo bei dem Korrespondenten von *Il Giornale* aufgekreuzt und hat ihn zur Schnecke gemacht. Wie er dazu käme, Lügen über ihren Mann und ihre Tochter zu verbreiten.

Süß, sagte Wieneke und lachte keckernd. Bei *FAKT* wäre das nicht passiert, da sorgten die Sicherheitsleute dafür, dass nicht irgendwelche wild gewordenen Leser aufkreuzten.

Wieneke verlagerte sein Gewicht auf das gebeugte rechte Bein. Als er das linke streckte, bekam er einen Krampf und hielt die Luft an.

Jedenfalls war deine Geschichte eine Bombe hier.

Wieneke atmete aus.

Was keuchst du so?

Du hast mich mitten im Lauf erwischt. Will mich wieder in Form bringen.

Okay, okay, dann will ich nicht länger stören. Denkst du an die Kohle wegen der Übersetzung? Anders als bei dir läuft bei mir das Taxameter nicht automatisch.

Schon verstanden. Musst noch ein bisschen Geduld haben, der Vorschuss für das Buch ist noch nicht auf meinem Konto.

Aber meine Arbeit ist erledigt, wie wär's mit 'nem kleinen Vorschuss für mich? Die Hälfte? Zweifünf?

Okayokayokay. Ich überweise dir nächste Woche was. Muss jetzt los. Ciao.

Wieneke hielt sich an einer Bank fest, umfasste mit der rechten Hand den Rist seines rechten Fußes und zog ihn stöhnend in Richtung Hintern. Diese Geldgier. Widerwärtig. Aber was noch mehr nervte, war dieser Unterton. Nach dem Motto: Ohne mich bist du ein Nichts. Giovanni konnte den Hals nicht voll kriegen.

Wieneke war in einen leichten Trab gefallen, als er das Busenwunder sah. Es stand auf der Wiese, mit leicht angewinkelten Beinen und drückte den Hintern raus, was genau genommen kein vernünftiger Rückenstrecker war, aber supergeil aussah. Er verlangsamte das Tempo, überquerte die Wiese und sagte: Ich möchte dir nicht zu nahe treten, aber so kriegst du den Rücken nie gestreckt. Du musst den Rücken rund machen.

Sie drehte den Kopf, ohne die Position wesentlich zu verändern und blickte ihn von unten an. Aus kornblumenblauen Augen.

Du bist mir schon letzte Woche aufgefallen. Du bist auch bei *alsterrunning* registriert, ich habe gesehen, wie es geblitzt hat, als du losgelaufen bist. Obwohl du vermutlich keinen Chip von *alsterrunning* brauchst, um Blitze auszulösen.

Hey, das war nicht schlecht für den Anfang. Bis vor zwei Minuten hatte er noch geglaubt, dass er gar nicht mehr wusste, wie man Frauen anbaggert. Und jetzt dieser Eins-a-Anmachspruch.

Die Blondine hatte sich aufgerichtet und massierte die Waden. Sagte immer noch nichts.

Wahrscheinlich läufst du Vorfußtechnik?

Vorfußwas? Keine Ahnung. Ich laufe irgendwie. Sie lachte.

Lachen war schon mal gut. Wenn man eine Frau erst zum Lachen gebracht hat, war der Rest ein Kinderspiel.

Bist du etwa ein Personal Trainer?, fragte sie spöttisch.

So etwas in der Art.

Er zog eine Visitenkarte aus seinem Portemonnaie und überreichte sie ihr.

Vielleicht können wir ja nach der Runde etwas zusammen trinken?

Sie pustete sich die blonden Haare aus dem Gesicht.

Halt, nein, du musst dich jetzt nicht verpflichtet fühlen.

Nein, sagte sie lachend, so leicht fühle ich mich nicht verpflichtet.

Wenn sie lachte, wurde die Luft um sie herum silbriger, weicher, schwingender. Nur ihre Stimme, die ließ etwas zu wünschen übrig. Sie passte überhaupt nicht zu ihr. Sie klang wie schlecht gemixt. Zu viele Höhen, zu wenig Bässe.

Vielleicht in einer Woche? Treffen wir uns nach dem Lauf? Oder wann läufst du wieder?

Schon morgen. Ich laufe nur am Wochenende, in der Woche habe ich keine Zeit.

Gut, dann morgen?

Bist du immer so schnell?

Täuschte er sich oder klang da ein Hauch von Ironie mit? War nicht so einfach auszumachen, bei dieser Stimme.

Nein, nur bei Ausnahmetalenten. Auf die man im Leben nur ein Mal trifft. Also morgen? *Same time, same place?*

Mal sehen, seufzte sie.

Am nächsten Tag dachte er bei jedem Atemzug an sie. Millionen von Lungenbläschen waren von ihr erfüllt. Obwohl er nicht mal ihren Namen kannte. Locker trabte er seine Runde. Drei Schritte einatmen, drei Schritte ausatmen. Ohne großen

Ehrgeiz. Schließlich wollte er nicht in diesem abgeschlafften Zustand vor ihr stehen, in dem er sonst seine Runden beendete. Als er zu der Stelle kam, wo sie am Vortag den Rückenstrecker versucht hatte, sah er sie schon von weitem. Sie war pünktlich. Allein das war eine Erleichterung. Gegenüber einer Italienerin. Sie stand im Vierfüßlerstand auf dem Rasen. Das konnte kein Zufall sein. Die Luft um sie herum flirrte.

Falls das ein unterer Rückenstrecker werden soll, sagte er, musst du den Rücken auch rund machen. Er kniete sich zu ihr hin. Und flüsterte: Obwohl es, wenn du den Hintern rausstreckst, natürlich besser aussieht.

Sie stand auf, wischte etwas Laub von den Knien und lachte wieder. Kein schlechter Einstieg.

Wie wär's mit Bodo's Bootssteg?

Kann man da so hingehen? Sie zeigte auf ihre (superkurze) Jogginghose.

Ich glaube, in der Hose kannst du überall hingehen.

Glücklicherweise war der Abend angenehm warm. Was Ende September in Hamburg nicht unbedingt selbstverständlich war. Kein Wind, kein Regen, ein weiter Himmel und in der Ferne das Hotel Atlantic, wie ein alter Ozeandampfer. Enten kreuzten schnatternd ihren Weg. Hamburg konnte so schön sein.

Ich habe dich gegoogelt. Was du machst, ist ja der Wahnsinn. Hast du keine Angst?

Gut, das mit der Visitenkarte hatte schon mal funktioniert. Geht doch nichts übers Internet.

Journalismus ist immer gefährlich – wenn man ihn richtig macht. Ich muss mich nur an ein paar Regeln halten. Keine Namen, keine Orte. Es ist ein Drahtseilakt.

Und woher weißt du, dass dir diese Mafiosi nicht irgendeinen Mist erzählen?

Recherche, sagte er. Ich checke natürlich alles gegen. Bis jetzt hat alles gestimmt.

Er legte den Arm auf ihren Rücken und dirigierte sie auf

diese Weise über die Terrasse von Bodo's Bootssteg zu dem Tisch, den er sich hatte reservieren lassen. Er hatte nichts dem Zufall überlassen.

Wie wär's mit Rhabarberschorle als Energydrink und dann Prosecco?

Passenderweise brach die Sonne nun durch, die Alster glühte wie ein goldenes Meer. Segelboote zogen vorbei.

Als Kind habe ich immer davon geträumt, eines Tages die Welt zu umsegeln, sagte Wieneke. Aber dann zog ich nach Hamburg und spürte, wie mir schon bei meiner ersten und einzigen Hafenrundfahrt der kalte Schweiß ausbrach.

Sie lachte. Und begann von sich zu erzählen. Es hatte ihn schon immer erstaunt, wie schnell Frauen von sich reden. Nach fünf Minuten haben sie dir ihr ganzes Vorleben auf den Tisch gelegt. Ehegeschichten, Unterleibsoperationen, magere Unterhaltszahlungen, Kindheitstraumata. Alle, außer Francesca. Die war verschwiegen wie ein Grab. Kein Wunder bei einer Sizilianerin. Die Blondine hieß Christiane, war medizinisch-technische Assistentin am Tropeninstitut, hatte zwei kleine Kinder und sich gerade von ihrem Mann getrennt. Sie lief am Wochenende, weil die Kinder dann bei ihrem Mann waren.

Während er versuchte, nicht allzu auffällig auf ihren Busen zu blicken, stellte sie ihm die üblichen Fragen zur Mafia, wie muss man sich das vorstellen, warum spricht denn dieser Boss mit dir, wenn Bosse doch eigentlich schweigen, und was ist mit der Staatsanwältin, arbeitet die auch mit der Mafia zusammen, und so weiter und so fort, mit sehr vielen Höhen und wenig Bässen.

Wieneke massierte seine Wade (wahrscheinlich eine Zerrung, gestern war er am Schluss zu schnell gesprintet) und sagte, dass er mit seinen Artikeln eine breite Diskussion auslösen wolle und er persönlich gar nichts gegen die Staatsanwältin habe, aber dass es so etwas wie eine Chronistenpflicht gebe, und wenn die Fakten nun einmal so stünden, dann müssten sie auch raus. Mit betont gleichmütiger Stimme erwähnte er die Talkshow-Einladungen aus Italien, die er alle abgelehnt hatte.

Echt?, sagte sie. Ihre Wangen waren etwas gerötet, vom Prosecco. Wieneke hatte gerade wie zufällig ihre Hand gestreift, als sein Telefon vibirierte. Er sah auf sein Display. Italienische Nummer.

Wieneke, sagte Wieneke.

Buonasera, sagte Giovanni.

Du schon wieder, hallo, sagte Wieneke. Er machte ihr ein Zeichen, dass es nicht lange dauern würde. Sie lächelte.

Kannst du sprechen? Giovanni klang wie ein typischer italienischer Kellner, der schlecht gelaunt in schlechtem Deutsch schlechte italienische Küche serviert. War ihm vorher nie aufgefallen.

Natürlich kann ich sprechen, worum geht's?

Don Pace würde dich gerne sehen.

Die alleinige Erwähnung des Namens Don Pace schlug Wieneke auf den Magen. Er sprang auf und machte ein paar Schritte über den Steg. Er fragte sich, ob Don Pace seinen Artikel über Serena Vitale nicht für gut befunden hatte, traute sich aber nicht zu fragen.

Er will dich einladen. Zu einem besonderen Ereignis. Zu einem Fest unter Freunden.

Ah, verstehe, sagte Wieneke erleichtert.

Es geht um eine Taufe.

Echt?, sagte Wieneke. Wären mindestens ein oder zwei wichtige Kapitel für sein Buch. Schnell rief er sich zur Ordnung. Nicht zu viel Begeisterung zeigen. Cool bleiben.

Wird nicht einfach, sagte er gedehnt und machte eine Pause. Wir hatten gerade erst die Vitale-Geschichte im Blatt. Wie ist es mit Fotos oder einem Video?

Butter bei die Fische. Offenbar waren sowohl Don Pace als auch Giovanni an der Zusammenarbeit mit ihm interessiert, da konnte er es sich leisten, die Bedingungen zu stellen.

Fotos auf jeden Fall. Don Pace hat mir außerdem zugesagt,

dass ein Kameramann bereitsteht, der die Taufe aufnehmen soll.

Okay, mal sehen, was sich machen lässt.

Ich rufe dich morgen wieder an und gebe dir Details durch. *Buona serata.*

Noch ein Prosecco?, fragte Wieneke. Ich hab was zu feiern. Gerade wurde mir eine tolle Geschichte angeboten.

Kannst du darüber sprechen, oder ist das noch geheim?, fragte sie und schon wieder hatte er den Eindruck, dass sie ironisch klang. War wirklich nicht leicht auszumachen, bei dieser Stimme.

Für dich mache ich eine Ausnahme. Es geht darum, an einer Mafia-Taufe teilzunehmen.

Wie geht eine Mafia-Taufe?

Sie verbrennen ein Heiligenbild, stechen sich mit einem Messer in den Arm, und wenn das Blut fließt, muss der Novize das trinken.

Sie stöhnte.

Klingt verrückt, ich weiß. Aber in der Mafia sind solche archaischen Riten wahnsinnig wichtig.

Echt? Und das machen die vor Journalisten?

Natürlich nur vor solchen, denen sie vertrauen. Bei mir sind sie sicher, dass ich kein Spitzel bin.

Ach so, sagte sie und klang irgendwie spitz.

Natürlich ist bei den Mafiosi auch Eitelkeit im Spiel. Klarer Fall.

Sie stöhnte wieder.

Auf Sizilien sind die Bosse die Einzigen, die Jobs zu vergeben haben, leider. Kann man jetzt Scheiße finden, ist aber so. Und der Staat ist praktisch nicht existent. Ich will auf dieses Problem aufmerksam machen.

Den Handteller nach oben gestreckt, zog sie an ihren Fingern. Sie stöhnte, weil sie die Muskeln ihres rechten Unterarms dehnte.

34

Mimmo gab per Funk durch, möglichst nah am Aufgang zur Kapelle der Heiligen Rosalia zu parken. Serena versuchte sich einzureden, dass es ein ganz normaler Wochentag war, kein Feiertag, nichts, was befürchten ließ, hier oben Massen von Pilgern vorzufinden. Das Funkgerät, das den Kontakt zum vorausfahrenden Wagen hielt, lag auf der Mittelkonsole und blinkte. Das Auto schob sich langsam die Serpentinen des Monte Pellegrino hoch. Unten lag Palermos Häusermeer, das von oben aussah, als hätte ein Gigant Betonklötze auf die Bucht geworfen, die einst zur *Conca d'oro* verklärt wurde, zur goldenen Muschel.

Du hättest auch allein fahren können, Mamma. Mit dem Taxi, ich hätte es dir bezahlt.

Natürlich, du hast es ja.

Es geht doch nicht um das Geld.

Natürlich nicht. Dir geht es nie um das Geld. Aber das ist noch lange kein Grund, es zum Fenster herauszuwerfen.

Serena steckte ihr Telefon wieder weg. Sie hatte gerade von ihrem Anwalt erfahren, dass die Geschichte über *die Antimafia-Heilige auf dem Sündenpfad* so lange im Netz stand, bis das Zivilgericht ein Urteil gefällt hatte. Also praktisch für immer und ewig.

Und?, fragte ihre Mutter.

Nichts, sagte Serena.

Meine Rede.

In den Augen ihrer Mutter waren ihre legalen Mittel kümmerlich. Jedenfalls im Verhältnis zur Wirkkraft der Wunder einer Santa Rosalia.

Mein Anwalt hat Klage eingereicht.

Über die erst gerichtet wird, wenn ich schon lange unter der Erde bin.

Mamma.

Noch bevor Serena ihre Mutter hatte warnen können, hatte eine Nachbarin nichts Besseres zu tun gehabt, als ihr den Artikel aus *Il Giornale* in den Briefkasten zu stecken.

Am azurblauen Himmel trieben Schönwetterwolken. Vor den Devotionalienständen unterhalb der Wallfahrtskirche standen ein paar Touristen in kurzen Hosen, sie kauften Santa Rosalia liegend mit Glitzerstaub bedeckt, stehend mit Strahlenkranz und als Kettenanhänger. Ihre Mutter lief vor, um eine Kerze für Santa Rosalia zu kaufen. Serena versuchte sich etwas abseits zu halten, so diskret wie das mit vier mit Maschinenpistolen bewaffneten Männern möglich war.

Nach längerem Feilschen entschied sich ihre Mutter für zwei armdicke Kerzen mit dem Santa-Rosalia-Medaillon. Wieselflink stieg sie die Stufen zur Felsenkapelle hoch, stieß die Tür auf, tauchte ihre Finger in das Weihwasserbecken, bekreuzigte sich nachlässig und inbrünstig zugleich, mit einem knallenden abschließenden Kuss auf den Daumen.

Serena fröstelte. Wie immer war es sehr kalt in der Grotte. Aus den Felsen tropfte Wasser auf Metallschienen. Der bestandene Führerschein, der glücklich ausgegangene Autounfall, die überwundene Nikotinsucht: *Per le grazie ricevute*, für die empfangene Gnade, bedankte man sich mit einer Votivgabe, silberne Unterschenkel, Augäpfel, Herzen, Hände und Oberarme hingen in einer Glasvitrine. Im Vorraum stand eine Heilige Rosalia in schwarzer Kutte, sie streckte kämpferisch einen Arm in Richtung Himmel. Die Heilige Rosalia fürs Grobe. Die andere ruhte ein paar Meter weiter in der Grotte, von Juwelen bedeckt in einem gläsernen Sarkophag neben einem goldenen Totenkopf. Sie starrte mit weit aufgerissenen

Augen ins Nichts und hielt den Mund leicht geöffnet, lasziv wie ein Fotomodell.

Serenas Mutter kritzelte ihre Wünsche auf einen kleinen, karierten Zettel, steckte ihn in den Schlitz des Santa-Rosalia-Kummerkastens und versuchte vergeblich, Serena zu überzeugen, ebenfalls zu beten. Die Leibwächter versuchten irgendwie zwischen Beinprothesen, Opferkerzen und verwelkten Liliensträußen zu verschwinden.

Vier Nonnen betraten die Kapelle – kleine, verletzlich wirkende Schwestern in grauer Ordenstracht. Serenas Mutter identifizierte sie flüsternd als Orden der Töchter von San Paolo, *le Paoline*. Sie liefen so selbstverständlich an ihnen vorbei, als sei die Grotte ihr Wohnzimmer, sie knieten sich auf die Bank gegenüber dem gläsernen Sarkophag, falteten die Hände und fingen wispernd an zu beten. Während sie die Steuerung ihrer Gebete einem Autopiloten überließen, blickten sie so vorwurfsvoll auf Serenas Leibwächter, als hätten die sich mit lehmverkrusteten Schuhen in ihrem Wohnzimmer breitgemacht.

Serenas Mutter betete zum Warmwerden drei *Gloria al padre*, zwei *Vaterunser* und vier *Ave Maria*, und war nun zu heißblütigen Anrufungen, Lobpreisungen, Fürbitten übergegangen, die sie in Richtung Glassarg murmelte. Mit Respekt, aber nie unterwürfig. Serena befürchtete, dass sie nicht davor zurückschrecken würde, der Heiligen zu drohen – vorbeugend für den Fall, dass die *santuzza* sich als vergesslich erweisen und das Wunder auf sich warten lassen würde, wurde sie verflucht: du halbe Zitrone! Du Mistheilige! Weshalb Serena beschloss, ihre Mutter allein mit der Heiligen zu lassen. Der *capo scorta* spitzte die Lippen und stieß einen leise zischenden Schlangenruf aus, das Zeichen für den Abmarsch. Allerdings waren die Nonnen nun ebenfalls im Begriff, die Kapelle zu verlassen und drängelten sich vor, zwischen die Leibwächter und Serena, die sich darum bemühten, ihnen den Vortritt zu lassen, ohne dabei Serena aus den Augen zu verlieren, was die Nonnen nicht verstanden, weshalb eine beim Verlassen der Kapelle gegen ein Maschinengewehr stieß, einen kurzen, empörten Schrei ausstieß und ohnmächtig in sich zusammensackte. In Zeitlupe, mit einem Rosenkranz in der Hand. Aufgeregt beugten sich alle über die auf dem Boden liegende Nonne, fächelten ihr Luft zu und blickten Serena an, als sei sie ein Menetekel des Bösen.

Sie atmete auf, als sie endlich draußen war. Sie ärgerte sich, dem Drängen ihrer Mutter nachgegeben zu haben. Ein kleines Handyfoto, und die nächste Sudelei wäre fertig: Vitale sucht Hilfe bei Santa Rosalia. Sie wollte so schnell wie möglich ins Auto flüchten, als sie hörte, wie jemand *Dottoressa Vitale* rief. Die Leibwächter blickten alarmiert, wie immer, wenn sich jemand Serena zu nähern versuchte. Sie blickte sich panisch um. Und sah Antonio Romano die Stufen hinaufsteigen. Mit zwei kleinen, dicken Mädchen an der Hand. Ein Familienvater auf einem Ausflug zur Heiligen Rosalia.

Sie blickte nach rechts und links. Keine Fluchtmöglichkeit. Wenn sie ihn auf den Fluren der Staatsanwaltschaft gesehen hatte, war sie in ein Büro geflüchtet, beim letzten Mal wäre sie am Ausgang des Justizpalasts beinahe in ihn hineingerannt, wenn sie sich nicht in letzter Sekunde in den Aufzug geworfen hätte. Sie blickte Hilfe suchend nach rechts und links, aber da war nichts, keine Nische, kein Felsvorsprung, hinter dem sie sich hätte verstecken, kein bekanntes Gesicht, kein Freund, mit dem sie in ein vertrauliches Gespräch hätte versinken können, nur ihre Leibwächter, denen sie die Peinlichkeit ersparen wollte, zu sehen, wie sie versuchte, Antonio Romano aus dem Weg zu gehen. Sie standen auf dem Treppenabsatz wie auf einem Präsentierteller.

Dottoressa, ich hätte nicht erwartet, dass Sie gläubig sind, sagte Romano. Er lächelte.

Ich glaube nicht an Gott, ich glaube an Wunder.

Er sah gut aus, schwarzes Hemd, sandfarbene Hose und Wildlederslipper. Seine Eleganz fiel auf, zwischen den Touristen in Bermudashorts. Sie zwang sich zu einem Lächeln. Die Leibwächter hielten sich höflich abseits.

Ich habe diesen Artikel gelesen …

Sie versuchte gleichmütig mit den Schultern zu zucken. Bloß kein Mitleid.

Ich werde es überleben. Ich habe dagegen geklagt.

Ich kann mir denken, was sich dahinter verbirgt, sagte er.

Ich auch, sagte Serena, während sie auf seine Füße blickte und sich vorstellte, wie sie in Zwölf-Zentimeter-Stilettos in Größe zweiundvierzig aussehen würden. Sie hatte gehört, dass er weggelobt werden würde.

Ich habe gehört, dass Sie demnächst nach Mailand gehen. Glückwunsch.

Ja. Und ich habe gehört, dass auch Ihr Kollege Licata Palermo verlässt.

Er braucht etwas Luftveränderung.

Und sonst?

Sonst versuche ich weiter, die Guten und die Bösen auseinanderzuhalten.

Genau wie ich, sagte Romano.

Tatsächlich?

Das war so schnell über ihre Lippen gegangen, dass es sie erschreckte. Die beiden kleinen, dicken Mädchen machten sich von seiner Hand los, hüpften die Treppe hinunter zurück zum Devotionalienstand.

Sie holte Luft. Und dann hörte sie sich sagen: Es tut mir leid.

Eine Schrecksekunde lang blickten sie sich in die Augen. Die Leibwächter inspizierten interessiert das grüne Metallgeländer der Treppe, die Steinstufen, die Glitzergirlanden über der Treppe, die vertrockneten Palmen in den Plastikkübeln.

Es gefällt mir nicht zu verlieren, sagte sie.

Mir auch nicht, sagte er.

Ja, dann haben wir ja eine Gemeinsamkeit.

35

Er hatte sich von Reise zu Reise verbessert, nach dem Ostblock-Plattenbau in Mondello und dieser Knastkiste gegenüber dem Ucciardone war dies endlich ein Hotel, das den Namen verdiente: Hotel Centrale.

Wieneke stand unter der Dusche, einer geräumigen, mit glitzernden Mosaiksteinchen besetzten Dusche, als das Telefon in seinem Zimmer klingelte. Er war für elf Uhr im Hotel mit Giovanni verabredet, vielleicht war etwas dazwischengekommen? Aber Giovanni konnte es nicht sein, er hätte es eher mobil probiert, oder war der Empfang hier so schlecht, dass er es über das Festnetz versuchen musste? Immerhin befand er sich irgendwo in den Eingeweiden von Palermo, das Zimmer ging auf eine handtuchschmale Gasse hinaus, vielleicht saß er hier in einem Funkloch. Eilig trocknete sich Wieneke ab – glücklicherweise gab es in diesem Hotel etwas dickere Handtücher – und frottierte vorsichtig seine Haare (er hatte irgendwo gelesen, dass allzu starkes Frottieren die Haarwurzeln schädige) und griff zum Telefon. Eine Männerstimme meldete sich.

Pronto, Signor Wieneke?

Ja, hallo?

Don Pace hat mich beauftragt, Sie anzurufen. Hören Sie mir gut zu. Befolgen Sie alle meine Anweisungen.

Wieneke setzte sich auf das Bett. Ein Typ ruft mich um acht Uhr morgens an und will mir Anweisungen geben. In Pizzeria-Deutsch. Ich glaub's nicht.

Was für Anweisungen? Geht's schon früher los, wir waren doch für elf verabredet?

In Ihrem Hotel wird es gleich zu einer Schießerei kommen.

Zu einer was?

Don Pace möchte nicht, dass Sie verletzt werden.

Bleiben Sie ruhig und machen Sie sofort das, was ich Ihnen jetzt sagen werde, dann passiert Ihnen nichts. Schreiben Sie sich folgende Telefonnummer auf ein Stück Papier: dreiviersieben, dreifünf, sechsacht, siebenachtneun.

Jetzt noch mal langsam: Habe ich richtig verstanden? Schießerei? Ich meine, ich bin Journalist, ich bin neutral, ich habe damit nichts zu tun, ich bin so was wie das Rote Kreuz.

Hören Sie zu: dreiviersieben, dreifünf, sechsacht, siebenachtneun. Okay? Haben Sie das?

Widerwillig nahm Wieneke den Bleistift und kritzelte die Nummer auf den neben dem Telefon liegenden Notizblock.

Die Nummer ist Ihre Lebensversicherung. Und jetzt notieren Sie sich folgende Adresse: *Pensione Casa degli amici*, Piazza Anita Garibaldi sechs.

Wieneke notierte die Adresse.

Va bene? Jetzt entfernen Sie die SIM-Karten aus Ihrem Telefon und Ihrem Tablet, werfen Sie sie in die Toilette und zerstören Sie Ihr Telefon und Ihr Tablet.

Ich zerstöre was?

Ihr Telefon ist verwanzt. Damit man Sie weder abhören noch orten kann, müssen Sie alles zerstören. Restlos. Haben Sie mich verstanden?

Ja, aber …

Anschließend verlassen Sie das Hotel. Steigen Sie in das vor der Tür stehende Taxi. Geben Sie die Adresse an. An der nächsten Ecke ist ein Geldautomat. Dort ziehen Sie sich etwas Geld. Daneben ist ein Vodafone-Laden. Kaufen Sie sich dort ein neues Telefon mit einer Prepaid-Karte. Sie haben nicht viel Zeit.

Schon erklang das Besetztzeichen. Wieneke saß wie festgenagelt auf dem Bett und starrte auf den Hörer, den er noch in der Hand hielt und der mit einem Mal tonnenschwer wurde.

Neonlicht erleuchtete das Zimmer wie einen Operationssaal, die Fensterläden waren noch geschlossen. Durch einen Spalt drängte etwas Tageslicht herein. Gestern Abend, als er angekommen war, hatte er festgestellt, dass sein Zimmer eins von den billigeren war, ohne Aussicht. Als er die Fensterläden geöffnet hatte, hatte er auf halb verrottete Plastikplanen geblickt, die aus den Fenstern gegenüber wehten, auf klumpigen Zement, faulige Deckenbohlen und einen eingestürzten Dachfirst. Es wäre ein Kinderspiel, von hier aus direkt in sein Zimmer zu schießen.

Er zwang sich dazu, ruhig durchzuatmen, sich zu sammeln. Schießerei. Offenbar war über Nacht der Krieg um Grecos Nachfolge ausgebrochen, Don Pace hatte sich in Position gebracht, und ein paar Wichser hielten ihn tatsächlich für Don Paces Mann. Wem, wenn nicht Don Pace sollte er vertrauen? Das hier war ein Film.

Er wurde nervös, als unter seinem Fenster eine Vespa mit kaputtem Auspuffrohr vorbeifuhr. Giovanni hatte ihm erzählt, dass die Bullen Grecos Versteck ausfindig gemacht hatten, nachdem sie ein Motorrad mit kaputtem Auspuff vor dem Haus vorbeifahren ließen. Als die Wanzen das Knattern des Auspuffs übertrugen, wussten die Bullen, dass sie richtig lagen.

Er fing an zu schwitzen, als er sein iPhone nicht sofort fand, wo war das Mistding, er wühlte in seiner Fahrradkuriertasche, bis ihm einfiel, dass er es zum Aufladen auf den Schreibtisch gelegt hatte. Das Ding war nagelneu und hatte fünfhundert Euro gekostet, es war kein verlagseigenes Telefon. Egal, er würde es der Redaktion in Rechnung stellen. Mit zitternden Fingern bog er eine Büroklammer zurecht und steckte sie in das winzige Loch, die Büroklammer brach ab, was war das für eine Scheiße, er holte eine neue, endlich klappte es, er zog die

SIM-Karte heraus, zögerte kurz und warf das Telefon auf den Boden, aber das Scheißding glitt unversehrt über das Parkett, wie ein Stück Seife. Drauftreten ging auch nicht, er war barfuß. Schnell zog er sich an. Wütend trat er auf das Telefon, aber die Schuhe hatten eine Gummisohle. Fluchend nahm er das Silberbesteck, das auf dem kleinen Tisch neben dem Obstteller lag. Der Griff des Messers war schwer genug. Die gläserne Oberfläche des iPhones zersplitterte, den Rest beseitigte er mit einem Stuhlbein.

Jetzt das Tablet. Das Entfernen der SIM-Karte ging etwas leichter, er warf beide Karten ins Klo und zog die Wasserspülung, er ließ das iPad mit dem Bildschirm auf die Fliesen im Badezimmer fallen, das Frontglas zersplitterte. Das Metallgehäuse leistete etwas Widerstand, aber dann kriegte er es auch klein. Er stand unter Strom, packte seine Tasche und zog die Tür leise hinter sich zu.

Der Aufzug war gleich neben seinem Zimmer, aber er war ja nicht bescheuert. Er lief Richtung Treppenhaus, fast hätte er ein Zimmermädchen samt Wäschewagen über den Haufen gerannt, er sprang die Marmortreppen herunter, lief wie von Furien gehetzt durch die Halle, ohne einen Blick auf die Rezeption zu werfen, fast tat es ihm etwas leid, das Personal nicht warnen zu können, aber so war das eben im Krieg.

Er überquerte die Straße, das übliche Palermitanische Verkehrschaos, Autos standen vor der Ampel und hupten sinnlos wie eine blökende Viehherde, er warf sich in das Taxi, keuchte *Pensione Casa degli amici, Piazza Anita Garibaldi sei, sei* heißt doch wohl sechs, es war, als hätte jemand die letzten italienischen Wörter aus seinem Kopf gelöscht. Der Fahrer drehte sich nicht mal nach ihm um, es war einer dieser gegelten Jungs, die alle aussahen wie vom Fließband gefallen, in Palermo wimmelte es von ihnen. Nach ein paar Metern sah Wieneke den Geldautomaten, brüllte Stopp, zog dreihundert Euro, warf sich wieder in das Taxi und rief nach ein paar Metern wieder Stopp, weil das Taxi fast an dem Vodafone-Laden vorbeigefahren wäre, glücklicherweise war der Laden leer, er kaufte sich ein Nokia für dreißig Euro und lud es mit fünfzig Euro auf. Als er wieder im Auto saß, rutschte er auf dem Sitz so weit runter, dass ihn niemand sah, seine Knie stießen an den Vordersitz.

Aus den Tiefen der Rückbank versuchte er dem Fahrer klarzumachen, dass er schneller fahren sollte, aber der Typ zuckte nur mit den Schultern und deutete auf den wie in Harz gegossenen Verkehr. Entweder begriff er wirklich nichts oder er tat so. In Palermo war Krieg, und er saß im Stau. Leider ohne schusssichere Weste. Jedes Kind konnte ihn jetzt abknallen, einfach die Tür aufreißen und Ende.

Inzwischen klebte sein Hemd an ihm wie eine Plastiktüte, endlich ging es weiter – er blickte hoch und sah ein Niemandsland aus Plattenbauten, Schutthalden und umgekippten Müllcontainern. Jemand hatte mit roter Farbe *viva la mafia* auf eine Mauer gesprayt, zwischen Bauruinen und leer stehenden Lagerhallen wucherte Unkraut.

Prego, sagte der Fahrer, als er vor einem zweistöckigen Haus hielt, neben der Eingangstür hing ein verwittertes Schild: *Pensione Casa degli amici*. Wieneke zahlte fünfundzwanzig Euro, blickte nach rechts und links, stieg aus, drückte die Klingel unter dem Schild und stemmte sich gegen die Tür. Wieder fuhr eine Vespa mit kaputtem Auspuff vorbei. Das war kein Zufall. Verdammte Scheiße, wenn sie nicht bald die Tür aufmachen, knallen die mich im Vorbeifahren ab. Er wäre fast in den Flur gefallen, als der Summer endlich die Tür öffnete. Die Pension befand sich im zweiten Stock. Im Flur roch es nach Schimmel, Putz fiel in handtellergroßen Stücken von den Wänden. Ein Rattenloch für Nutten und Illegale. Am Empfang saß eine Puffmutter, die irgendwas brabbelte, er verstand kein Wort. Auf ihren Hüften hätte man ein Tablett abstellen können, in Badelatschen schlurfte sie aufreizend langsam über den Flur und wies ihm den Weg zum Zimmer. Als er endlich die Tür hinter sich schloss, atmete er auf. Er schob den Schrank vor die Tür, steckte das Ladekabel des Nokia in die Steckdose und schickte eine SMS an die Nummer, die ihm der Typ durchgegeben hatte.

Verlassen Sie das Zimmer nicht, lautete die Antwort. *Ruhig bleiben.*

Das war leicht gesagt. Er ließ sich auf das Bett fallen, es schwankte wie auf hoher See. Die Schweißtropfen auf seinem Gesicht trockneten langsam, sein Blut zirkulierte ruhiger. Das Zimmer war höchstens zehn Quadratmeter groß und roch nach Katzenpisse, vor dem Bett lag ein Bettvorleger mit gelben Flecken. Die Jalousien vor dem Fenster waren geschlossen, er wagte nicht, die Fenster zu öffnen. Ein abgenutzter Holztisch und zwei wacklige Stühle waren das einzige Mobiliar neben dem Bett. Auf dem Tisch stand eine Flasche Mineralwasser, er trank gierig. Er ging ins Badezimmer, drehte das Licht an und sah ein paar Kakerlaken zappelnd im Abfluss im Boden verschwinden. Der Wasserhahn spuckte stotternd eine gelbe Flüssigkeit in das verkalkte Waschbecken, fast hätte er gekotzt. Er wollte pinkeln, konnte aber nicht, er war blockiert.

Warum rief der Typ jetzt nicht an? Er versuchte den Fernseher einzuschalten, ein prähistorisches Ding mit Zimmerantenne. Natürlich funktionierte die Fernbedienung nicht. Er drückte an den Knöpfen herum, aber auf dem Bildschirm war nur Schnee zu sehen. Er rüttelte etwas an der Zimmerantenne herum, nichts passierte.

Er hätte jetzt gerne Giovanni eine SMS geschickt, verwarf aber den Gedanken. Er war sich nicht mehr sicher, auf welcher Seite Giovanni stand. Es gab keine Gewissheiten mehr.

Endlich klingelte das Telefon.

Wie lange muss ich mich hier verstecken?, fragte Wieneke.

Bis die Lage geklärt ist.

Wäre es nicht einfacher, wenn ich ganz aus Sizilien verschwinden würde?

Oh, ich weiß nicht, ob das wünschenswert wäre. Ich meine: für Sie.

Wieneke starrte auf den fleckigen Bettvorleger. Während er ihn mit dem Fuß unter das Bett schob, fragte er sich, warum dieser Typ plötzlich so maliziös klang.

Wir haben mit Ihrem Chefredakteur gesprochen, diesem Tillmann, sagte die Stimme.

Gut, sagte Wieneke. Sicher, er vertraute Don Pace und seinen Männern, aber jetzt war er doch erleichtert, Tillmanns Namen zu hören. So erleichtert, wie er es einmal am Ende seiner Reportage in Somalia gewesen war, als er endlich in eine Lufthansa-Maschine nach Deutschland hatte steigen können.

Wir haben ihm Ihre Lage geschildert und ihm ein paar Argumente genannt, die deutlich machen, dass es keine gute Idee wäre, wenn er die Polizei rufen würde.

Ah ja, klar, sagte Wieneke und kicherte, um seine Verwirrung zu überspielen. Sein Mund war trocken, er hatte das Gefühl, als ob seine Zunge am Gaumen klebte. Die Flasche Mineralwasser war so gut wie leer.

Und was hat er gesagt?

Er hat gesagt: In was für eine Scheiße hat uns der Wieneke jetzt schon wieder reingeritten.

Wieneke schluckte. Dieser Sack. Dieser falsche Fuffziger.

Wir können nur hoffen, dass Sie Ihrem Chefredakteur etwas wert sind, sagte der Typ. Ach, und eins noch: Der Kontakt mit uns ist Ihre Lebensversicherung. Wenn Sie Ihr Handy ausschalten, bringen wir Sie um.

Wieneke starrte auf das Display des Nokia. Das musste ein Witz sein. Italiener hatten manchmal einen komischen Humor. Sein Kopf war leer, alles drehte sich, in seinen Ohren rauschte das Blut, alte Mafia, neue Mafia, Mafia drinnen und Mafia draußen, Saruzzo Greco, Don Pace, wo war Giovanni, dieser Sack? Alles war eine abgekartete Sache gewesen, man hatte ihn in eine Falle gelockt. Man hatte ihn erst nach Palermo gelockt und dann in diese Absteige. Die Puffmutter gehörte auch dazu.

Was für ein Scheißfilm. Hatte die Vitale nicht gesagt, dass

es keine Mafia-Toten mehr gäbe in Palermo, bis auf das Paar herrenloser Füße, die an den Strand von Mondello gespült worden waren? Er war doch nur ein Journalist, das war alles ein großes Missverständnis. Am liebsten wäre er weggelaufen. Ihm wurde kalt, und gleichzeitig fing er an zu schwitzen. Seine Hände waren ohne Gefühl und zitterten. Vielleicht sollte er *Hilfe, ich bin eine Geisel der Mafia, man hält mich in der Pensione Casa degli amici fest, bitte rufen Sie die Polizei* auf einen Zettel schreiben und auf die Straße werfen. Aber auf Deutsch würde das keine Sau verstehen.

Wieder klingelte das Telefon. Falls Sie auf die Idee kommen sollten, jemanden um Hilfe zu bitten oder eine SMS zu verschicken, bedenken Sie bitte, dass wir in Echtzeit darüber informiert werden. Wir haben eine gewisse Erfahrung darin, Leichen verschwinden zu lassen. Wissen Sie wie?

Nein, stotterte Wieneke, aber ich kann es mir vorstellen.

Oh, er kann es sich vorstellen!, sagte der Typ und lachte höhnisch. Ich erkläre es Ihnen, dann können Sie es sich vielleicht noch besser vorstellen. Also: Man legt die Leiche in ein Blechfass und kippt Salzsäure drauf, Salpetersäure geht auch, die Säure brodelt wie Frittieröl. Wir haben die Technik noch verfeinert, wir haben die Blechfässer auf einen Gasbrenner gestellt, denn wenn die Säure warm ist, werden die Leichen in der Hälfte der Zeit aufgelöst. Ab und zu wird mit einem Stock umgerührt. Drei, vier Stunden und fertig.

Haben Sie Goldzähne?

Nein, sagte Wieneke.

Keine Goldplombe im Zahn?

Nein.

Verheiratet?

Nein.

Auch nicht … Schade.

Wieneke rannte ins Bad. Als er auf dem Klo saß, stützte er den Kopf auf seine Hände und sah, wie ein paar Silberfischchen über die Fliesen glitten. Er wusch sich die Hände und stellte fest, dass die Seife keinen Schaum abgab. Das Wasser verschwand als gelblicher Strudel im Abfluss.

Er legte sich auf das Bett und starrte an die Decke, wo sich in einer Ecke ein schimmeliger Fleck ausbreitete, ein Wasserschaden. Er konnte nur hoffen, dass Tillmann, diese Wurst, nicht so beknackt war, tatsächlich die Polizei zu alarmieren. Bei dem Gedanken musste er schon wieder aufs Klo. Kaum hatte er sich auf die Klobrille gesetzt, klingelte das Telefon, er zog sich im Laufen die Hose hoch und rief keuchend: Hallo?

Ihr Freund Giovanni scheint Sie nicht sehr zu schätzen.

Wieso?

Wir haben gehört, wie er mit Ihrem Chefredakteur über Sie sprach. Er war nicht sehr nett. Sie seien eine Nulpe, sagte er. Für uns ist das nicht weiter von Belang. Nulpe oder nicht, Hauptsache, Sie sind für Ihren Chefredakteur fünfhunderttausend Euro wert. *Peanuts* im Grunde.

Ende der Mitteilung. Wieneke starrte auf das Telefon und hörte alle möglichen Geräusche, eine Wasserspülung und Schritte über seinem Kopf, ein Zweitakter, der draußen vorbeikeuchte, eine Alarmanlage, die ausgelöst wurde, Kinderstimmen, ein Kind schien eine Trommel zu schlagen. Jedes Mal, wenn er Schritte auf dem Flur hörte, glaubte er zu sterben.

Er lief in dem Zimmer auf und ab. Er zählte seine Schritte. Er wusch sich die Hände. Er setzte sich auf das Bett. Er kreuzte die Arme auf dem Rücken und dachte an Nelson Mandela. Wieder klingelte das Telefon.

Hören Sie auf, im Zimmer herumzurennen, das macht uns nervös. Klick.

Resigniert setzte er sich auf das Bett. Er versuchte die Augen offen zu halten. Wenn er sie schloss, lief der Film weiter ab. Hier hatte man einem Priester bei helllichtem Tag in den Kopf geschossen, und etliche Richter in die Luft gesprengt. In Deutschland war das alles weit weg. Keine Sau würde sich um ihn Sorgen machen. Keine Sau würde ihn vermissen.

Wieder klingelte das Telefon.

Machen Sie das Licht aus.

Gehorsam schaltete er das Licht aus. Vielleicht würden die Tagesthemen über ihn berichten, *Wolfgang W. Wieneke, von einer Recherche in Palermo nicht mehr zurückgekehrt*. Vielleicht wäre er auch eine dpa-Meldung wert, vielleicht würden Gerüchte über ihn die Runde machen, dass er mit der Mafia zusammengearbeitet hätte. Vielleicht würde sein Verschwinden von niemandem außer von der Gewerkschaftszeitung bemerkt.

Was, wenn dieser Sack von Tillmann es ablehnte, mit der Mafia zu verhandeln? Nicht unwahrscheinlich. Dass er auf seine Kosten groß rauskommen wollte, als der MANN, DER SICH DER MAFIA NICHT BEUGT?

Wieder klingelte das Telefon. Er hörte ein Geräusch, das klang wie ein kreischendes, überdrehtes Motorrad. Ein Lachen. Und dann wieder den Typen, der ihm erklärte, dass man seinem Chefredakteur mit dem Geräusch dieser Kettensäge klargemacht habe, dass es keine Alternative zur Zahlung des Lösegelds gäbe.

Irgendwann wurde sogar Essen gebracht. In einer Tüte, die an die Tür gehängt wurde, befanden sich zwei mit Käse und Tomaten belegte Brote, Äpfel und zwei Flaschen Mineralwasser. Als er die Tür wieder schloss, fragte er sich, ob es sinnvoll wäre, wieder den Schrank vor die Tür zu rücken.

Er vergaß Raum und Zeit. Er hatte das Gefühl, sich in einer gigantischen Luftblase zu befinden, er fühlte sich schwerelos, er wusste nicht mehr, wie lange er auf das Telefon gestarrt hatte, ob er eingenickt war. Bald war er so weit, dass er sich freute, als der Typ endlich wieder anrief. Und ihm vom Stand der Verhandlungen berichtete. Tillmann sehe es langsam ein, dass das Lösegeld gezahlt werden musste. In der Nacht stand er vor dem Fenster und starrte auf den Spalt Himmel, den er durch die geschlossenen Fensterläden sehen konnte. Es war eine Vollmondnacht, der Himmel war fast taghell, um den Mond wirbelten Wolken, die aussahen wie mit einem Pinsel auf eine gigantische Leinwand getupft.

Am nächsten Morgen klopfte es an der Tür. Vor Angst schiss er sich ein. Er hörte, wie jemand seinen Namen rief und die Tür aufschloss. Als der Schrank beiseitegeschoben wurde, lief Wieneke ins Bad und versuchte vergeblich, die Tür zu verriegeln. Zitternd an die Kacheln gedrückt, fing er an zu beten, er hörte dumpfes Klopfen, gleich würde Holz splittern, er blickte auf das Fenster und versuchte, sich hochzuziehen, Klimmzüge waren nicht seine Stärke, jemand trommelte gegen die Tür des Badezimmers, bis sie aufsprang. Als er Antonio Romano vor sich stehen sah, fing Wieneke an zu weinen.

36

Von dem Mann, der mehr als einen Tag lang das grausame Spiel aufrechterhalten hat, fehlt jede Spur, sagte Antonio Romano. Hinter ihm hingen die italienische, die sizilianische und die europäische Flagge. Er saß in der Mitte neben dem diensthabenden Staatsanwalt und dem Polizeipräsidenten, umrahmt von zwei Polizisten, die sich neben den Fahnenstangen wie Standbilder aufgebaut hatten. Auf der Stellwand, auf der normalerweise die Fotos der Festgenommenen mit Heftzwecken befestigt wurden, hing die Titelseite von *FAKT*, daneben war der Name WOLFGANG WIDUKIND WIENEKE zu lesen. Auf dem Tisch, auf dem die Beamten am Ende von erfolgreichen Polizeiaktionen gewöhnlich ihre Beute präsentierten – Pistolen, Munition oder zu Platten gepresstes Heroin –, lagen zwei Plastiktüten. Eine enthielt die Reste eines iPads, die andere die Trümmer eines iPhones.

Schon am Morgen hatte Serena per E-Mail die Pressemitteilung der *Questura* erhalten: *Der deutsche Journalist Wolfgang Widukind Wieneke, 57, Redakteur der Hamburger Wochenzeitschrift FAKT, wähnte sich 30 Stunden lang in der Hand eines Mafiaclans – obwohl er lediglich Opfer eines Bluffs war: einer »virtuellen« Entführung, die keine war.* Jetzt stand Serena in der Bar des Justizpalastes, trank einen Espresso und versuchte, die Übertragung aus der Pressekonferenz der *Questura* zu verfolgen, soweit das durch das Klappern der Espressotassen, das Piepen der Metallschleusen und das Scheppern der Aktenwägelchen möglich war.

Rai tre berichtete über die Pressekonferenz mittags um eins, zur besten Sendezeit, was ebenso ungewöhnlich war wie die Tatsache, dass fast alle Journalisten von Rang dort versammelt waren, wie sonst nur bei Verhaftungen bedeutender Bosse.

Dreißig Stunden oder, wie der gepeinigte deutsche Journalist nach seiner Befreiung ausgerechnet hatte, hundertachttausend Sekunden Angst habe er durchlebt, sagte Romano, nachdem ihn ein Unbekannter im Hotel Centrale Palace angerufen, eine bevorstehende Schießerei angekündigt und ihm befohlen habe, sein iPad und sein iPhone zu zerstören, sowie die SIM-Card in die Toilette zu werfen und herunterzuspülen. (Bei dem Wort *herunterspülen* fing ein dunkelhaariges Mädchen an zu kichern.) Wieneke sei eine Adresse einer Pension in Brancaccio genannt worden, zu der er sich zu seinem Schutz umgehend begeben sollte. Wieneke habe alle Anweisungen seiner Entführer befolgt, weil er sich in einem soeben ausgebrochenen Mafiakrieg zwischen den Fronten zweier konkurrierender Clans wähnte. Die Befreiungsaktion habe im Wesentlichen darin bestanden, die Tür des Zimmers zu öffnen, in dem Wieneke saß, sagte Romano, woraufhin unter den anwesenden Journalisten große Heiterkeit ausbrach.

Bislang kenne man derartige virtuelle Entführungen nur aus Südamerika, es sei das erste Mal, dass so etwas in Italien passiert sei – offenbar hätten sich die Entführer die Schwäche des deutschen Journalisten zunutze gemacht, der kein Italienisch spreche und nur über rudimentäre Ortskenntnisse verfüge. Die Sprache spiele eine entscheidende Rolle bei der Einschüchterung des Opfers. Der oder die Täter hätten sehr gut Deutsch gesprochen, sie wussten, dass er in Palermo angekommen war, nachdem Wieneke kurz nach seiner Ankunft begeistert auf Facebook gepostet habe: *Gerade auf Sizilien gelandet. Palermo ist der Hammer!* Schon am nächsten Tag sollte ihm die Begeisterung genommen werden.

Die Fahndung nach dem deutschen Journalisten sei schließlich vom Chefredakteur der Zeitschrift *FAKT* ausgelöst worden, nachdem die Entführer in der Redaktion von *FAKT* angerufen und fünfhunderttausend Euro Lösegeld für den Redakteur gefordert hätten. Der Ernst ihrer Forderung sei mit dem Geräusch einer Kettensäge untermalt worden. Wenn das Lösegeld nicht umgehend gezahlt würde, werde der Redakteur in einem Schuhkarton zurück in die Redaktion nach Hamburg geschickt. Der Chefredakteur habe schließlich die Polizei eingeschaltet. In Kooperation mit den deutschen Kollegen sei es nicht schwer gewesen, das Versteck des Journalisten ausfindig zu machen, in seinem Zimmer im Hotel Centrale Palace habe noch der Notizblock gelegen, der den Abdruck der Notiz enthielt, auf der Wieneke die Adresse der Pension und die Telefonnummer der Entführer aufgeschrieben habe. Die SIM-Card sei auf den Namen einer neunzigjährigen Rentnerin aus Canicatti ausgestellt und nur während der Entführung verwendet worden. Nichtsdestotrotz werde man jetzt noch sämtliche Verbindungsdaten prüfen.

Für das Opfer, das müsse deutlich gesagt werden, sei der Terror nicht virtuell gewesen, sondern real. Der oder die Entführer hätten ihn jede Stunde angerufen und permanent gequält. Wieneke habe Palermo fluchtartig verlassen. Er habe einen traumatisierten Eindruck gemacht.

Ein Raunen ging durch den Saal, als Romano seine Ausführungen beendet hatte, die Journalisten schüttelten ungläubig die Köpfe. Eine junge Frau im roten Pullover, die für *Radio Capital* arbeitete, fragte, wie man sich erkläre, dass Wieneke nicht misstrauisch geworden sei, als man ihn aufgefordert habe, sein iPhone und sein iPad zu zerstören und die SIM-Card in die Toilette zu werfen?

Wieneke wähnte sich in einem Mafiakrieg und befürchtete, dass sein Telefon vom gegnerischen Clan abgehört würde. Er wollte vermeiden, dass sein Standort anhand des Mobiltelefons ausfindig gemacht werden konnte.

Ah, sagte die Frau im roten Pullover.

Und wie erklären Sie sich, dass dieser Wieneke nicht einfach vom Hotel Centrale aus zur Polizei gefahren ist, anstatt wie ein Schaf die Anordnungen zu befolgen?, fragte ein flusenbärtiger Redakteur der *Repubblica*.

Zu dem Zeitpunkt, als Wieneke das Hotel verließ, war er noch überzeugt, dass seine Mafiafreunde ihn vor den Angriffen des verfeindeten Clans schützen wollten. Diese Freundschaft wollte er durch das Einschalten von *Bütteln* – Romano zog seine linke Augenbraue kurz hoch – offensichtlich nicht gefährden. Daraufhin brach erneut Gelächter unter den Journalisten aus.

An dieser Stelle sah sich der Polizeipräsident genötigt, die ausgezeichnete Polizeiarbeit der *Squadra Mobile* unter der Führung von Antonio Romano zu loben, der es gelungen sei, den deutschen Journalisten in kürzester Zeit aus seinem virtuellen Gefängnis zu befreien, der *Pensione Casa degli amici* (erneuter Heiterkeitsausbruch bei dem Wort *amici*).

Unterbrochen von Lachsalven seitens der Journalisten führte Romano mit großer Ernsthaftigkeit aus, dass es sich laut Einschätzung aller Ermittler bei den Erpressern definitiv nicht um die Mafia handele. Zumal kein Lösegeld kassiert worden sei. Die Erpresser hätten einfach nur die Angst vor der Mafia genutzt, sozusagen das symbolische Kapital der Mafia.

Es sei nur zu hoffen, dass das Beispiel dieser virtuellen Entführung auf lange Sicht in Palermo nicht Schule machen werde und noch mehr ausländische Journalisten ihrer Ahnungslosigkeit zum Opfer fallen würden. Das würde die Kapazitäten der mobilen Einsatzkommandos auf Sizilien eindeutig überfordern.

37

Wieneke hatte sich mit Francesca im Café Schöne Aussichten verabredet. Es war später Herbst, der sich in Hamburg wie früher Winter anfühlte, ein trüber Tag, draußen fiel feiner Nieselregen herab. Francesca war seine einzige Hoffnung.

Pass auf, sagte er und spielte mit verteilten Rollen (Wieneke als Chefredakteur, Wieneke als Sekretärin, Wieneke als Wieneke) nach: Der Sack und seine übliche linke Tour, der Sack und seine Vorwürfe Wieneke gegenüber.

Eine Stunde lang ging das so: Wie blöd bist du eigentlich, jeden Mist zu glauben? Wie dämlich bist du? Dich ruft einer an, und du scheißt dich vor Angst gleich ein?

Und am Ende, als er immer noch nicht glauben wollte, was mir in Palermo passiert ist, stand ich auf, schnappte mir die Kanne mit dem Kamillentee und schüttete den Tee in Tillmanns Gesicht und auf seinen beschissenen Schreibtisch, auf sein iPad, die gespitzten Bleistifte und seine beschissene Unterschriftenmappe. Und dann bin ich weggegangen.

Wieneke gab sich Mühe, wie ein Theaterschauspieler durch das Café Schöne Aussichten zu tänzeln, vorbei an Müttern, die Caffè Latte tranken und ihre Kleinen in Designer-Kinderwagen aus Carbon hin und her rüttelten.

Natürlich hat die Wurst getobt. Er hat mich als geistesgestört bezeichnet und wollte mich fristlos kündigen, aber glücklicherweise gibt es ja den Betriebsrat. Der hat klargemacht, dass es ein Burn-out war. Ich bin schließlich nicht der Einzige, der Tausende von Überstunden schiebt. Ich wurde vorläufig freigestellt. Man hat mir angeboten, in ein paar Monaten wieder in die Redaktion zurückzukehren. Ich musste nur der Auflage nachkommen, regelmäßig Gespräche mit einem Psychologen zu führen. Einmal bin ich auch hingegangen. Der Psychologe hat mir eine Liste mit Fragen gegeben: Sind Sie leicht erregbar und ruhelos?, oder: Suchen Sie Entspannung im Alkohol?, oder: Machen Sie häufig zynische Bemerkungen über Kollegen? Ich hab dem gesagt, dass ich zwar etwas Kamillentee verschüttet habe, aber deshalb noch lange kein Idiot bin. Ende der Gespräche. Daraufhin wurde der Betriebsrat erneut eingeschaltet. Und dann ging es wieder los mit dem Hin und Her zwischen Geschäftsführung, Chefredaktion und Betriebsrat. Man hat mir eine Abfindung angeboten, die ich abgelehnt habe, ich habe geklagt, und vor einer Woche bin ich wieder in die Redaktion zurückgekehrt. In mein altes Ressort.

Toll, sagte Francesca.

Du glaubst mir auch nicht.

Ich bin froh, dass du wieder in die Redaktion zurückkehren …

Aber du glaubst mir nicht, dass ich entführt wurde.

Doch. Ich glaube schon, dass du das so empfunden hast.

Hey, was heißt hier: So empfunden? Der Typ hat mich jede Stunde angerufen und bedroht.

Ja, ich weiß, hast du mir alles schon erzählt.

Scheiße, ich hab mir das doch nicht eingebildet.

Nein, ich sage auch nicht, dass du dir das eingebildet hast, aber die Geschichte mit Don Pace war doch auch schon ein Fake … entschuldige.

Was heißt hier Fake? Ich hab dem Typ gegenübergesessen.

Ja, und er hat dich benutzt.

Was heißt hier benutzt? Ich habe ihm Fragen gestellt, und er hat mir geantwortet.

Geht das schon wieder los mit dieser Arie. Vergiss es. Lass es sein.

Und meine Entführung?

Die hat nur in deinem Kopf stattgefunden. Jeder Idiot hätte dich entführen können. Wo war denn dein Freund Giovanni?

Keine Ahnung, ich habe keinen Kontakt mehr zu ihm.

Wieso das?

Schließlich war ich es, der ihn bei *FAKT* eingeführt hat. Und jetzt spielt ausgerechnet er sich als Mafiaexperte auf. Der Sack. Hast du das letzte Heft nicht gelesen?

38

Exklusiv

FAKT-Mitarbeiter Giovanni Mancuso bekam Kontakt
zu dem mutmaßlichen neuen Oberboss der
sizilianischen Unterwelt und war dabei, als ein Novize
aufgenommen wurde:
Eine Reportage auf Leben und Tod.

Für Don Ciccio* bricht der Tag an, ein Tag, an dem es für ihn aufs Neue gilt zu überleben. Er würde gerne seine Tochter aufwachsen sehen, aber er ist auf der Flucht, dem letzten Mordanschlag ist er nur knapp entgangen.
Weil ein Vertrauter des Bosses für mich gebürgt hat, erlaubte Don Ciccio, dass ich bei der feierlichen Taufe eines neuen Clanmitglieds anwesend sein durfte. Ein Mittelsmann erwartet mich im Morgengrauen. Er sagt: »Auf Sizilien sind die Spätsommer ...« – und ich antworte wie vereinbart mit: »... so warm wie der Atem einer Geliebten.« Schweigend fahren wir durch das Zwielicht des sizilianischen Morgenrots. Wir fahren zu einem Grundstück, auf dem mehrere unauffällige Wagen geparkt sind, Fiat Puntos und Fiat Pandas, dazwischen auch ein paar verbeulte Nissans. Bevor wir

* Namen, Orte sowie Einzelheiten, die Rückschlüsse auf Identitäten zulassen, wurden von der Redaktion geändert.

in einen Fiat Punto umsteigen, muss ich mein Mobiltelefon abgeben, es könnte verwanzt sein.

Don Ciccio gilt derzeit als der aussichtsreichste Kandidat für die Nachfolge von Don Saruzzo Greco, dem berühmten Paten, der dreißig Jahre lang auf der Flucht war, bis er vor kurzem in Palermo verhaftet wurde (*FAKT* berichtete). Sicher, Don Ciccio ist Teil von Europas derzeit gefährlichster verbrecherischer Bedrohung, das muss hier ebenso betont werden, wie die unleugbare Tatsache, dass auf Sizilien derzeit 70 Prozent der Jugendlichen arbeitslos sind, Höchststand in Europa. Und die Einzigen, die auf Sizilien Jobs zu vergeben haben, sind Männer wie Don Ciccio.

Mehrfach wird ein komplizierter Umweg gefahren, gewartet, gespäht, ob jemand folgt. Nach einer halben Stunde werde ich geheißen, wieder in einen anderen Wagen umzusteigen, dieses Mal sitzt ein Mann mit Sturmhaube am Lenkrad eines mit Schlamm bespritzten Landrovers, mit dem es durch unwirtliches Gelände geht, durch Dornengestrüpp und mannshohe Farne. Den letzten Weg legen wir zu Fuß zurück. Schon lange, bevor wir an der einsamen Schäferhütte ankommen, haben die Wolfshunde angeschlagen, Hunde, die man nur auf Sizilien findet, wo man sie *cani di mannara* nennt und sie sogar darauf abrichtet, Fahrzeugspuren zu erschnüffeln. Sie leisten mehr als die maskierten Wachmänner, die in Fünfergruppen im Achtstundentakt arbeiten.

Willkommen, mein Freund, sagt Don Ciccio. Seine Augen haben eine magnetische Kraft, es sind eisige Augen, die eine hypnotische Wirkung auf seine Gefolgsleute ausüben. Alle Anwesenden außer mir sind maskiert.

Fetzen von Schafwolle treiben durch die kalte Luft, die extreme Ruhe hier in den Bergen wirkt gespenstisch. Überall sind große Zielscheiben aufgestellt, mit den Umrissen von Menschen, die Einschusslöcher häufen sich da, wo das Herz sitzt. Während Don Ciccio mit seinen Männern ein paar tagesaktuelle Probleme bespricht, Probleme mit einem Waffenarsenal, das entdeckt und ausgehoben wurde, mit einem Mitglied, das in Verdacht steht, zur Justiz überzulaufen, knotet jemand auf einem flachen Felsblock ein Bündel auf und holt scharfen sizilianischen Pecorino, Salami mit wildem Fenchel und einen Brotlaib hervor. Dann entkorkt Don Ciccio den Rotwein und reicht mir die Flasche. Ich trinke so lange, bis mich eine wunderbare Wärme durchströmt. Auf Don Ciccios Oberarm sind sieben verblichene Kreuze tätowiert. Als er merkte, dass der Platz auf seinem Körper nicht ausreichen würde, habe er aufgehört, sich für jeden Toten ein Kreuz stechen zu lassen, sagt er lachend. Als der Boss meine Erschütterung bemerkt, sagt er: »Jeder hat die Wahl, zu leben oder zu sterben. Niemand stirbt ohne Grund. Sie sind alle als Männer der Ehre gestorben.«

Er nickt den Musikanten zu, die ihre Instrumente bereithalten, die *marranzanu*, eine Maultrommel, und die *tambureddu*, die Rahmentrommel mit Schellenring. Die Schneiden der Klappmesser funkeln im Licht, mit erhobenen Armen tanzen sie den Kreis ab, geschmeidig wie Balletttänzer.

Schließlich wird es ernst. Die Männer nähern sich ihm mit gesenktem Blick, und wir begeben uns in den dunklen Schafstall. Don Ciccio reicht dem Novizen den dicken, langen Dorn eines Orangenbaums und ruft: »Tu, was man von dir erwartet!« Der Hieb ist der eines mit Krallen bewehrten Raubtiers, aber Don Ciccio verzieht keine Miene. Blut schießt in einer Fontäne aus dem Arm, Don Ciccio hält dem Novizen seinen Arm hin, er soll das Blut trinken, das soll seinen Opfermut beweisen. Ich erstarre. Nun wird das Handgelenk des Novizen aufgeritzt und das eines der anderen anwesenden Bosse, die Männer pressen eine Minute lang die Handgelenke aufeinander, der Novize lässt einen Tropfen Blut auf das Bild des Erzengels Gabriel fallen und schwört, zu Asche zu verbrennen, wenn er jemals Cosa Nostra verrät. In meinem Kopf beginnt sich alles zu drehen, ich sehe Don Ciccios entschlossenen, magnetischen Blick, versuche, mich auf den Boden aus festgestampftem Lehm zu konzentrieren, als die Männer plötzlich bemerken, wie die Wolfshunde anschlagen. Wir hören Schritte. Ich halte den Atem an. Waffen werden in Anschlag gebracht. Vor einigen Jahren ist ein gegnerisches Kommando während der Taufe in den Stall eingedrungen und hat auf alle Anwesenden gefeuert. Sie hatten nicht mal die Zeit, ihre Waffen hervorzuziehen. Als ein vermummter Mann aus dem Gebüsch tritt, fangen alle an zu lachen. Sie kennen ihn. Es ist Pinu, der sich hier vor der Polizei versteckt. Er trägt Gummistiefel, Jogginghose und eine abgesägte Schrotflinte. Alle küssen ihn auf seine Sturmhaube. Seit vier Jahren lebt er hier. Er informiert die Männer, dass eine andere Gefahr in Verzug ist: Ein Wagen mit Ermittlern in Zivil, der sich langsam durch die Berge kämpft. Mit einem Blick verständigt sich Don Ciccio mit seinen Männern, und ich schlage mich mit ihnen durch das dichte Buschwerk. Lange laufe ich mit ihnen durch die Berge, bis wir uns an einem bestimmten Punkt trennen müssen. Ich weiß nicht, wie lange ich danach kreuz und quer gelaufen bin, ob eine Stunde vergangen ist oder drei, ich weiß nicht, wo ich bin, als mir schließlich ein Schäfer entgegenkommt, der mir den Weg zurück nach Palermo weist. Es ist ein Tag, den ich nie mehr vergessen werde. Als der Morgen dämmert, erreiche ich Palermo. Und gedenke Don Ciccios.

39

Seitdem Di Salvo an ihrer Stelle den Prozess gegen Minister Gambino führte, hatten die Büroboten Regalmeter von Gerichtsakten auf kleinen Metallwägelchen abtransportiert – und den Blick freigegeben auf dahinterliegende verstaubte Papierberge. Serena holte einen schwarzen Müllsack und begann eine Schneise frei zu schlagen, sie kämpfte sich durch Bücherstapel, Plastikhüllen, Berge von vergilbten Zeitungsausschnitten und verschnürten Akten. Seit Monaten hatte sie einfach nur abgelegt, erst auf dem Schreibtisch, dann auch auf dem Tisch vor den Besuchersesseln, auf den Besuchersesseln, auf den Stühlen und schließlich auch auf dem Boden. In der Mitte war nur ein schmaler Gang frei geblieben, eine Art Notausgang. Wenn Vito Licata die Tür zu ihrem Büro geöffnet hatte, war er immer zurückgeschreckt. Sein Büro war so pedantisch aufgeräumt gewesen wie sonst nur die Büros der Bullen. Und jetzt hatte Licata ein neues Büro im römischen Kassationshof bezogen, sie stellte sich vor, wie er gleich am ersten Tag seine Wappen aufgehängt hatte, das Wappen des *US Special Agent*, des Bundeskriminalamts Wiesbaden, der Amsterdamer *Politie*, die Urkunde hinter Glas, den Preis, der ihn für seinen Kampf gegen die organisierte Kriminalität auszeichnete – einer organisierten Kriminalität, die, wie in goldener Kalligraphie auf der Urkunde zu lesen war, *infamerweise* auf die Unterstützung eines Teils der Institutionen zählen darf.

Nach drei Stunden hatte sie keine Lust mehr zum Aufräumen. Sie hörte draußen auf dem Gang ein paar Kollegen lachen. Eine Mischung aus Gackern und Lachen, sehr komisch eigentlich. Wenn man eine Hyäne kichern hört, erwartet man ja auch ein niedliches Streicheltier und nicht das bucklige, aasfressende Geschöpf mit blutverschmiertem Maul. Während sie das Lachen hörte, fragte sie sich, ob das Gefühl, nie irgendwo dazuzugehören, irgendwann aufhören würde. Und warum sie sich danach sehnte dazuzugehören, obwohl sie genau wusste, dass das nie passieren würde. In Italien nicht. In Deutschland nicht. Und zu den alt gewordenen Bürgersöhnen erst recht nicht. Sie hatte es versäumt, Allianzen zu bilden. Aufgabe Nummer eins im neuen Leben: *Strategisches Denken*. Und sie dachte an Zia Melina, die Diplomatie für Heuchelei hielt und sagte: *Die Feinsten sind die Gemeinsten*.

Serena blies sich eine Haarsträhne aus dem Gesicht. Ihre Finger waren schwarz von der Druckerschwärze und dem Staub zwischen den Aktenstapeln. Sie rückte drei Aktenordner mit Prozessprotokollen zurecht. Hinter einem Stapel aus Notifizierungsverfahren fand sie *die Seelen im Fegefeuer* wieder, die Greisin, den Bischof, die Jungfrau und den Teufel, die sie schon lange vermisst hatte. Sie stellte sie wieder auf ihren Schreibtisch. Der Jungfrau war ein Arm abgebrochen.

Serena blickte auf die Uhr. Es war erst elf. Seitdem sie sich einfachen Mafiosi widmete, *bassa macelleria* genannt, Abfallfleisch, reichte ihre Zeit, wieder etwas Sport zu treiben. Im *Bodymind*, einem Sportstudio in der Via della Libertà, das als sicher galt, anders als die anderen Sportstudios Palermos, in denen man riskierte, auf dem Crosstrainer neben einem Mann zu schwitzen, dessen Telefon man seit Monaten abhörte oder neben der Ehefrau eines mafiosen Bauunternehmers unter der Dusche zu stehen. Morgens war es etwas leerer, sonst lief man Gefahr, all denjenigen zu begegnen, denen man lieber aus dem Weg ging. Im *Bodymind* verkehrte fast der gesamte Justizpalast: Staatsanwälte an Rudergeräten, Richter auf der Hantelbank, Polizisten beim Flachbankdrücken mit der Kurzhantel, Carabinieri an der Brustpresse.

Kurz darauf lag sie auf der Liege und versuchte, das Becken zu kippen und die Wirbelsäule wieder aufzurollen.

Du musst deine Beckenbodenmuskulatur mehr anspannen, Serena. Einatmen, Serena. Ausatmen, Serena.

Marco war Serenas Pilatestrainer. Ein junger, kahlköpfiger Mann, der, wenn er Serenas Bewegungen korrigierte, seine Hand immer eine Spur zu lange auf ihrem Bauch, ihren Oberschenkelinnenseiten oder ihrem Dekolleté liegen ließ.

Strecken und fließen, Serena, sagte Marco.

Mhm, sagte Serena, während sie versuchte, den Rücken ordnungsgemäß bis zu den Lendenwirbeln nach hinten abzurollen, was nicht ganz einfach war.

Ironie des Schicksals, dass Di Salvo jetzt den Prozess führt, sagte Marco und schob die Hand unter ihre Rückenwirbel, um zu demonstrieren, dass sie nicht richtig abrollte.

Ich kann dazu …

Einatmen, Serena. Und: ausatmen. Nein, nein, du musst nichts sagen. Jetzt Wirbel für Wirbel mit dem Becken hochkommen, Serena. *Quannu lu diavulu t'alliscia voli l'arma*, sagte Marco auf Sizilianisch. Wenn der Teufel dich anbetet, will er deine Seele rauben. Bauch nach innen ziehen, Serena.

Serena zog den Bauch nach innen.

Jetzt wieder zurück in die neutrale Stellung. Einatmen, ausatmen, Serena.

Jetzt Beininnenkanten zusammen. Hände hinter den Kopf, Finger verschränkt, Oberkörper hochgerollt. Ellenbogen im Augenwinkel sichtbar halten. *Attenzione!* Die Gesäßmuskeln immer schön angespannt lassen! Einatmen, Serena, ausatmen, Serena.

Serena hob und senkte die Beine.

Ausatmen, Serena. Dein Sündenregister ist ja lang, was habe ich noch gelesen: Serena Vitale hat sich politisch geäußert, sie hat sich inopportun, auffällig und in unangebrachten Momenten zu Wort gemeldet, sie hat, wie war das noch gleich … exzessive … mediale Zurschaustellung betrieben. Danke, Serena, und: ausatmen. Ach ja, und *exzessiver persönlicher Protagonismus*. Wie heißt der Ausdruck noch mal, diese Anklage gegen dich … die klingt immer so komisch …

… Unvereinbarkeit mit der Umwelt.

Und jetzt noch schnell die Straffung der Oberschenkelinnenseiten, Serena. *E tre, e due, e uno*. Einatmen, Serena, ausatmen, Serena. *Brava*. Du bist schon viel geschmeidiger geworden.

Nach dem Duschen durchquerte Serena noch mal den Saal, weil sie eine Jacke vergessen hatte. Und sah, wie der Trainer Antonio Romano auf die Hantelbank drückte und *basta* rief: Jetzt hör endlich auf mit deinem Pessimismus! Schau dir das Meer an! Die Natur! Unseren Barock! Die Welt beneidet uns darum!

Romano stand auf und ging rüber zur Brustpresse. Er trug Shorts. Seine Brustmuskeln wölbten sich in perfekter Rundung, der Bauch war straff, und wenn er die Bizepse anspannte, sah es aus, als würde ein kleines Tier unter seiner Haut entlanglaufen. Sein Körper stand kurz vor der Vollendung. Was für eine Verschwendung.

Serena stellte sich neben ihn.

Buongiorno.

Noch mal etwas von dem deutschen Journalisten gehört?, fragte er.

Niente.

Mein Informant ruft mich andauernd an und fragt, ob ich ihn nicht wieder für einen neuen Einsatz brauche, sagte Romano. Jedes Mal, wenn er Wieneke angerufen hat, liefen uns danach die Tränen über die Backen.

Ja, er hat es gut hingekriegt, mit seinem Pizzeria-Deutsch.

Romano machte ein paar Klimmzüge. Und flüsterte: Wie gesagt, es wäre überhaupt kein Problem, einen absolut sicheren Provider zu finden, *bulletproof*, mit allem Drum und Dran: Anonymisierungsservice und E-Mails, die Spamfilter umgehen. Ich habe mit Russo gesprochen. In zwei Stunden kann die Webseite mit den Mitschnitten online gehen, dann ist der Präsident die längste Zeit Präsident gewesen. Und der Minister auch. Forensisch ist nichts nachvollziehbar.

Er wischte sich mit einem Handtuch den Schweiß aus dem Nacken. Und dann vielleicht ein Text in der Art wie *Das ist nur der Anfang, die Italiener haben das Recht, zu erfahren, in welche Geschäfte …*

Geschäfte klingt für meinen Geschmack etwas zu nett.

Okay, das lässt sich ändern: *Welche Morde ihre Politiker in Auftrag gegeben haben. Um die Mafia zu schützen.* Und dann vielleicht noch: *We are anonymous, we are legion, we do not forgive, we do not forget. Expect us.*

Auf Englisch versteht das kein Mensch.

Dann sollen die sich das übersetzen lassen. *Wir sind Anonymous. Wir sind viele. Wir vergeben nicht. Wir vergessen nicht. Rechnet mit uns.* Klingt auf Englisch besser. Und?

Nichts. Serena schüttelte den Kopf.

Was?

Das Problem ist nicht der Text.

Sondern?

Das Problem ist, dass keine Revolution ausbricht, wenn die Bänder veröffentlicht werden. Es ist viel schlimmer: Die Wahrheit wird hier für ein großes Missverständnis gehalten. *Alles muss sich ändern, damit alles so bleibt, wie es ist.* Wir leben in einer Gummizelle. Du läufst gegen eine Wand und wirst zurückgeschleudert.

Im günstigsten Fall, sagte Romano.

Ich weiß, sagte Serena. Sie blickte in den Spiegel und wischte sich etwas verlaufene Wimperntusche unter dem Auge weg.

Aber bevor sie mich abschießen, werde ich noch einiges klären. Das mit meinem Vater lasse ich nicht auf mir sitzen.

Sie holte ihr Schminktäschchen aus der Handtasche und puderte sich die Nase. Romano starrte auf ihren Mund, als sie Lippenstift auftrug.

Als sie Romanos Blick bemerkte, reichte sie ihm den Lippenstift. Und sagte: *Chanel. Rouge Absolu.*